D1724645

www.tredition.de

Anja Abdelkader

Die gelbe Gasse von Kairo

www.tredition.de

© 2016 Anja Abdelkader

Verlag: tredition GmbH, Hamburg

ISBN
Paperback: 978-3-7345-4135-3
Hardcover: 978-3-7345-4136-0
e-Book: 978-3-7345-4478-1

Printed in Germany

Für Gabriel und Jacob.

≈≈≈≈≈

Ich bin Sindbad der Seefahrer! Man nennt mich so wegen meiner großen Seefahrten.
Meine Geschichte ist wunderbar, und ich will dir alles berichten, wie es mir ergangen ist und was ich erlebt habe, ehe ich zu diesem Wohlstand kam und in diesem Haus wohnen konnte, in dem du mich jetzt siehst…
Sieben Reisen habe ich gemacht, und an jeder hängt eine wundersame Geschichte, die den Verstand verwirren kann. Doch all das war durch das Geschick vorherbestimmt; und dem, was geschrieben steht, kann keiner entrinnen noch entfliehen…

Tausendundeine Nacht, 536. Nacht,

Die Geschichte Sindbads des Seefahrers

≈≈≈≈≈

1

Das Flugzeug befand sich im Landeanflug und kreiste minutenlang über abertausend Lichtern, so als wolle es den Passagieren einen ersten Blick auf das gewähren, was sie erwartete. Es lag ein Hauch von Nervosität in der Kabinenluft, Aufbruchsstimmung, gespannte Erwartung und geschäftiges Treiben. Dort unten, nur noch wenige Minuten entfernt, lag Afrika. Die Lautsprecherdurchsage verkündete den Anflug auf Kairo, die ägyptische Hauptstadt. Die Passagiere begannen schon jetzt, ihr Handgepäck zusammen zu nehmen, so als könne keiner der Fluggäste es erwarten hinaus zu gehen, als wolle jeder der erste sein, der ägyptischen Boden betrat. Als müsse man es eilig haben, das Flugzeug zu verlassen, um in der warmen Nacht von Kairo zu verschwinden. Es war 1.15 Uhr Ortszeit.

Die Fluggäste drängten nach draußen, doch ich ließ mir Zeit, mit meinem Vater, der mich begleitete, das Flugzeug zu verlassen. So lange hatte ich auf den Augenblick gewartet, in Ägypten anzukommen, nun wollte ich den Moment vollends auskosten. Ich wollte bedächtig und ruhig meine Füße auf ägyptischen Boden setzen. Zum ersten Mal in diesem Land, in dieser Stadt. Ich war erwartungsvoll.

Als wir aus dem Flugzeug traten, wehte uns ein Hauch warmer stickiger Luft entgegen und ich erfuhr nun, was ich wieder und wieder über die schmutzige Hauptstadt gelesen hatte. Es roch nach Abgasen und Schmutz. Selbst die Nachtluft konnte den Dunst und die Wärme des Tages nicht vertreiben.

Es war Mitte September und selbst die Nächte boten nach den heißen Tagen noch kaum Abkühlung. Bleischwer hing die trockene und staubige Wärme über allem, das Atmen war seltsam fremd, ein entfernter unbewusster Vorgang. Doch ich war überglücklich - ich war in Ägypten gelandet!

Wie viel hatte ich über Ägypten gelesen. Wie viele Stunden hatte ich damit verbracht, staunend Illustrationen von antiken ägyptischen Tempeln, Grabmälern und den Pyramiden zu betrachten. Jahrelang waren Bücher meine einzige Quelle gewesen, dieses Land kennen zu lernen.

Wie oft hatte ich daran gedacht, wie es wäre, selbst dort zu sein. Unter den Pyramiden von Gizeh zu stehen, an den verwitterten Steinwänden hinauf zu blicken und vor Freude und Überwältigung sprachlos zu sein. Die Jahrtausende der ägyptischen Geschichte gruben sich in mein Gedächtnis, Pharaonen bekamen Namen, Geburtsdaten und Dynastien. Die faszinierende Welt der Alten Ägypter hatte mich angezogen, hatte mich verzaubert und nicht mehr losgelassen. Schon zu Schulzeiten, hatte ich versucht, bei Aufsätzen und Hausarbeiten mein Interesse für Ägypten, Archäologie und Altertum einzubringen und mir entsprechende Themen zur Bearbeitung ausgesucht.

Dazu Kairo, die großartige Metropole, der unglaubliche Moloch, die Mutter aller Städte... Wie würde es dort sein? War es wie in anderen Großstädten, oder war Kairo mit Städten jenseits des Mittelmeeres nicht zu vergleichen? Was bedeutete dort Größe, Weite und Entfernung? In meiner Vorstellung festigte sich ein Bild der Stadt und ich wünschte mir sehnlichst dies alles mit eigenen Augen zu sehen.

Von meinem Wunsch, Archäologin zu werden, war ich hingegen abgekommen und stattdessen bei der Islamwissenshaft gelandet. Was steckte hinter der Religion, die anfangs im Westen von vielen Geheimnissen umwölkt war und nach den schrecklichen Ereignissen des 11. Septembers Angst und Schrecken in der vorwiegend christlichen Welt auslöste? Wie viel Krieg, Hass und Unheil steckte tatsächlich im Islam? Die arabische Sprache betrachtete ich vom ersten Kurs an als eine Herausforderung und nahm alle damit verbundenen Schwierigkeiten in Kauf. Ich erlernte so viele spannende Elemente, Begriffe und Hintergründe der islamischen Religion, entzifferte diese anfangs so fremde Schrift und las hochinteressante Bücher.

Der Weg zum Hotel führte eine gefühlte Ewigkeit über riesige mehrspurige Straßen. Vereinzelte Wagen kamen uns entgegen oder überholten, doch diese wenigen Fahrzeuge, dies sollte uns schon wenige Stunden später klar werden, konnten nicht im Geringsten das wiedergeben, was in Kairo Straßenverkehr bedeutete. Das Hotel mitten in *Downtown*, dem Stadtzentrum, war ein Haus mit dem Interieur kolonialen Stils, einfach, aber wunderbar und jenseits hochaufgerichteter Sternehäuser.

Der Verkehrslärm war unglaublich. Selbst dort, in der schmalen Straße, in der sich das Hotel befand, zu jener nachtschlafenden Stunde, fuhren hupende Autos durch die Straßen, ohne Pause drangen die Geräusche - wenngleich gedämpft - in das geräumige Zimmer. Doch für mich war dies wie Musik und ich ließ mich vom steten Motorengeräusch in den Schlaf wiegen. Sollten sich nicht Träume in der ersten Nacht in einem fremden Bett erfüllen? Es war 3.00 Uhr Ortszeit.

2

Die Nacht endete unversehens um 5.15 Uhr. Es dämmerte, der Lärm der Straßen schien abhandengekommen. Es war nur noch eines zu hören: der gedehnte Gesang des Muezzins, der mit den Worten *Allahu Akbar - Gott ist groß* vom Minarett die Gläubigen zum Gebet rief. Wir waren plötzlich hellwach und beinahe empört über die plötzliche Ruhestörung. Der Gebetsruf drang in ohrenbetäubender Lautstärke zu uns ins Zimmer. Es war, als fordere die Stimme nur mich allein zum Gebet auf. Es schien, der Rufende stünde direkt neben mir, so laut und deutlich waren seine Worte zu hören. Ich lauschte ergriffen seinen Worten:

الله أكبر أشهد أن لا اله إلا الله أشهد أن محمدا رسول الله

„Ich bekenne, dass es keinen Gott gibt, außer Allah.

Ich bekenne, dass Muhammad der Prophet Gottes ist."

Und weiter heißt es in dem Ruf:

„Eilt zum Gebet.

Eilt zur Seligkeit.

Das Gebet ist besser, als der Schlaf.

Ich bekenne, dass es keinen Gott gibt,

außer Allah.

Ich bekenne, dass Muhammad der Prophet

Gottes ist."

Der Ausruf des Vorbeters ließ mich schaudern. Ich hatte gehofft und gleichwohl erwartet, die Aufforderung zum Gebet zu hören, doch wie nah, wie mittendrin war ich in diesem Moment, als der Ruf mich aus dem Schlaf riss. Leise, selbst ganz ehrfürchtig, schlich ich zum Fenster und blickte hinüber zu der Moschee, die unserem Fenster direkt gegenüber lag. Dort entdeckte ich auch den Grund für die enorme Lautstärke: direkt in Höhe unseres Fensters, hing ein Lautsprecher, durch den der Ruf zum Gebet zusätzlich verstärkt und für alle Muslime bis in den kleinsten Winkel der umliegenden Straßen und Gassen zu hören war. In der Dämmerung sah ich Männer, einige von ihnen in der traditionellen weißen *Galabeya*, einem hemdartigen knöchellangen weiten Gewand, in der Moschee verschwinden. Nach einiger Zeit, als sich die Gläubigen im Gotteshaus eingefunden hatten, verstummte der Gebetsruf. Ich kroch zurück unter das Laken, nicht ohne ein Lächeln auf den Lippen, denn die Vorstellung, einen Muezzin neben dem Bett zu haben, belustigte mich.

Ich war noch einmal eingeschlafen, doch dann durchflutete das Sonnenlicht das Zimmer herrlich hell und verkündete den neuen Tag. Trotz der wenigen Stunden Schlaf war ich hellwach und erwartungsvoll, was uns an diesem Tag in Kairo erwarten würde. An diesem Morgen nahm ich mir fest vor, diese Stadt mit allen Sinnen zu genießen.

Die Sonne schien schon herrlich warm von einem seltsam strahlend blauen Himmel. Es war kein gewöhnliches, kein heimatliches Blau. Es war anders, meiner guten, erwartungsfrohen Stimmung geschuldet, viel strahlender, intensiver, blauer - es war der Himmel über Kairo.

Als ich mit meinem Vater aus dem Hotel trat, sahen wir uns um. Gegenüber war ein großes modernes Krankenhaus, wo fortwährend Menschen ein- und ausgingen. Auf den Gehwegen herrschte eifrige und rege Betriebsamkeit. Taxifahrer warteten mit ihren schwarz-weißen Wagen unmittelbar vor dem Hotel auf Kundschaft, man hörte von überallher Stimmengewirr, Rufen, Lärmen. Menschen liefen vorbei, hupende Autos bahnten sich ihren Weg durch den dichten Verkehr und auch der Geruch, der schon bei der Ankunft in der Luft gelegen hatte, stieg uns wieder in die Nase. Die Abgase der Autos mischten sich mit der Hitze, die schon am Morgen über der Stadt lag. Der Dunst des warmen Teers der Straßen vermengte sich mit dem beißenden Geruch von Benzin und legte sich schwer auf die Atemwege. Doch dieser Geruch war ganz und gar nicht unangenehm. Er gehörte hierher und es war, als gäbe es diese Stadt niemals ohne den Dunst, so als gäbe es in Kairo keinen Tag, an dem es anders, nach Nichts, riechen würde.

In diesem Augenblick befanden wir uns mittendrin. Inmitten des Lebens der Hauptstadt, zwischen all den Menschen, die sich in einer mir noch etwas fremden Sprache unterhielten, auch wenn mir deren Klangfarbe und Rhythmus bekannt war. Wir befanden uns im Innern des ägyptischen Alltags. Wir waren vollkommen fremd, kannten keine Richtung und keinen Weg, und dennoch waren wir, nachdem wir nach draußen getreten waren, ein winziger Teil dieser Stadt geworden.

Anfangs liefen wir ziellos umher und ich versuchte jeden Augenblick, jedes Geräusch, jeden noch so kleinen Eindruck zu assimilieren. Es war die Gelegenheit, einen ersten Blick auf die Kairoer Bevölkerung zu werfen. Bei vielen älteren Männern konnte man wieder die Galabeya sehen, andere waren mit Hemd und Hose bekleidet. Während die Temperaturen den besten Tagen eines deutschen Hochsommers gleichkamen und uns kurze Ärmel völlig ausreichten, trugen einige der Ägypter schon leichte Jacken oder Hemden mit langen Ärmeln. Es war Mitte September, die heißeste Zeit des Jahres war vorbei und was ich noch immer als Sommerhitze empfand, war für die Kairoer schon angenehm kühler Spätsommer. Der Begriff Hochsommer hatte dort, am Rande der Wüste eine ganz andere Bedeutung und ich machte mir zu diesem Zeitpunkt noch keine Vorstellung davon, was wirkliche Hitze in den Sommermonaten bedeutete.

Viele der Frauen und Mädchen trugen Kopftuch, einige wenige waren von Kopf bis Fuß verhüllt, so dass man einzig ihre Augen erkennen konnte. Ich wusste natürlich um die Situation und die islamischen Kleidervorschriften, die auch in Ägypten galten, doch zugegebenermaßen gruselte es mich schon ein wenig, als mir alsbald die ersten Vollverschleierten in schwarzen, weiten Umhängen über den Weg liefen. Die unförmigen Gewänder, die mir entgegenkamen, nichts als wallender Stoff, unter denen eine Frau sich versteckte waren anfangs schlicht befremdlich. Welche Geschichte trugen diese Frauen mit sich? Wie verlief deren Leben? Konnten sie daheim - sicher vor den Blicken Fremder - befreiter sein, sowohl von verhüllender Kleidung, als auch in ihren Wünschen, Träumen und Vorstellungen, als hier auf den überfüllten Straßen? War die Bedeckung des ganzen Körpers für die Frauen ein Glück, oder träumten einige von ihnen sich frei vom Schleier und den ihnen auferlegten Zwängen? Wie viele von ihnen trugen den *Niqab*, den Gesichtsschleier, der nur die Augen frei lässt, freiwillig und wie viele würden gezwungen?

Die Verschleierung der Frauen war keinesfalls eine Erfindung des Islams. Schon jüdische Frauen in vorislamischer Zeit hatten sich zu „bedecken". Auch war die Art der Verschleierung einer Frau verhaftet in den Traditionen eines Landes, einer Familie oder einer sozialen Schicht, aus der sie stammte.

Dennoch lässt sich im Koran an mindestens einem Vers, *Sure* genannt, eine Art „Bekleidungsvorschrift" herauslesen. So gesehen in der Sure *„Das Licht"* in Vers 31:

> *„Und sage den gläubigen Frauen, dass sie ihre Blicke senken und ihre Keuschheit wahren und ihre Reize nicht zur Schau stellen sollen, außer was (anständigerweise) sichtbar ist; und dass sie ihre Tücher*

über ihren Busen schlagen und ihre Reize nur ihren Ehegatten zeigen sollen…"

Im selben Vers steht weiterhin, wem sich eine Frau unverhüllt zeigen darf. Dazu zählen Männer ihrer näheren Verwandtschaft, wie Väter, Großväter, männliche Verwandte ihrer Ehemänner, Brüder und Söhne. Innerhalb dieses Verses und den darin angesprochenen Vorschriften gibt es erheblichen Spielraum für mehr oder weniger Bedeckung weiblicher Körper.

Wenngleich ich auch die Beweggründe der Frauen verstand, die ihnen von ihrer Religion auferlegten Pflichten einzuhalten, konnte ich weder zu Zeiten meiner ersten Begegnungen mit vollverschleierten Frauen, noch Jahre später deren Motive für diese äußerst fundamentalistische Art der Auslegung nachvollziehen.

Vor den Geschäften, die sich in den Straßen aneinander reihten, saßen die Besitzer, tranken Tee aus kleinen Gläsern, plauderten mit ihren Nachbarn und warteten auf Kundschaft. Alle machten einen entspannten und zufriedenen Eindruck.

Mein Vater bewunderte indes die Auslagen in den Schaufenstern. Hier gab es tatsächlich nichts, das es nicht gab. Ersatzteile für Maschinen und Kleinteile für elektrische Geräte aller Art lagen in den Schaufenstern. Neben Feuerzeugen, reihten sich Ersatzteile für diverse Gebrauchsgegenstände aneinander. Teile ausrangierter Waschmaschinen waren repariert und neu aufpoliert worden, um sie aus zweiter Hand günstiger zu verkaufen. Hier wurde ausgebaut, repariert und wieder eingebaut, wurden noch unbeschädigte Teile weiter verkauft.

Stundenlang liefen wir einfach umher. Bestaunten das bunte Gewühl in den Straßen, quetschten uns an Menschen vorbei, ließen andere vorüberziehen und wanderten einfach herum, um einen ersten Eindruck von der Stadt zu gewinnen. Der Verkehr war völlig faszinierend: Autos gaben sich Hubzeichen; einmal hupen, rechts überholen, zweimal wohl links! Ein System war bei dieser Art der Kommunikation im Verkehr nicht auszumachen. Dies hatte zur Folge, dass pausenloses Hupen auf den Straßen zu hören war.

Nie in meinem Leben hatte ich ein solches Konzert erlebt...

Nachdem wir einige Zeit ohne Ziel herumgegangen waren, wollten wir - nun als richtige Touristen - die ersten Sehenswürdigkeiten besuchen. Beginnen sollte unsere Besichtigung auf der Nilinsel *al-Gezira*. Dort befand sich der *Cairo-Tower*, 187 Meter hoch, dessen Architektur an eine stilisierte Lotusblume erinnerte und auf dem Touristen gern die Aussicht über die Stadt genossen - was jedoch oft kein Vergnügen war, da die Stadt meist von einer Dunstglocke überzogen war und man durch den Smog, der die Stadt immer wie ein graues Tuch bedeckte, nichts erkennen konnte. Ganz in der Nähe des Turms befand sich auch das Kulturzentrum Kairos mit einem Museum, einer Musikbibliothek und natürlich der Kairoer Oper.

Unser Stadtplan half nicht weiter, so dass wir nach einigem ziellosen Umhergehen einen Teppichladen betraten, um dort nach dem Weg zu fragen.

Doch mein sauber ausgewähltes Arabisch enttäuschte - die beiden Herren verstanden mich nicht, so oft ich es auch versuchte. Enttäuscht und unverrichteter Dinge, weiterhin orientierungslos sahen wir uns um. Mich hatte es sehr entmutigt, dass ich mich - dem Arabisch ja im Grunde mächtig - nicht verständigen konnte und wir irrten weiter umher. Erst später erfuhr ich, dass die Verständnislosigkeit der Herren nicht etwa daran gelegen hatte, dass ich zu schlecht Arabisch sprach oder das Falsche sagte, sondern daran, dass ich meine Frage im schönsten, an der Universität erworbenen Hocharabisch vorgetragen hatte. Dass dies jedoch für die Dialekt sprechende Bevölkerung vollkommen gestelzt klang und *Fusha*, das moderne Hocharabisch, vorgetragen von einer Ausländerin, noch dazu vermutlich mit starkem deutschen Akzent, oftmals von der einfachen Bevölkerung gar nicht verstanden wurde, wusste ich zu diesem Zeitpunkt noch nicht. Trotz einiger Hinweisschilder orientierungslos gaben wir es schließlich auf, die Insel zu Fuß zu erreichen und stiegen schließlich in der „´Adly Straße" in ein Taxi.

Kurz darauf befanden wir uns mitten im Kairoer Straßenverkehr in Richtung Nil. Auf dem Weg dorthin konnten wir im Vorbeifahren schon einmal einen kurzen Blick auf das *Ägyptische Museum* werfen, dessen Besuch wir für einen der kommenden Tage vorgesehen hatten. Der Taxifahrer erzählte in brüchigem Englisch von seinen Krankheiten und dass die Behandlung dieser viel Geld kosten würde. Außerdem war seine Tochter verstorben. Er wischte sich während der Fahrt immer wieder mit einem Tuch über die Augen und bekreuzigte sich als koptischer Christ mehrfach. Obwohl wir nicht wussten, ob seine Geschichte stimmte, schenkten wir ihm beim Aussteigen fünf ägyptische Pfund zusätzlich, als der eigentliche Fahrpreis gewesen war. Wir unwissend wir doch damals noch waren…

Bei *al-Gezira*, der Nilinsel angekommen, setzten wir uns so nah ans Flussufer, wie nur möglich. Ein wunderbarer Augenblick - so nah am längsten Fluss Afrikas. So schmutzig, wie ihm nachgesagt wurde, schien der Nil an dieser Stelle nicht, obwohl wir uns mitten in der Stadt befanden. Doch mit Sicherheit täuschte die blaue Farbe des Gewässers, so als hätte sich der Nil extra herausgeputzt, bedenkt man, durch welche Stadt sich dieser Fluss bewegt, wie viele Menschen hier leben, welche Mengen Autos hier fahren... Über unseren Köpfen führte eine riesige Brücke über den Nil hinweg, die die Insel mit der Stadtmitte verband. An der Stelle, an der wir saßen und auf die Skyline Kairos blickten, herrschte eine seltsame, fast unwirkliche Ruhe, so als wäre die Stadt weit weg. Beinahe so, als hätte man das Getöse ausgeschaltet.

Lange hielt es uns jedoch nicht dort am Nil und so liefen wir das kurze Stück hinüber zum *Cairo Opera House*. Im strahlenden Sonnenschein lag das Gelände vor uns, zwischendrin leuchtete das satte Grün der in Gruppen gepflanzten Palmen und man konnte das sandfarbene Gebäude, das die Oper beherbergte schon von weitem sehen - stolz in die Höhe gereckt, als wolle es uns willkommen heißen. Ich war glücklich, endlich einmal dort zu sein, denn ich brachte mit diesem Ort so viel in Verbindung. Ich wusste von dieser Stelle mitten in Kairo so viel, obwohl ich noch nie dort gewesen war. Wir ließen uns auf einer flachen Mauer direkt neben dem Haupteingang nieder und genossen die warme Sonne. Auch hier schien das laute Kairo sich verabschiedet zu haben, denn man hörte nichts von den nahen Straßen. Ich sah mich genauer um - es war schön, dort zu sitzen, herrlich, diesen Ort zu besuchen, und ich fühlte mich plötzlich, wie eine Art Pilger... Dort, in diesem Gebäude hinter mir arbeitete Ayman, mein langjähriger Freund und es kam mir beinahe so vor, als käme er jeden Moment um die Ecke, um uns zu begrüßen...

Ich hatte Ayman in Deutschland kennen gelernt. Er war Tänzer und seine Gruppe war zum Gastspiel geladen worden. Er und seine Freunde sprachen uns - ich war zu diesem Zeitpunkt mit Freundinnen unterwegs - einfach an. Als würden wir uns nicht zum allerersten Mal begegnen, entwickelte sich eine lockere Unterhaltung... Wir trafen uns am Abend noch einmal, plauderten wieder über Gott und die Welt und verabschiedeten uns auch am nächsten Morgen, als sie weiter Richtung München fuhren. Von diesem Tag an schrieben wir uns Briefe, telefonierten hin und wieder, so dass er zu einem guten Freund geworden war. Vier Jahre nach unserem ersten Treffen hatten wir uns wiedergesehen, als die Kompanie mit einem neuen Programm noch einmal in Deutschland Station machte. Es war nicht, als würden vier lange Jahre zwischen unserem letzten Treffen liegen, als wir uns zur Begrüßung umarmten. Vielmehr war es, als hätten wir uns nur wenige Wochen nicht gesehen. Bei dieser zweiten Begegnung hatten wir einen schönen gemeinsamen Tag. Ein drittes Treffen sollte in Kairo stattfinden und er hatte sich unglaublich gefreut, als er hörte, ich würde nach Ägypten kommen. Doch kurz bevor ich anreiste, hatte er berufliche Verpflichtungen außerhalb Ägyptens - eine bedauerliche Tatsache, denn unsere Flüge wären zeitlich fast aneinander vorbeigeflogen, denn er war kurz vor meiner Ankunft in Kairo nach Europa aufgebrochen.

Ich beobachtete, während ich vor der Oper in der Sonne saß, ganz genau die Menschen, die das Gebäude betraten oder verließen, in der Hoffnung ein mir bekanntes Gesicht von Aymans Kollegen, oder gar seinen Chef zu sehen, doch es erschien niemand, den ich kannte. So sahen wir zu, wie Gläubige die kleine Moschee direkt neben der Oper verließen und nach dem Nachmittagsgebet wieder ihrer Wege gingen.

Für weitere Sehenswürdigkeiten waren wir inzwischen zu müde, nach all den Eindrücken des ersten Tages, dem Großstadtgewirr und der zuvor so kurzen Nacht. Als wir das Gelände der Oper gerade verlassen hatten und überlegten, ob wir zurück Richtung Hotel laufen sollten, hielt neben uns ein Taxi und der Fahrer bot uns in gebrochenem Englisch an, uns zu fahren. Wir ließen uns bereitwillig zum Hotel chauffieren, und unterwegs bot Nabil, so hatte er sich uns direkt vorgestellt, an, uns gleich am nächsten Tag wieder abzuholen - er würde auch die ganze Woche unser persönlicher Stadtführer sein. Die Idee war sehr gut, so bliebe uns langes Umherirren, Nachfragen und Nicht-Auskennen erspart und wir würden nicht ständig von anderen mitleidheischenden, kranken Taxifahrern durch Kairo gefahren. Nabil versprach, am nächsten Morgen pünktlich vor dem Hotel zu sein und schärfte uns ein, nur nicht mit einem anderen Taxi zu fahren.

Kairo gefiel mir. Es faszinierte, erstaunte, erfreute und beängstigte mich und ich konnte nicht erklären, welches dieser Gefühle vordergründig war. Mir war klar, man konnte Kairo nur lieben oder hassen - ein Teilsteils war unmöglich und ich war mir sicher, dass ich diese Stadt liebte. Kurz vor dem Abendgebet ertönte erneut der Ruf des Muezzin - eine unheimlich schön-schaurige Stimme, die die Gläubigen zum Gebet rief. Ich setzte mich ans offene Fenster, lauschte ergriffen nach draußen und sah den Männern zu, wie sie fast schleichend in der Moschee verschwanden. Der Ruf des Muezzins versetzte mich Hunderte Jahre zurück in eine alte, längst vergangene Zeit, während das moderne Leben um die Moschee herum weiter floss. Überhaupt fand ich es sehr bedauerlich, alle Geräusche um mich herum - den Muezzin, das Getöse des Straßenverkehrs, die Rufe der Menschen - alles, was in irgendeiner Form den Klang dieser Stadt wiedergab, nicht aufzeichnen und mit nach Hause nehmen zu können. Ebenso Gerüche - Abgase, Speisen, Hitze, Staub - bei denen es mir ebenso wenig möglich war, sie mitzunehmen und daheim für immer einzuschließen. All das zusammen war Kairo und es war unbeschreiblich, jedenfalls wenn man, wie ich, zur Schilderung Worte benutzt.

3

Nabil war pünktlich am Hotel als wir es verließen.

Während der Fahrt gab es wieder die Gelegenheit, den Kairoer Straßenverkehr hautnah zu erleben und ich dachte, es nie begreifen zu können, wie all dies Chaos eine Normalität war und funktionierte, wie all das scheinbare Durcheinander mehr oder minder stets im Fluss war. Wir machten uns auf den Weg zur *Zitadelle*, einer von dem aus Damaskus stammenden *Salah el-Din Ibn Ayoub*, kurz Saladin, erbauten Festung aus dem 12. Jahrhundert, die südöstlich des Zentrums hoch erhaben über der Stadt thronte. Dort erwartete uns ein fantastischer Ausblick über die Weite der Hauptstadt. Erst hier konnte man die wahre Größe dieser Stadt erahnen. So etwas hatte ich noch nie gesehen. War man doch inmitten des nie endenden Treibens in den Straßen der Stadt ein winziger Teil des Ganzen, so war der Blick von weit oben stärker und größer. Man konnte innerhalb weniger Augenblicke einen großen Teil der Metropole sehen, wenn man sich nur in die verschiedenen Himmelsrichtungen drehte. Kairo lag unter einer grauen Decke aus Abgasen und Verschwommenheiten. Je weiter hinaus man sah, desto undeutlicher sichtbar wurden Gebäude und Straßen, desto weniger wirklich war all das… Mein Blick schweifte hinüber durch einen Wald aus unzähligen Minaretten des Islamischen Kairos: *die Stadt der tausend Minarette*. Ich blickte weiter, vorbei an Hochhäusern gen Gizeh - dem Ort der Pyramiden. Dahinter begann die Wüste, welche vom Dunst gänzlich verschluckt und irgendwann unsichtbar wurde. Nach vielem Staunen und unzähligen Fotos war es endlich soweit: wir betraten zum ersten Mal ein islamisches Gotteshaus auf dem Gelände der Zitadelle. Dort oben thronte sie, prächtig und erhaben: die *Alabaster-Moschee*. Nachdem wir den Vorhof durchquert hatten, standen wir in der Gebetshalle. Andächtig verharrend schloss ich für einige Sekunden die Augen, als wir den Innenraum betraten - der Glanz, der mir von allen Seiten entgegenstrahlte war unermesslich. Ich wagte vor Ehrfurcht kaum zu atmen und sah langsam an den Seitenwänden hinauf, bis die vergoldete Kuppel, die auf vier Pfeilern zu schweben schien, meinen Blick gänzlich gefangen nahm. Ein Meisterwerk, von Menschenhand geschaffen, wie es heutzutage wohl niemandem mehr möglich ist.

Die gewaltige Moschee, die auch nach ihrem Schöpfer *Muhammad-Ali-Moschee* genannt wird, war im 19. Jahrhundert die Blaue Moschee von Istanbul nachahmend, erbaut worden. Muhammad Ali hatte das Gotteshaus von einem bosnischen Architekten an der Stelle des mamlukischen Thronpalastes errichten lassen. Sie war mit ihren über 80 Meter hohen, stolz in den Himmel ragenden spitzen Minaretten ein Wahrzeichen der Stadt. Dort, in dieser Moschee war es die Stille, die den Eintretenden sofort umgab. Ganz in meiner Nähe schoben sich Touristen mit erhobenen Köpfen, den Blick gleichsam zur Kuppeldecke gewandt, vorüber. Sie waren aus demselben Grund hier, wie auch wir, doch ich fühlte mich anders, ohne einen Reiseführer, ohne hektisches Fotografieren und filmen, um dann rasch wieder in einem klimatisierten Bus zur nächsten Sehenswürdigkeit zu entschwinden... Das was wir taten fühlte sich echter an und Nabil ließ uns alle Zeit der Welt, uns umzusehen. Wo war er eigentlich geblieben?

Wieder auf dem Vorplatz, draußen im warmen Sonnenlicht, musste ich die Augen mit der Hand bedecken, so sehr blendete das Sonnenlicht. Da war er wieder: Nabil hatte geduldig vor der Zitadelle in seinem Auto gewartet.

An diesem Tag fuhr er mit uns noch zu anderen Moscheen, an deren Namen ich mich nicht mehr erinnern kann. Sie verschwammen nach einiger Zeit und vermischten sich in meinem Gedächtnis. Zwei Moscheen jedoch, waren mir in Erinnerung geblieben. Die eine, die *Ibn-Tulun-Moschee*, war die drittgrößte der Welt und ihr Vorraum mit dem Brunnen für die rituellen Waschungen vor dem Gebet eher bescheiden, doch gerade diese Schlichtheit machte sie zu einer der schönsten.

Ihr Erbauer Ahmed Ibn Tulun war vom Kalifen *El-Ma'mun* aus Bagdad, dem damaligen Hof der regierenden Abbasidenkalifen, als Gouverneur nach *El Fustat* geschickt worden, wie Kairo im 9. Jahrhundert nach Christus genannt wurde. Als Ibn Tulun zwei Jahre später zum Gouverneur des ganzen Landes ernannt wurde, gründete er unabhängig von den regierenden Abbasiden die Dynastie der *Tuluniden*, die dem Land eine kurze Periode des Wohlstands bescherte. Er verschmähte *El Fustat* und erbaute auf einem nahegelegenen Hügel seine eigene Hauptstadt *El Qatai* mit der Moschee als Mittelpunkt. Als die Abbasiden El Fustat zwei Jahre später zurückeroberten, vernichteten sie die neue Hauptstadt El Qatai, ließen aber die Moschee unberührt. Daher ist die Ibn-Tulun-Moschee das älteste, noch original erhaltene islamische Bauwerk der Stadt.

Trotzdem sich das Gotteshaus gerade im Bau befand und man den Blick nicht ungestört durch den Innenhof gleiten lassen konnte, war dieses schlicht erbaute Gotteshaus mit klaren Ornamenten genau das, was ein Gotteshaus im Islam ausmachte: eine Moschee war kein Heiligtum, überquellend von Prunk, Gold und Überfluss, sondern der Ort des Gebetes und der Versammlung. Allah ließ sich nicht blenden von Glanz und Reichtum, er sah in die Herzen der Menschen. Genau dafür, so empfand ich es, war die Ibn-Tulun-Moschee ein geradezu gelungenes Beispiel. Die schnörkellose Bauweise ließ das Gebäude tatsächlich wie ein Gebetshaus wirken, nicht wie ein der Beweihräucherung seines Erbauers dienendes Heiligtum.

Nach der Stille, die uns auch dort wieder umgab, als wir von der tosenden Straße den Innenhof der Moschee betreten hatten, konnte man eine gewisse Zeit in Ruhe verweilen. Wie still es doch war, wie beruhigend die Tatsache, dass Gott, Allah oder welchen Namen man ihm gab, hier so gegenwärtig war und auf uns herunterzublicken schien. Mich erfasste eine beinahe spirituelle Stimmung, die mir im alltäglichen Leben eher fern war.

Das Gotteshaus jedoch, an das ich mich am klarsten erinnern konnte, war die *Al-Azhar-Moschee*, die Blühende. Sie thronte seit Jahrhunderten an diesem Ort, der Zeit bis heute trotzend und schien an der stark befahrenen gleichnamigen Hauptstraße wie fehl am Platze. Doch die Schöne mit ihrer sandig-braunen Fassade blühte sprichwörtlich. Im 10. Jahrhundert erbaut, beherbergt sie bis heute die älteste Universität der islamischen Welt. Sie hat Herrscherdynastien, Monarchie und Diktatur im Land am Nil überdauert und noch immer ragen ihre fast filigranen Minarette majestätisch und stolz in den dunstigen Himmel der Stadt. Auch aus wissenschaftlichem Interesse freute ich mich ganz besonders auf den Besuch dieses Gotteshauses, wusste ich doch, wie bedeutend diese Moschee mit der angeschlossenen Universität für die islamische Theologie war.

Die Al-Azhar-Moschee war ein Bauwerk, das den Glanz der schiitischen *Fatimiden* des 10. Jahrhunderts noch immer offenbarte. Ihr Erbauer war General *Gawhar* gewesen, der sie als Freitagsmoschee hatte errichten lassen. Mit der Zeit wurde sie zur Hüterin schiitischer Glaubensgrundsätze und das Zentrum islamischer Gelehrsamkeit. Nach der Eroberung *al-Qāhiras*, wie Kairo auf Arabisch heißt, durch Saladin wandelte sich jedoch die Moschee, die gleichzeitig die Universität beherbergte, vom schiitischen Herzstück zum theologischen Zentrum der orthodoxen sunnitischen Glaubenslehre. Bis zum Anfang der sechziger Jahre des 20. Jahrhunderts wurden an der Al-Azhar-Universität ausschließlich Theologie, Islamische Wissenschaften und Islamisches Recht gelehrt. Heute gehören weitere Fakultäten, in anderen Stadtteilen dazu. Es werden die Fächer Medizin und Pharmazie, Wirtschaft und Handel, Ingenieurwesen, Landwirtschaft, aber auch Geistes- und Naturwissenschaften angeboten. Erst seit 1964 dürfen auch Frauen dort studieren.

Vor dem Hauptportal der Moschee hatten sich scharenweise Menschen versammelt, viele zu Fuß, einige die in bereitstehende Taxis stiegen, wieder andere, die zum Gebet ein- und ausgingen. Ich bedeckte mein Haar mit einem Tuch, wie es für Frauen in der Al-Azhar üblich ist, dann traten wir ein. Sie war so wunderschön. Auf dem Boden waren rubinrote Teppiche ausgerollt, auf denen die männlichen Gläubigen gen Mekka hin beteten. An den Wänden konnte man Lobgesänge auf Allah und Koranzitate erkennen, die in verschnörkelter kunstvoller Kalligraphie geschrieben waren. Wir genossen die Stille und den Geist Gottes, der hier näher war, als an irgendeinem anderen Ort. Außer einigen schlafenden oder koranlesenden Männern war die Moschee leer. Hier hatte der Lärm von draußen keinen Zutritt, hier war die irdische Welt ein klein wenig zu Ende. Wir ließen uns in einer Ecke des Gebetsraumes nieder. Es war angenehm kühl und dämmrig. Sofort konnte ich die Menschen verstehen, die sich, während der Mittagshitze draußen, hierher zurückzogen, um zu ruhen, zu lesen oder zu beten. Hier war auch für uns einmal Zeit, durchzuatmen und die vielen Eindrücke der vergangenen Stunden ein wenig wirken zu lassen.

Zurück auf der Straße, zwischen Lärm, Hitze und Staub - aus der erholsamen Stille wie in eine andere Welt versetzt - trafen wir Nabil wieder, der uns eine christliche Kirche zeigen wollte, die hoch über der Stadt in Sichtweite, auf dem *Moqattam-Berg* lag. Begeistert stimmten wir zu. Den Weg dorthin werde ich niemals vergessen.

Das Taxi fuhr die breite, geschwungene *Salah-Salem-Straße* hinauf Richtung Moqattam, dem Felsen östlich der Islamischen Altstadt. Irgendwann, abseits der Hauptstraße, erreichte der Wagen dunkle und schäbige, von Verfall gezeichnete Gassen, voller Schmutz, Müll und Unrat, der wie selbstverständlich auf den Wegen lag. Langsam fuhren wir über die löchrigen, unbefestigten Pisten und Nabil achtete auf jedes Schlagloch, dass er versuchte, so gut es ging zu umfahren. Schmutzige Kinder, von Fliegen umschwirrt, saßen inmitten der Abfälle und spielten darin. In den Hauseingängen stapelten sich meterhoch Säcke aus blauem und weißem Plastik. Kein Fleckchen war sauber, überall lag der Unrat, überall Schmutz, Abfall… Rinnsale aus schlammigem Wasser rannen zwischen den Steinen der unbefestigten Straße hindurch. Zwischen den verfallenen Häusern verliefen enge Durchgänge, kaum schulterbreit, ebenfalls von Unrat und Abfällen bedeckt. Es gab nirgends einen Platz, der nicht von Abfällen bedeckt war. In den Hauseingängen standen Kinder und starrten uns mit großen Augen aus kleinen, schmutzigen Gesichtchen an. Es war ein schrecklicher Anblick, der sich uns bot, doch noch viel schrecklicher war der beißende Gestank, der in der Luft lag. Es stank nach Müll, Abfällen, ja, ich war mir sicher es stank nach Verwesung. Es drehte sich mir beinahe der Magen um und ich musste mich zusammennehmen, um nicht vor Ekel und Übelkeit laut zu schreien. Die furchtbaren Ausdünstungen drangen durch alle Spalten, ich gestattete mir nicht, zu atmen. Was für ein furchtbarer Anblick, was für schreckliche Ausdünstungen. Ich wagte nicht, diesen kleinen schmutzigen Kindern, kränklich und von Ungeziefer zerstochen, in ihre großen braunen Augen zu sehen, wenn sie innehielten, als wir an ihnen vorbeifuhren. Es schnürte mir die Kehle zu und ich hoffte inständig ganz schnell von dort weg zu kommen. Ich war überzeugt, dass das die Hölle von Kairo war.

Gerüche und Schmerzen, so sagt man, vergisst man im Leben am schnellsten, doch dies war mir nach der Fahrt durch dieses Viertel nicht möglich. Zu eindringlich, zu beißend, war die Luft, die mir dort den Atem genommen hatte. Noch lange nach dieser Fahrt hatte ich diesen Geruch im Gedächtnis.

Lange nach der Fahrt durch die „Müllstadt" erfuhr ich, dass diese Leute, *Zabaleen*, Müllmenschen genannt, vom Müll der Großstadt leben. Sie versuchen in dem was andere wegwerfen noch Brauchbares zu finden und dies zu Geld zu machen. Diese Arbeit verrichten die koptischen Christen, die in der Stadt leben. Viele dieser Menschen waren Ende der 1940er Jahre, vorwiegend aus Assiut, einer Stadt in Mittelägypten, arbeitsuchend nach Kairo gekommen. Für einen geringen Verdienst, sammelten sie Abfälle von Haushalten, aber auch Restaurants und Geschäften und brachten diesen an den Stadtrand von Kairo, wo sie den Müll per Hand sortierten und weitgehend verwerteten. Organische Reste verfütterten die Zabaleen an die Schweine, die sie in ihren Siedlungen hielten; ganz im Gegensatz zu den Muslimen, von welchen das Schwein, als unrein betrachtet, weder gehalten, noch verzehrt werden durfte. Die Müllmenschen lebten von dem was die Millionenstadt übrig ließ: Plastikflaschen und -tüten, Speisereste und Abfälle.

In einer Fernsehdokumentation erfuhr ich später mehr über die Leute der „Müllstadt". Der Plastikmüll, der zuhauf entsorgt werden muss, wird in kleine Späne zermahlen und zur Herstellung billiger Plastikartikel nach China exportiert. Diese Haushaltwaren und Spielsachen aus Plastik finden dann wieder ihren Weg nach Ägypten. Ein geschlossener Kreislauf, der das Abfallentsorgen und -verarbeiten zu einer wichtigen Tätigkeit macht. Würde nicht Kairo sonst im Müll versinken?

Nachts bis in die frühen Morgenstunden machen sich Männer mit ihren Söhnen und den jüngeren Töchtern auf

Eselskarren oder alten Lastwagen auf den Weg in die verschiedenen Stadtbezirke, um den Müll einzusammeln. Mit vollen Wagen kehren sie später in ihre Siedlungen zurück, wo mit dem Sortieren und Verwerten die Arbeit der Frauen und älteren Mädchen beginnt. Doch wie kann man leben, wenn sich in den eigenen vier Wänden der Müll anderer Menschen stapelt?

Durch ausländische Hilfsprojekte wurden die Blechhütten und Pappverschläge der Zabaleen in der Siedlung am Moqattam-Felsen durch feste Häuser ersetzt, die mit fließendem Wasser, Elektrizität und einer Kanalisation ausgestattet wurden. Eine deutliche Verbesserung der Lebensumstände der Menschen dort, von denen heute über 50.000 in sechs Siedlungen am Stadtrand Kairos leben. Dennoch sind diese Menschen bitterarm und es ist schwierig bis gänzlich unmöglich, dass ein Müllmensch jemals seinen Platz in der untersten Gesellschaftsschicht wird verlassen können.

Eine schreckliche Vorstellung, unter solchen Umständen von dem zu leben, was andere wegwerfen, doch zeigte mir dies nur einmal mehr die Schattenseite des Lebens. Armut und Not wurden mir hautnah vor Augen geführt, es war an dieser Stelle so sichtbar, dass Ägypten - wenn dies auch an anderer Stelle weniger offensichtlich - auch nur eines von vielen Ländern der Dritten Welt war, wo Leid und Elend tagtäglich Menschen quälten. Dies niemals zu vergessen schwor ich mir!

Hoch oben über der Stadt angekommen, lag die koptische Kirche *St. Samaan*, ein Komplex mit aus dem Felsen heraus geschlagener Kirche. Ein Gotteshaus „open air", welches ebenfalls von den koptischen Zabaleen in den 1970er Jahren aus dem Felsen herausgearbeitet worden war. An der Stelle, wo die Kirche unter einem mächtigen Felsvorsprung Tausenden Gläubigen Platz bot, schien die Legende um den Schuster Samaan noch gegenwärtig. Dieser soll zur Zeit der fatimidischen Herrscher, die schiitischen Glaubens waren, die Kopten vor dem Untergang bewahrt haben, in dem er an dieser Stelle den Moqattam-Berg spaltete, um den islamischen Herrschern die Kraft des christlichen Glaubens zu demonstrieren.

Dort hoch oben war ich erneut von der Aussicht über Kairo fasziniert, die sich nach hunderten von Metern im Staub und Dunst verlor. Genauso frei war der Blick auf das Müllviertel, das wir kurz zuvor noch durchquert hatten. Wie nah die verschiedensten Gefühle beieinander lagen! Wie viel Faszination wich dem Schrecken über Armut und Hunger? Welches all meiner Gefühle in dieser Stadt würde ich daheim, in dieser ganz anderen Welt noch bewahren können?

Unterhalb des Moqattam-Felsens mit der Kirche konnte man auf die die weitläufigen Friedhöfe sehen, in deren Mausoleen und Familiengräbern nicht nur die Toten ruhen. Dort wohnen mit ihnen auch die Lebenden.

Der Mangel an Wohnraum und die Armut der Menschen, die aus dem Süden des Landes nach Kairo gekommen waren, auf Arbeit und ein besseres Leben hoffend, hatten die Menschen auf die Friedhöfe getrieben. Hier lebten sie über den Toten und auch ein wenig mit ihnen. Dass sich die Menschen zwischen den Gräbern niederließen war mittlerweile so normal, dass die Stadt auf den Friedhöfen Wasser- und Stromleitungen verlegt hatte. Was unsereinem gespenstisch erscheinen mochte, war in Ägypten Alltag und Normalität. Leben und Tod gehörten im Land am Nil zusammen, bildeten eine Einheit. Der eigene Tod, wann immer er einen Menschen ereilte, schien kaum jemandem Angst zu machen. Das irdische Leben war nur eine Vorstufe zum Paradies, zum Beisein bei Gott, sofern man ein gutes Leben geführt hatte.

Wie auch Christen, glauben Muslime an ein Weiterexistieren bei Gott. Dass das Leben nach dem Tode, bei Gott kein Geschenk war, wussten alle Gläubigen und der Eintritt ins Himmelreich musste von jedem hart erarbeitet und verdient werden. So sollte jeder, Christ wie auch Muslim, versuchen, im Diesseits ein guter Mensch zu sein und nach den Regeln der jeweiligen Religion zu leben. Die Tatsache, dass nach dem Ableben nicht alles vorbei war, sondern etwas vielleicht Größeres und Wunderbares kommen würde, konnte einem Gläubigen gewiss die Angst vor dem Tod nehmen. Die wunderbare Vorstellung von Leben nach dem Tode, das mit großer Gewissheit ein besseres sein würde, als das diesseitige, war eine der unzähligen Gemeinsamkeiten von Christentum und Islam. Am Ende glaubten sie alle - Juden, Christen und Muslime - doch an den einen Gott.

4

Nabil war wieder viel früher, als verabredet vor dem Hotel.

Anfangs fuhren wir eine lange Zeit durch Kairo, danach ein ganzes Stück durch die Wüste. Wir waren auf dem Weg zu den Pyramiden, über die Schnellstraße Richtung Westen. Neben der Straße standen immer wieder Wohnhäuser im Rohbau, aus roten Ziegeln mit dunklen, hohlen Fensteraugen. Aus den oberen Etagen ragten noch meterhoch die dünnen Stahlträger, so als würden sie auf den Weiterbau der nächsthöheren Etage warten. Doch diese Gebäude würden wohl unfertig bleiben. Meist fehlte das nötige Kapital zur Fertigstellung oder das Haus hatte Baumängel, so dass niemand eine Wohnung darin würde kaufen wollen. Anstatt etwaige Mängel zu beheben, verließ man die Baustelle rund um die unverputzten Skelette. Doch diese halbfertigen Mauern blieben meist nicht lange leer. Viele Zuwanderer, die der Armut in ihren Dörfern oder Städten zu entfliehen suchten, kamen in die Hauptstadt, machten sich diese Behausungen zu Eigen und wohnten darin. Zweckmäßigkeit war hier das Gebot. Nicht vorhandene Wände wurden durch Planen oder schwere Stoffe ersetzt. Fehlende Fenster stellten nur in den kalten Winternächten ein Problem dar und konnten dann notfalls mit Kartons abgedichtet werden. Im Sommer ließ man Türen und Fenster sowieso weit geöffnet. Strom war vorrätig, wenn man sich an Leitungen der umstehenden fertigen Häuser bediente. So sah man, gerade in den Stadtteilen der wohlhabenden Bevölkerung immer wieder halbfertige Gebäude, die bewohnt waren. Kinder liefen barfuß und mit verschnupften Nasen herum, kletterten teilweise über liegen gebliebenen Bauschutt, während ihre Mütter auf kleinen Gaskochern oder gar offenen Feuern vor den Häusern kochten und danach ihr Geschirr in weiten

Schüsseln abspülten. Die Menschen hatten wenig, doch so zumindest eine Unterkunft.

Auf unserer Fahrt jedoch konnte die Gegenwart mich kaum beeindrucken, wenngleich ich auch pausenlos voller Interesse aus dem offenen Fenster des Taxis sah. An diesem Tag zählte nur die Vergangenheit, die alte, längst vergangene Welt der ägyptischen Hochkultur. Wir waren endlich auf dem Weg, die Weltwunder der Antike in natura zu bestaunen, waren ihnen nun schon näher, als je zuvor, nur darauf wartete ich in diesen Minuten im Wagen auf der Schnellstraße Richtung Wüste.

Plötzlich tauchten sie auf, links neben der Straße, dunstig hinter einem Schleier aus Staub. Unglaublich, diese Bauten, unfassbar, wie lange schon sie felsenfest im Sand verharrten, unglaublich, dass sie jetzt hier waren, dass ich sie bald sehen würde... Doch vorerst ging es vorbei an diesem magischen Ort, denn Nabil würde nicht nur nach Gizeh fahren, sondern zuvor noch zu anderen Pyramidenbauten in der Umgebung – mein Herz für Altertümer schlug sofort höher.

Nabil fuhr extra langsam, als die *Knickpyramide* in Sichtweite kam. Diese hatte ihren Namen erhalten, da sich zur Spitze hin ihr Neigungswinkel vergrößert, um den zu großen Druck der oberen Steinschichten auf die unteren zu mindern - eine rein statische, aber wirkungsvolle Maßnahme der altägyptischen Architekten. Es war beeindruckend, wie die großartigen Baukünstler vor mehreren tausend Jahren Winkel und Maße der Steinkolosse hatten berechnen können, wie exakt sie die Grabmäler der Pharaonen nach Sonne und dem Stand der Sterne ausgerichtet hatten.

Den ersten richtigen Stopp legten wir in *Dashur* ein, dem Ort, an dem sich die Rote Pyramide gen Himmel erhebt. Sie ist majestätisch und schon von weit her zu sehen. Auf der asphaltierten Straße dorthin hielt Nabil plötzlich an einem Pförtnerhäuschen an, das wie aus dem Nichts neben der Fahrbahn auftauchte. Ich saß auf dem

Beifahrersitz und hörte nur, wie die Tür im Fond geöffnet wurde. Meinem Vater auf dem Rücksitz wurde angedeutet, etwas Platz zu machen. Als ich mich umdrehte sah ich, wie ein uniformierter Polizist sich neben meinen Vater niedergelassen hatte. Erst auf den zweiten Blick fiel mir auf, dass er ein Maschinengewehr bei sich trug. Ich starrte den Mann nur ungläubig an und musste schlucken. Auch meinem Vater schien beim Anblick des Bewaffneten nicht ganz wohl zu sein. Doch der Polizist hatte die Angst wohl bemerkt und nahm uns die Sorge, in dem er ein breites Grinsen aufsetzte. „Ahmed" stellte er sich vor und Nabil erklärte, dass er zu unserer Sicherheit mitfahren würde. So wie Polizeiwagen auch Touristen im Konvoi begleiteten, um diese vor terroristischen Anschlägen zu schützen, sollte Ahmed nun auch uns als Alleinreisende samt Fahrer bewachen.

Die Ägypter hatten gelernt, aus dem schrecklichen Anschlag in Luxor am Tempel der *Hatschepsut,* einige Jahre zuvor, wo Terroristen ein Blutbad unter den Besuchern des Tempels angerichtet hatten. Ich konnte mir zwar beim besten Willen nicht vorstellen, dass dort mitten in der Wüste außerhalb Kairos, Terroristen ausgerechnet auf zwei Alleinreisende inklusive einheimischen Taxifahrer lauern würden, doch Ahmed schien zu wissen, was er tat und so fühlte ich mich plötzlich sicherer vor Ereignissen, die vermutlich gar nicht eintreten würden.

Nun standen wir vor ihr, der ersten Pyramide, die ich aus nächster Nähe und nicht nur auf Bildern bewundern konnte. Sogleich stellte ich mich vor, wie sie in der Abenddämmerung aussehen würde, dann wenn die Sonne über der Wüste untergeht. Doch es war erst früher Vormittag als das Taxi einige Meter entfernt von der Pyramide zum Stehen kam. Kein Mensch weit und breit war zu sehen. Wir waren die einzigen Besucher. Es war um diese Tageszeit schon so warm, dass man einen heißen Tag erahnen konnte, doch der Wüstenwind umwehte uns sanft, so dass es keine Mühe kostete, dort in der Wüste das Pyramidenfeld zu entdecken, die Umrisse Kairos noch blass sichtbar in der Ferne.

Beim Näherkommen sah mein Vater etwas, dass uns eine noch bessere Möglichkeit zur Entdeckung dieser Pyramide lieferte, als gedacht: an der der Straße zugewandten Seite, führte ein Weg nach oben. Scheinbar vor Jahrhunderten in den Stein geschlagene, ungleichmäßige Stufen an der Pyramidenwand. Der Aufgang endete ungefähr auf halber Höhe vor einer dunklen Öffnung. Dort musste sich der Eingang ins Innere der Pyramide befinden. Lange brauchten wir nicht überlegen: wir wollten an der Wand der Pyramide hinauf. Während Nabil seinen alten schwarz-weißen Peugeot abkühlte, in dem er alle Türen, Fenster, sowie Heck- und Frontklappe geöffnet hatte, machten wir uns daran, die Pyramide zu erklimmen. Wir kletterten über verschieden hohe Steinblöcke höher und höher, bis wir außer Atem vor dem Eingang in der Wand stehen blieben. Dort oben saß ein freundlicher Herr, der uns zulächelte und uns aufforderte, in die Pyramide hinunter zu steigen.

Ich blickte zurück, sah das Taxi winzig in der Ferne und weiter hinten ein Nichts aus Sand, Steinen und der Wüste. Kairo, irgendwo dort draußen, war nicht mehr zu erkennen. Dann endlich wollten wir hinabsteigen ins Innere des Pharaonengrabes. Vor uns lag ein schmaler Gang, den man bestenfalls gebückt betreten konnte. Auf meterlange Holzbretter waren Querstreben genagelt, die wie eine Leiter meterweit in die Tiefe führten. Wir waren gespannt, was uns in der Grabkammer erwarten würde und machten uns gemeinsam an den Abstieg. Was anfangs noch recht einfach ging, wurde mit zunehmender Tiefe immer beschwerlicher. In gebückter Haltung, den Kopf abwärts krochen wir mehr, als dass wir gingen. Der Rücken begann zu schmerzen, die Beine wurden schwächer und zitterten. Unten angekommen standen wir in der leeren Grabkammer. Im Halbdunkel sah ich mich um und konnte mir anhand der leeren Kammer und der kahlen Wände nur schwerlich vorstellen, wie die ehemalige Ruhestätte eines Pharao ausgesehen haben konnte. Während draußen vor der Pyramide niemand außer uns gewesen war, trafen wir nun in ihrem Inneren plötzlich auf weitere Neugierige: ein japanisches Paar war kurz vor uns in den Schacht geklettert und hatte nun in der Grabkammer noch eine Holzleiter erklommen, die auf eine höher gelegene kleine Plattform führte. Als Zeichen der Verwunderung, in dieser Stille und Einsamkeit, andere Menschen zu treffen, lächelten die Japaner in der Dämmerung zu uns herunter.

Sie kletterten vor uns die Stiege wieder hinauf, während wir noch einige Minuten in der leeren Kammer verharrten. Es gab nichts Spannendes zu sehen, keine kunstvollen Wandmalereien für den toten Pharao für seine Reise ins Jenseits, geschweige denn irgendetwas, das an eine Grabkammer im eigentlichen Sinne erinnert hätte. Wir standen in einer leeren Kammer, die vermutlich nicht das eigentliche Grab, sondern eine Art Vorraum dessen gewesen war. Dennoch war die Tatsache großartig, einmal im Inneren einer Pyramide gewesen zu sein – endlich. Dann begannen auch wir den Aufstieg zurück über die hölzerne Stiege nach oben zur Öffnung, die uns wieder nach draußen führte. Vor dem Schacht, im gleißenden Sonnenlicht, an das sich unsere Augen nach der Dunkelheit erst einmal wieder gewöhnen mussten, blieben wir kurz stehen, um zu Atem zu kommen. Dann begannen wir vorsichtig, einen Fuß vor den anderen setzend, den Abstieg über die ungleichmäßigen Stufen. Ein letztes Winken hinauf zum Pyramidenwächter, dann setzten wir unsere Fahrt fort, schließlich waren wir noch nicht am Ziel des Tages und meiner Träume angekommen. Gizeh wartete…

Der nächste Halt war *Memphis*, die frühere Residenzstadt der Pharaonen. Der Ort tauchte ebenso aus dem Nichts auf, wie zuvor *Dashur*. Zuerst standen am Straßenrand nur Palmen, die sich im seichten Wüstenwind wiegten, später sah man eine hell angestrichene Hütte, die ein kleines Café beherbergte. Trotz einiger Touristen, die schon eingetroffen waren, war die Atmosphäre ruhig und entspannt. Nur ab und an waren vereinzelt Stimmen zu hören.

Zugegeben hatte ich von dieser einstmals großartigen Metropole auch heute noch mehr erwartet. Memphis war für drei Jahrtausende die wichtigste Stadt Ägyptens gewesen. Sie lag an der Stelle, wo Ober- und Unterägypten aufeinander treffen. Die Stadt wurde von *Menes*, dem König der Ersten Dynastie gegründet und war auch Jahre nach dessen Tod Residenz und Verwaltungszentrum. Leider war nicht viel mehr davon übrig, als ein abgestecktes Areal, das als Freilichtmuseum diente, in dem man einzelne Sarkophage und Statuen der verschiedenen Dynastien besichtigen konnte. Wir sahen uns in aller Ruhe die Ausstellungsstücke an, während sich Nabil in dem Café vor dem Eingang eine Pause genehmigte. Der Höhepunkt im Museum war eine Statue des großen *Ramses II.*, die in einem Raum ausgestreckt auf dem Boden lag und zu schlafen schien. Die Statue war umringt von Touristen, die den Koloss aus Stein auf Foto bannten. Um Ramses herum standen weitere Figuren vereinzelt angeordnet. Vielmehr gab es nicht zu sehen. Nach unserer Besichtigung, den üblichen Fotos mit dem Wachpersonal und einigem Bakschisch flüchteten wir vor all den Menschen und gesellten uns zu Nabil, der noch immer geduldig einige Meter entfernt am Eingang des Museums saß, Tee trank und sich mit einem alten Mann unterhielt. Auch wir bestellten Tee, wie auch immer wieder in den kommenden Tagen in Kairo und was besonders mein Vater sehr mochte.

Nach einigen Worten, die ich mit Nabil wechselte, wandte sich plötzlich der Mann, der bis eben mit Nabil ins Gespräch vertieft gewesen war und uns beim Eintreffen kurz gegrüßt hatte uns zu und sprach mich auf Deutsch an: „Willkommen in Ägypten, wie gefällt es Ihnen?".

Meine Verwunderung, inmitten der ägyptischen Wüste, an diesem verlassenen Ort einen alten Mann zu treffen, der fließend Deutsch mit mir sprach, muss er mir angesehen haben. Er erzählte, er habe vor vielen Jahren in München studiert. Es war unglaublich, wie viel er von dieser so fremden Sprache nach all den Jahren noch beherrschte. Wir redeten über Deutschland und mussten ihn und den Kellner des Cafés, der auch zu uns gestoßen war, lachend aufklären, dass wir kein Ehepaar, sondern Vater und Tochter waren. In ihrer Vorstellung war es vermutlich ungewöhnlich, dass ein Vater allein mit seiner Tochter verreist, wogegen sie sich viel eher vorstellen konnten, dass ein Mann eine wesentlich jüngere Frau ehelicht. Als wir unser Familienverhältnis aufgeklärt hatten, schüttelten die beiden Männer den Kopf, lachten und schienen diese Art von Reisegesellschaft nicht nachvollziehen zu können.

Der Alte wollte ägyptische Münzen gegen Euros eintauschen und ich nutzte die Gelegenheit, ihm den Zettel mit Aymans Adresse zu zeigen, damit er diese in arabische Buchstaben übertrug, um es Nabil zu erleichtern, uns an einem der kommenden Tage dorthin zu fahren. Nach diesem überaus netten Gespräch und einer langen Verabschiedung mit vielen guten Wünschen seitens des Alten in unsere Richtung, fuhren wir unserer nächsten Station entgegen: *Saqqara*.

Der Ort, an dem man schon von weither die Stufenpyramide sehen konnte, wie sie sich majestätisch in den blauen Himmel erhob... Diese Pyramide - älter, als die drei von Gizeh - stellte eine Art Prototyp des Pyramidenbaus dar. Während ihrer Entstehungszeit wurde noch über die wohl beste und die Zeiten am längsten überdauernde Bauweise der Pharaonengräber gefachsimpelt und man hatte zur Zeit von Saqqara noch nicht die einzigartige und vollendete Bauweise, wie die der Pyramiden in Gizeh herausgefunden. Wie der Name verrät, hatte man die Pyramide stufenförmig in die Höhe gebaut.

Dort fühlte ich mich wohl. Ich inspizierte fasziniert den Koloss vor mir und wollte am liebsten Stufe für Stufe hinaufklettern. Wenig echte, jedoch sehr touristische Fotos des Bauwerkes entschädigten mich zumindest ein wenig für den nicht gestatteten Aufstieg.

Als kurz darauf mehrere Touristengruppen aus Reisebussen geworfen wurden, machten wir uns fast heimlich und mit unzähligen Blicken zurück auf den Weg zum eigentlichen Ziel - Gizeh. Wie sehnsüchtig erwartete ich doch dieses weltbekannte unumstößliche Gräberfeld...

Schnell steuerte Nabil sein Taxi Gizeh entgegen und ich bekam beinahe Herzflattern, als ich sie im sonnendurchfluteten Dunst der nahenden Wüste erneut wie aus dem Nichts auftauchen sah. Mein Herz schlug schneller, ich begann bei ihrem Anblick zu strahlen: Endlich war ich am Ziel!

Mit weit mehr Touristen, als in Saqqara kamen wir in Gizeh an und ich hatte kaum Worte, als Nabil uns zu einer Plattform hinter den Pyramiden fuhr, von wo aus wir einen ersten Blick auf alle drei Bauten werfen konnten, jedoch noch weit abseits der anderen unzähligen Besucher, die das Feld natürlich vom Eingang aus Gizeh-Stadt her betraten.

Ich verharrte völlig still und sprachlos, achtete nicht auf schreiende Händler, die einige Meter hinter mir ägyptisch-orientalischen Kitsch verkauften oder auf die vielen Touristen, die - teils lärmend, teils ehrfürchtig - den Weg zum selben Ort wie auch wir gefunden hatten. Noch nie war es passiert, dass mir beim Anblick eines Bauwerks oder einer Sehenswürdigkeit Tränen der Rührung und Begeisterung in die Augen stiegen, doch in diesem Moment hätte ich es beinahe geschafft zu weinen. Dieser Augenblick war faszinierend und ich genoss den Anblick der drei Grabmäler. Jahre hatte ich darauf gewartet und stand nun wirklich an diesem Ort, außerhalb Kairos und betrachtete tatsächlich eines der sieben Weltwunder der Antike. Waren die drei steingewordenen Wunder schon auf Bildern beeindruckend, so war ihr Anblick in natura mehr als ergreifend! Vor Ewigkeit erbaut, für die Ewigkeit errichtet… Dort, oberhalb der Pyramiden schien in diesem Moment die Zeit still zu stehen.

Irgendwann beschlossen wir, hinabzusteigen und uns den Wunderwerken zu nähern. Atemberaubend wie sie, je näher das Taxi kam, immer höher vor uns in den Himmel ragten und mit jedem Schritt majestätischer wurden. Dann waren wir nur noch wenige Meter von der Cheopspyramide entfernt und mussten das Gesicht dem Himmel und der Sonne entgegen recken, um die Spitze zu sehen. Was waren moderne stählerne Wolkenkratzer gegen diese steinernen Zeugnisse der Ewigkeit?

Die Cheopspyramide, die zweitälteste der drei Schönheiten, mit ihrer noch teilweise erhaltenen Spitze, gefiel mir am besten und so war sie es, die ich am längsten betrachtete, an deren Fuß ich mich am längsten aufhielt. Andere Touristen schienen weit entfernt, mir war, als wäre ich allein an diesem Ort in der Wüste, so als läge auch die Stadt Gizeh nicht einige hundert Meter hinter mir, sondern als wäre auch dies eine andere Welt.

Doch die Ruhe währte nicht lange. Kurz nachdem wir bei Cheops angekommen waren, wurden wir beinahe gejagt. Hinter uns erschienen junge Männer auf Kamelen. Sie waren wie Beduinen gekleidet, um Touristen anzulocken, die sich für ein Trinkgeld mit ihnen und ihren Reittieren fotografieren lassen wollten. Wir hatten keinen Bedarf, doch der geschäftstüchtige Mann witterte ein Geschäft und beredete mich so lange und intensiv, bis wir uns erweichen ließen und vor ihm und seinem Kamel Aufstellung für ein Foto nahmen. Hatten wir einen der Männer abgeschüttelt, kamen neue Händler, die immer aufdringlicher wurden und die deutlichen Worte von meinem Vater, sie mögen bitte gehen, ignorierten. Man breitete vor uns allerhand ägyptischen Kitsch aus, Lesezeichen mit Hieroglyphendruck, verschiedene Tücher, Pyramidenminiaturen, allerlei weitere Dinge. Als die Männer uns zu sehr bedrängten, räumten wir genervt das Feld. Wir waren die Händler los, doch auch die Stimmung, die ich empfunden hatte, war dahin. Auch die Zeit, die ich unbehelligt an den Bauwerken verbringen wollte, war gestört und vergeudet.

Wir kehrten kurz darauf zu Nabil zurück und fuhren die nur wenigen hundert Meter hinunter zum *Sphinx*. Kleiner, als erwartet, war sie, die Statue, war er der Sphinx. Sie schien in natura eher schmächtig, wenngleich beeindruckend. Doch auch der Platz, an dem er majestätisch gen Gizeh schaut, ist vollkommen anders, als in meiner Vorstellung. War ich doch der Meinung gewesen, Sphinx, den die Ägypter *Abu el-Hol*, „Vater des Zorns" nannten, stünde viel näher bei den Pyramiden und freier, ja tiefer und einsamer in der Wüste, sah ich nun das Gegenteil: Abu el-Hol blickte direkt auf die an das Pyramidenareal angrenzenden Wohnhäuser der Stadt Gizeh, die des Überflusses an Einwohnern wegen, viel zu nah herangebaut worden waren. Könnte Sphinx erzählen, sicher würde er vom modernen Baugeschehen Kairos berichten können, dass sich vor vergleichsweise kurzer Zeit hier abgespielt haben muss. Der Vater des Zorns würde vermutlich seinem Namen alle Ehre machen, schwer seufzen, ob all dieser modernen Stümper, die geschmacklos und kurzweilig bauten. Dabei könnten sie sich direkt hinter ihm ein Beispiel großartiger Baukunst nehmen, würden sie nur die Pyramiden betrachten.

Nach diesem ersten völlig beeindruckenden Besuch bei den Pyramiden und dem Sphinx war ich noch mehrere Male zu den Grabmälern zurückgekommen, mit Eltern und Freunden, die natürlich Kairo nicht ohne einen Besuch der Pyramiden verlassen durften. Sie waren für mich immer wunderschön und faszinierend. Dennoch stellte sich bei wiederholten Besuchen, als ich ganz in Kairo lebte, eine gewisse Routine ein. Ihr Anblick erfreute mich, doch nahm mir inzwischen nicht mehr den Atem... Aber sie waren stets großartig, unglaublich und zeigten bildhaft, greifbar und ganz nahe die unnachahmliche Baukunst der Alten Ägypter, die bis heute Rätsel aufgibt.

Bevor wir Gizeh Richtung Kairo verließen, brachte uns Nabil in ein nahe gelegenes Café, das seinem Freund Ahmad gehörte. Dort wurden wir, dank Nabils Freundschaft zum Herrn des Hauses, zu Malventee eingeladen - ich als einzige Frau unter Männern.

Plötzlich setzte sich Nabils Freund zu uns. Er war ein kleiner untersetzter Mann mit einem runden freundlichen Gesicht, der die traditionelle *Galabeya* sowie ein weißes Tuch um den Kopf trug. Ahmad begrüßte uns mit einem breiten Lächeln und stellte sich uns witzelnd als Bürgermeister von Gizeh vor. Sofort begann er, meinem Vater ein Angebot von zwei Millionen Kamelen zu unterbreiten, wenn er mich heiraten dürfe. Mein Vater blieb hart und verneinte vehement Ahmeds Litanei immer wieder mit dem arabischen *„la´a“*. Ahmads Humor fand Anklang und wir lachten noch viel an diesem Nachmittag.

Gut ein Jahr später war ich erneut in Ägypten und schaute mir mit meiner Cousine die Pyramiden an. Wir hatten den Jahreswechsel unverhofft am Roten Meer verbracht und wollten kurz vor unserer Heimreise nach Gizeh, ohne dessen Besuch meine Begleitung nicht zurück nach Deutschland fliegen wollte. Wieder einmal hatten wir uns von Nabil abholen und chauffieren lassen. Als wir das Pyramidenareal verließen, kamen mir die Straßen und Plätze sehr bekannt vor und ich erinnerte mich, dass dort das Café gewesen war, in dem ich mit Nabil und meinem Vater gesessen hatte, als wir auf Ahmad, den selbst ernannten Bürgermeister von Gizeh getroffen waren. Just in diesem Moment geschah etwas Unglaubliches: als ich gerade an ihn dachte stand plötzlich, wie gerufen, ein kleiner untersetzter Mann in Galabeya vor mir. Wir sahen uns zufällig an und begannen beide übers ganze Gesicht zu strahlen: tatsächlich stand Ahmad vor mir und hatte mich erkannt! Er lächelte und auch ich konnte es nicht glauben. Ich könnte heute nicht mehr sagen, ob wir uns kurz unterhalten oder ob wir uns einfach nur aneinander erinnert hatten, doch diese Begegnung war so unglaublich gewesen.

Es gab sie wirklich, diese kleinen ägyptischen Wunder!

Als wir uns auf den Rückweg gemacht hatten, voller Eindrücke, die ich erst mit der Zeit würde verarbeiten können, lud Nabil uns spontan zu sich nach Hause ein, wo seine Familie schon mit dem Essen auf uns warten würde. Wir waren überrascht und freuten uns sehr über die freundliche Einladung. Vorsichtig äußerten wir Nabil gegenüber jedoch, wir wollten zuvor noch ein Gastgeschenk besorgen. Unser Fahrer war über unseren Wunsch beinahe gekränkt und beteuerte, dass ein Geschenk gar nicht nötig wäre, seine Familie würde sich sehr freuen, uns zu sehen.

5

Wir fuhren wieder der Zitadelle entgegen und hielten nach einer Weile an einer schmalen Straße ganz in der Nähe. Den restlichen Weg zu seinem Haus führte uns Nabil durch dunkle, unbefestigte Gässchen. Immer wieder baumelte über unseren Köpfen Wäsche auf Leinen, die von einem Fenster zum anderen gespannt waren.

Die Pfade, die wir entlanggingen waren uneben und voller Löcher, so dass wir viel langsamer gehen mussten, als Nabil, der sich auskannte und forschen Schrittes voranging. Würden wir später allein aus dem Gewirr dieser Gässchen wieder herausfinden?

Als wir das Haus erreichten, in dem er mit seiner Familie wohnte, stiegen wir im Halbdunkel ungleich hohe Steinstufen hinauf und erreichten in der zweiten Etage die Wohnungstür. Nabil öffnete und wir standen direkt in einem kleinen Zimmer, das wohl gleichzeitig Flur und Wohnzimmer war. Rechts neben der Tür standen ein klappriger Campingtisch und zwei Stühle. Links des Eingangs gingen zwei Türen ab, die in die beiden Schlafzimmer führten. Ein köstlicher Duft von gekochten Speisen stieg mir in die Nase, doch ich konnte keine Küche sehen. Ich hatte keine Zeit, mich darüber zu wundern, denn plötzlich standen Nabils Frau Karima und seine Töchter Nesrin und Nerween vor uns und wir sahen in lachende Gesichter. Sie begrüßten uns freundlich, umarmten mich und schüttelten meinem Vater schüchtern die Hand. Dann wurde mir angeboten, mir die Hände zu waschen und ich war froh darüber, mich nach dem Ausflug in den Staub der Wüste ein wenig erfrischen zu können. Ich wurde zur Rechten des Raumes geführt, wo ich mir in einer weniger als ein Quadratmeter großen Ecke über einem bräunlich-weißen Waschbecken unter einem dünnen Strahl die Hände wusch. Gleich neben der Badezimmer-Nische lag die Küche, in die ich einen kurzen Blick warf. Sie war kaum größer als die Kammer mit dem Waschbecken darin, an der gesamten Seite stand ein wackeliger Küchenschrank, dessen Farbe bereits großflächig abgeblättert war, daneben der Herd. Mehr befand sich nicht darin. Sie reichten mir zum Abtrocknen ein strahlend weißes Tuch, dann wurden wir zu Tisch gebeten. Nabil setzte sich zu uns, während sich seine Frau und die Töchter - nachdem sie mehrere Schüsseln mit unterschiedlichen Speisen vor uns auf den Tisch gestellt hatten - in der Küchenecke niederließen.

Frauen sind, wenn Gäste im Haus sind, meist nicht am selben Tisch zugegen. Ein Umstand, der mich zu jener Zeit noch verwunderte, damals bei unserem ersten Besuch in einem ägyptischen Privathaus. Später jedoch wurde das getrennte Essen für mich Normalität und war nicht mehr befremdlich, wenngleich bedauerlich, dass manches Mal ohne die meist fröhlichen Frauen des Hauses gegessen wurde. Doch oft verlassen sie schlicht den Raum, wenn sich unter den Gästen ein fremder Mann befindet.

Nabil begann, uns die verschiedenen dampfenden Speisen zu erklären, die wir uns schmecken ließen. Wir probierten alle Köstlichkeiten. Reis, Hammelfleisch, Nudeln mit einer fruchtigen Tomatensoße, scharf eingelegte Paprika und *Molokheya*, eine stark mit Knoblauch gewürzte Suppe, die im Geschmack an Spinat erinnerte und in die Fleischbrocken und das warme Fladenbrot getunkt wurden. Es schmeckte herrlich und wir wurden von Nabil immer und immer wieder aufgefordert, weiter zu essen.

Als wir wirklich satt waren und auch Nabil uns zu keinem weiteren Bissen mehr überreden konnte, brachten Frau und Töchter uns starken schwarzen Tee mit Minzblättern darin - genau das richtige, um nach einem guten Essen zu entspannen. Nun gesellten sich auch die Mädchen und Nabils Frau zu uns, wir versuchten Konversation in einem Gemisch aus Englisch und Arabisch, sie überhäuften uns mit kleinen Geschenken und zeigten uns - wie dies viele Ägypter bei Gästen tun - die Familienfotos, über die herzlich gelacht wurde. Wir machten einige gemeinsame Fotos und versprachen, ihnen diese zu schicken. Erst am Abend verließen wir die Familie nach fröhlichen Stunden und Nabil brachte uns ins Hotel zurück. Wir waren glücklich über die Erfahrung, abseits von Touristenpfaden. Nabils Familie hatte mit ihrer Warmherzigkeit und Gastfreundschaft unsere Herzen sofort erobert.

Später sollte ich noch unzählig viele verschiedene Menschen treffen und kennen lernen, Nabils Familie war erst der Anfang auf dem Weg in viele weitere ägyptische Häuser…

Ähnliche Einladungen zum Essen hatte ich in den Jahren danach noch des Öfteren erhalten. Ich bin bis heute fasziniert von der Gastfreundschaft der Ägypter. Gerade die armen Menschen geben Gästen so viel und versuchen, alles ihnen Mögliche zu tun. Man erwartet für Gastfreundschaft keine Gegenleistung und opfert viel Zeit und Mühe, die besten Speisen zuzubereiten, wenn Gäste erwartet werden. Besucher, auch wenn sie unangemeldet vor der Tür stehen, werden ganz selbstverständlich reich bewirtet.

6

Nach der Begegnung mit den wunderbaren Menschen hatten wir für den nächsten Tag den Besuch des Ägyptischen Museums geplant.

Nabil brachte uns dorthin und gab uns zu verstehen, an welcher Stelle er mit seinem Taxi auf uns warten würde. Wir reihten uns in die Schlange der Besucher ein und betraten, nachdem wir die Schleuse der Sicherheitskontrolle passiert hatten, den Vorhof des Museums. Die Fassade des großen Gebäudes befand sich im Bau, nur stellenweise schimmerte zwischen den Planen ein grelles Dunkelrot hervor - ein hübscher Kontrast zum umliegenden Grau der Stadt und zum strahlend blauen Himmel darüber.

Im Inneren war es angenehm kühl und ich konnte mir vorstellen, welche großartigen Schätze mich erwarten würden. Mehrere Jahrtausende ägyptischer Geschichte in Form von Mumien, Särgen, Grabbeigaben, Kleidungs- und Schmuckstücken. Ich würde Kostbarkeiten der Pharaonen, aber auch die der griechischen und römischen Herrschaft in Ägypten bewundern können. Über mehrere Etagen waren die Fundstücke auf das gesamte Gebäude verteilt und die Menschen wandelten zu Hunderten durch die Gänge, betrachteten die in Vitrinen ausgestellten Fundstücke, fotografierten Statuen oder umringten die hölzernen Särge, die - mehrere ineinander eingepasst - als letzte Ruhestätten der mumifizierten verstorbenen Pharaonen gedient hatten. An diesem Ort fühlte ich mich wohl, dies war meine Welt. Voller Bewunderung lief ich herum und konnte mein Glück nicht fassen, mein für Altertümer im Allgemeinen und ägyptische im Speziellen, schlagendes Herz befriedigen zu können. Doch der Höhepunkt des gesamten Hauses war ohne Zweifel die prachtvolle Maske des jugendlichen Pharao *Tutanchamun*.

Wie oft hatte ich das berühmte gold-blaue Abbild des jungen Mannes in Büchern bewundert? Wie oft war ich völlig hingerissen gewesen von der Klarheit seines Gesichts, den schönen Augen und dem filigran gearbeiteten Schmuck der Maske? Wie gut erhalten sie geblieben war, als der englische Archäologe Howard Carter im Jahre 1922 die berühmteste Entdeckung der ägyptischen Archäologie machte, in dem er die mit unvergleichbar wertvollen Beigaben gefüllte Grabkammer des viel zu jung verstorbenen Königs im Tal der Könige in Oberägypten fand. Die weltberühmte Maske hatte direkt auf dem mumifizierten Gesicht des Pharaos geruht und war von Carter und seinen Arbeitern entdeckt worden, nachdem sie den Leichnam aus den ineinander liegenden Särgen freigelegt hatten.

Endlich konnte ich dieses weltberühmte Fundstück mit eigenen Augen bewundern, konnte das Licht im Gold glitzern sehen und ihn von allen Seiten betrachten. In einem abgedunkelten Raum drängten sich viele Menschen um eine Vitrine um genau das anzusehen, das auch ich betrachten wollte. Irgendwann waren auch wir an der Reihe, Tut zu begrüßen und waren vollkommen fasziniert. Viel kleiner, als ich sie mir vorgestellt hatte, blickte mich die Maske des Pharao an, ernst und starr und doch erschien sie mir lebendig und belebt, so als wollte sie ihr Geheimnis und das des Todes Tutanchamuns preisgeben. Diese filigran gearbeiteten Augen, das satte Blau, das strahlende Gold. Unglaublich, wie wertvoll diese Maske war, besonders als Dokument pharaonischer Geschichte. Ich lief wieder und wieder um den Glaskasten herum, in dem die Maske majestätisch aufgerichtet zu sehen war und vermochte nicht, mich im Moment des Aufeinandertreffens mit dieser wunderschönen Berühmtheit, auf etwas anderes, als auf ihn zu konzentrieren. Ich war beinahe traurig, als wir den Raum wieder verließen. Wie schön sie doch war, die Totenmaske des bekanntesten und zugleich unbekanntesten Pharaos Ägyptens.

Wir wandelten noch mehrere Stunden durch die Gänge des weitläufigen Museums und entdeckten noch so manchen Schatz der verschiedenen Dynastien, wenngleich keiner so prachtvoll war, wie die berühmte Totenmaske. Konnte dieser Tag noch Besseres bringen, als diesen Schatz?

Nabil brachte uns nach dem Museumsbesuch zum Haus von *Muhammad Ali*, dem albanisch-stämmigen Sultan, der Ägypten im 19. Jahrhundert in die Unabhängigkeit der britischen Besatzung geführt hatte. Dieser Mann hatte prächtig gewohnt, sein Haus war mit Elementen verschiedener Kulturen der ganzen Welt ausgestattet, orientalische Fliesen wechselten sich mit schweren Samtvorhängen ab.

Nach so viel Pracht brauchten wir eine Pause, so dass wir uns in einem kleinen Café am Straßenrand, von denen es in Kairo scheinbar Tausende gab, einen heißen gesüßten Tee schmecken ließen.

Gegen Abend fuhr Nabil mit uns zu einem Suq, der ganz den Einheimischen gehörte und wo wir die einzigen Fremden waren. Die Hauptstraße des Marktes war unbefestigt, so dass unsere Schuhe von einem Schleier aus Staub bedeckt waren. Menschen hasteten an uns vorbei, einige trugen große rechteckige Körbe auf den Köpfen, die aussahen wie Käfige und auf denen *Aish*, Laibe des einfachen Fladenbrots, dem Hauptnahrungsmittel der Ägypter, aufgestapelt waren. Der Markt war erfüllt von Farben, Bewegung und verschiedenen Gerüchen. Es gab alles, was die Menschen zum täglichen Leben brauchten. Wir liefen umher, sahen uns um und beobachteten die Händler in ihren winzigen Läden, in denen, kleinen Garagen gleich, das Sortiment bis unter die Decke aufgetürmt war. Die meisten Verkäufer saßen auf klapprigen Holzstühlen vor ihren Läden, rauchten *Shisha*, die traditionelle Wasserpfeife, tranken Tee, unterhielten sich oder spielten *Tawla*, eine Art Backgammon, das im Orient ein beliebter

Zeitvertreib ist. Man hörte das Gewirr von Stimmen, die Schreie der Kaufmänner, die ihre Waren anpriesen, das Gackern von frei laufenden Hühnern und die Musik, die aus unterschiedlichen Richtungen - ob Fenstern, Türen oder den „Garagenläden" - zu uns herüber drang. Die Eindrücke, die auf uns einstürzten, liefen über und ich hatte Mühe, all das Neue, das ich sah, aufzunehmen. Verschleierte Frauen bewegten sich langsam vorwärts, oft trugen sie ein kleines Kind auf einer Schulter sitzend, ein weiteres an der Hand, obendrein ihren Einkauf. Ich hörte immer wieder ihr Arabisch, diese kehlige Sprache, die mir, je länger wir in Kairo blieben, immer vertrauter wurde.

Frauen saßen auf Decken am Straßenrand und verkauften Gemüse, Kinder liefen zwischen den Geschäften hin und her und erledigten Botengänge. Es roch nach Fleisch, gebratenen Zwiebeln, Gewürzen, Schmutz und Staub.

Überwältigt kehrten wir - Nabil voran - in einem dunklen Lokal ein. Wir nahmen auf Campingstühlen Platz und Nabil bestellte etwas zu Essen. Er erklärte uns, dass wir nun *Koshary* essen würden und ich freute mich riesig. Vor meiner Reise war mir dringend ans Herz gelegt worden, das ägyptische Nationalgericht zu probieren. Ich war neugierig darauf. *Koshary* besteht aus Nudeln, Reis, Linsen und Kichererbsen, wird mit Tomaten- oder pikanter Knoblauchsauce übergossen, mit gerösteten Zwiebeln garniert und meist in tiefen Tellern oder Schüsseln serviert. Es schmeckte tatsächlich wunderbar, man hatte mir also zuvor nicht zu viel versprochen. Obwohl schon längst satt, orderte Nabil eine weitere Köstlichkeit: *Ruzz bi-Laban*, einen süßen, mit Kokos und Rosinen bestreuten Milchreis.

Ich erinnerte mich bei unserem Spaziergang auf dem Markt an meinen Arabischkurs und mir fiel wieder ein, wonach ich hier in Kairo unbedingt suchen wollte: arabische Musik. Im Konversationskurs an der Universität war ich zum ersten Mal mit ägyptischer Popmusik in Berührung gekommen, als unsere Dozentin uns ein Lied von *Amr Diab* vorgespielt hatte. *Amr Diab*, war einer der bekanntesten Sänger in der arabischen Welt, lange unerreicht, inzwischen jedoch von Jüngeren seines Faches abgelöst. Ich erzählte Nabil, dass ich diese Musik gern kaufen würde, doch er vertröstete mich auf später, es würde auf diesem Markt keine guten Kassetten geben. So würde ich mich also noch gedulden müssen.

Auf dem Rückweg zum Hotel hielt Nabil plötzlich in zweiter Reihe an. Er sprang wortlos aus dem Auto, lief zügig in ein Geschäft und kam wenige Minuten später lachend wieder. In der Hand hielt er eine Kassette von *Amr Diab*. Er legte sie sofort in sein Autoradio und Sekunden später ertönte „*Nur al-Ain*", jenes Lied, das ich im Arabisch-Kurs gehört hatte. Nabil drehte die Lautstärke voll auf, ich genoss den Rhythmus des Liedes und ließ mir den Fahrtwind, der durch die geöffneten Scheiben hereinströmte, um die Nase wehen. Ich war glücklich, so glücklich, genau dort in Kairo.

≈≈≈≈≈

*Auf den Märkten und in den Straßen brannte man
Weihrauch, edlen Kampfer, Aloe, indischen Moschus und
grauen Ambra ab, die Bewohner der Stadt färbten sich
frisch die Hände mit Henna und die Gesichter mit Safran
und die Tamburine, die Flöten, die Klarinetten, die
Querflöten, die Becken und die Trommeln erfüllten die
Luft wie an großen Festtagen.*

Tausendundeine Nacht, 1001. Nacht

≈≈≈≈≈

7

Die Tage in Ägypten vergingen wie im Flug und dennoch schien es mir, als wären wir schon eine Ewigkeit dort, was zweifellos daran lag, dass wir jeden Tag dank Nabil unglaublich viel von dieser riesigen Stadt sahen und erlebten. Zugegeben, trotz der Größe Kairos, des Lärms und Schmutzes, der Armut und der Hektik fühlte ich mich auf unerklärliche Weise ein Stück weit zu Hause. Ich spürte ein Gefühl der Sicherheit, dass ich noch bei keiner Urlaubsreise zuvor kennen gelernt hatte.

Wir besuchten erneut das *Islamische Viertel* von Kairo, denn nahe der *Al-Azhar Moschee* befand sich das Museum für Islamische Kunst, dass die umfassendste Sammlung islamischer Kunstwerke der Welt beherbergte. Hier bewunderte ich die prachtvollen Teppiche, Intarsien, den Namen Gottes in kunstvoller Kalligraphie, Fresken und jahrhundertealte Gefäße aus Porzellan und edlen Metallen. Es waren beeindruckende Kunstschätze einer Religion, in der die bildliche Darstellung Gottes und des Menschen untersagt war.

Auch den *Moqattam-Berg* fuhren wir erneut hinauf - Weite hatte in dieser Stadt eine besondere Dimension. Von dort konnten wir noch einmal über die Stadt schauen und machten bei einer unserer vielen Teepausen dieser Reise Halt an der Hauptstraße Moqattams, der *„Šārih Tisa'a"*, der 9. Straße. Später, als der Stadtteil mein erstes Zuhause in Kairo geworden war, glaubte ich mit Sicherheit das Café wiedererkannt zu haben, in dem wir damals mit Nabil gesessen hatten.

Bei diesem ersten Besuch in Kairo blieb mir Moqattam, als die Totenstadt und als Ort der christlichen Kirche hoch über Kairo im Gedächtnis, überdies jedoch war dieses Gebiet für mich weniger von Bedeutung, als andere Stadtteile Kairos. Doch Jahre später war es eben genau

Moqattam, das das wichtigste Gebiet Kairos für mich wurde: dort lebte ich fast zwei Jahre lang!

Das nächste Ziel des Tages war ein touristisch bekannterer, viel mehr frequentierter Ort, weltberühmt und für Ausländer der Inbegriff von Orient und 1001 Nacht. Es war die Erfüllung ihrer Vorstellung vom orientalischen Basar, von Wohlgerüchen exotischen Gewürzen und arabischen Speisen: wir erreichten den berühmten *Khan el-Khalili*.

Von der *Al-Azhar-Moschee*, nur getrennt durch die gleichnamige Straße, hinter der *Hussein-Moschee* beginnt der größte Suq Kairos. Zur Zeit seiner Entstehung im 15. Jahrhundert nach Christus und viele Jahre danach, war der Markt streng nach Zünften getrennt. Man bekam in einer Straße Silber- und Goldschmuck, in der anderen Gasse gab es die verschiedensten Gewürze und an einer anderen Ecke Lebensmittel.

Inzwischen war das Labyrinth aus unzähligen verschlungenen Straßen und Gassen ein bunt zusammengewürfeltes Angebot, wenngleich man noch immer die Gasse mit den Schmuckgeschäften, eines neben dem anderen, erkennen konnte. Der *Khan el-Khalili* war nach dem hohen Beamten Al-Khali benannt worden, der an der Stelle, an der sich das Basar-Viertel ausbreitete, einen Khan bauen ließ, eine Art Hotel mit Warenlager für durchreisende Händler.

Nabil gab uns noch den einen oder anderen Hinweis mit auf den Weg - wir sollten uns keine überteuerten Waren aufschwatzen lassen und auch nicht in den für Touristen besonders reizvollen, jedoch teuren Cafés einkehren - und dann ließ er uns allein losziehen. Wir bummelten ohne Ziel durch die Gassen, staunten, hörten, rochen und fühlten die allgewaltige Lebendigkeit der Menschen, dieses Ortes und der ganzen Stadt. Überall riefen geschäftstüchtige Händler uns heran, um mit einer einladenden Handbewegung ihre Waren zu präsentieren. Wir schauten kurz hier und da und ließen uns weiter treiben, im Strom der Einheimischen, aber auch der vielen Touristen. Wohin wir genau gingen, wussten wir nicht, man konnte sich bei diesem einen Besuch nicht zurechtfinden. Doch es gab aus den kleinsten Gassen immer wieder einen Weg zu einer größeren Straße, so dass wir nach mehreren Stunden des Bummelns irgendwann wieder zum Hussein-Platz fanden, wo Nabil uns verlassen hatte. Kaum hatten wir uns dort auf einer kleinen Mauer niedergelassen, kam er auch schon lächelnd auf uns zu, so als hätte er geahnt, dass wir wieder am Treffpunkt angekommen waren.

Für den Abend hatte Nabil noch eine besondere Überraschung für uns: eine Tanzshow der Sufis auf der Zitadelle!

Sufis, islamische Mystiker die durch Meditation, Rückzug aus der irdischen Welt, die stetige Wiederholung des Namen Gottes oder gar durch Selbstkasteiung der Welt entrückt sind und dadurch näher zu Gott finden können. Für fundamentalistische Muslime sind Sufis keine wahren Muslime, vergleichbar eher mit einer abtrünnigen Sekte.

Die „touristische" Sufi-Variante in Ägypten sind diejenigen, die *Tannura* tanzen. Sie tragen bunte, schwere Gewänder und drehten sich um sich selbst, während rhythmische Musik erklingt. Sie beginnen langsam, drehen sich weiter und weiter, ihre bunten, rockähnlichen Gewänder beginnen sich zu heben. Immer schneller wird die Musik, immer weiter drehen sie sich, die Gewänder wirbeln wie Scheiben um sie herum. Durch den immer gleichen Rhythmus der Trommeln scheinen sie in Trance zu geraten und Raum und Zeit zu vergessen.

An diesem Abend, während der atemberaubenden Vorstellung war es mir gänzlich gleichgültig, wie viel Islam in einem Sufi steckte oder ob sie Abtrünnige waren, wie sie bezeichnet wurden. Die Musik, die Tänze, all die Farben, waren ein unglaubliches Fest für die Sinne.

8

Schon war er angebrochen, unser letzter Tag in Kairo. Eine viel zu kurze Woche war viel zu schnell vergangen. Wehmut erfasste mich…

An diesem letzten Tag wollten wir die Familie von Ayman besuchen und machten uns wieder mit Nabil auf den Weg nach *Zahraa al-Maadi*, einem Vorort des Stadtteils *Maadi*, schnell erbaut mit neuen sandbraunen Häuserblocks, breiten Straßen und schmalen Grünstreifen zwischen den Fahrbahnen. Wir brauchten lange, um uns in den immer gleich angelegten Wohngebieten zurechtzufinden, fuhren wieder und wieder im Kreis, bis Nabil an einer Telefonzelle anhielt und unseren Besuch bei Aymans Familie ankündigte, nicht jedoch ohne sich den genauen Weg zu ihnen erklären zu lassen.

Plötzlich standen wir vor einem dieser immer unfertig anmutenden Häuser und schon als wir das Treppenhaus betraten, öffnete sich die Tür im Erdgeschoss. Eine junge Frau begrüßte uns überschwänglich freundlich und, obwohl wir uns nicht kannten, wusste ich, dass diese zierliche junge Frau Aymans kleine Schwester war. Shayma bat uns herein und im geräumigen und hellen Wohnzimmer saß ihre Mutter, die mich sofort an ihr Herz drückte und mehrmals auf die Wangen küsste. Nabil wurde kurzerhand mit eingeladen und ich saß da, sprachlos vor Freude und ein wenig ungläubig, nun in diesem Zimmer zu sitzen.

Während Shayma sich sofort in der Küche zu schaffen machte, unterhielt ich mich mit Aymans Mutter - unterstützt durch Shayma, die Englisch sprach und hin und wieder aushelfen musste. Wir tauschten die üblichen Höflichkeitsfloskeln aus, fragten uns gegenseitig nach dem Befinden und Aymans Mutter wollte wissen, wie es uns in Kairo gefiele. Kurz darauf wurden wir wieder einmal von der schier grenzenlosen Gastfreundschaft einer ägyptischen Familie überwältigt, als ein köstliches

Mittagessen mit anschließendem Tee serviert wurde. Shayma zeigte mir Aymans Zimmer und erzählte, wie traurig er gewesen war, als er erfahren hatte, dass ich in Kairo, er aber zeitgleich in Europa wäre.

So bedauerlich es war, ihn in seiner Stadt und seinem Haus nicht angetroffen zu haben, so hatten mich der Besuch und das Kennenlernen seiner Familie doch entschädigt. Sowohl ich, als auch seine Mutter und Schwester würden ihm von unserer Begegnung berichten, jede aus der jeweils eigenen Sichtweise. Noch einmal hatte ich an diesem Tag Einblick in das Haus einer ägyptischen Familie gewonnen, wie schon zuvor dank der unvermittelten Einladung in Nabils Haus. Ich hatte dort Freundlichkeit und Zuwendung erfahren und war willkommen bei Menschen, die ich im Grunde gar nicht kannte. Diese unbedingte Herzlichkeit mochte ich bei jedem meiner Besuche bei Freunden und Verwandten in Ägypten und hielt sie als eine der schönsten Erinnerungen an Kairo immer fest.

Einige Monate nach dem Treffen mit Aymans Familie hatte ich die Gelegenheit, ihn noch einmal in Deutschland zu treffen, als er mit seiner Gruppe einige Tage für Auftritte gekommen war. Unsere Begegnung war freundlich, wenn auch weniger herzlich, als die Jahre zuvor. Vieles hatte sich geändert, wir hatten uns verändert und diese Veränderung konnte man an unserem Verhältnis spüren. Der inzwischen eher sporadische Kontakt zu Ayman schlief beinahe ganz ein, obwohl wir Jahre später fast zeitgleich in dieselbe Stadt gezogen waren, jeder mit der eigenen Familie. Doch nicht nur unser Wohnort verband uns. Wir waren inzwischen Verwandte geworden, denn er hatte meine Cousine mütterlicherseits geheiratet.

Das Leben nimmt oft unerwartete Wendungen und geht seltsame Wege.

Der Abend war angebrochen, als wir mit Nabil noch eine letzte Teepause, irgendwo am Wegesrand einlegten. Wir drei waren merklich still geworden. Selbst mein Vater, der kein Mann großer Gefühle war, zeigte sich nachdenklich.

Auch ihn hatte Kairo ergriffen. In diesem Moment, da uns nur noch ein paar Stunden bis zum Abflug blieben, hätte ich gern die Zeit angehalten. Es war eine beeindruckende Woche gewesen, viele neue Erfahrungen und Eindrücke waren auf uns eingetroffen. Ich konnte nicht erklären, warum es mir so ging. Es war nur eine einwöchige Reise gewesen. Als Touristen hatten wir uns dem Land am Nil genähert, nun würden wir zurück in den Alltag fliegen und uns immer erinnern. Wir würden erholt und mit vielen Erlebnissen nach Hause zurückkehren und irgendwann würde auch die schönste Erinnerung ein wenig verblassen, irgendwann, früher oder später. Alles ging einmal zu Ende und die nächste Reise würde kommen, so wie es immer gewesen war. Doch dieses Mal - ich wusste nicht einmal genau, warum - viel mir der Abschied so viel schwerer. Diese Woche war kein normaler Urlaub gewesen. Diese Stadt hatte etwas mit mir gemacht, hatte mich ergriffen und hielt mich fest, so sehr, dass ich glaubte, ein Stück von mir dort zurücklassen zu müssen.

Am Hotel verabschiedeten wir uns von Nabil, unserem fürsorglichen Freund, der uns bat, nach unserer Ankunft in Frankfurt doch kurz bei ihm anzurufen. Wir bummelten noch ein wenig durch die Gassen rings um das Hotel, um das unaufhaltsame Ende der Reise hinauszuzögern. Doch als es dunkel wurde, war auch dieser letzte Tag vergangen. Morgen, ganz zeitig in der Frühe schon, würde uns das Flugzeug zurück bringen in die Heimat, zurück in eine vollkommen andere Welt…

9

Ich wusste, ich würde nach Ägypten zurückkehren. In dieser einen Woche hatte mich das Land so sehr ergriffen. Wieder zu Hause angekommen fühlte ich mich leer, wie es schlicht in einer Urlaubswoche selten passiert. Ich vermisste die hupenden Autokolonnen, die sich schleichend durch die Straßen der Stadt schoben. Mir fehlte die Freundlichkeit der Menschen, das Lächeln in den Gesichtern. Ich vermisste wunderschöne Moscheen, kleine unscheinbare Teestuben und den Sand der nahenden Wüste. Ich hörte noch immer die Geräusche der Stadt, spürte noch immer die Sonne in meinem Gesicht und manchmal, wenn ich nicht an Kairo dachte, erfüllte für einen kurzen Moment ein besonderer Geruch die Luft, den ich noch Wochen zuvor in Ägypten gerochen hatte. Ich hielt dann kurz inne, schloss die Augen und war für wenige Sekunden ganz real wieder zurückgekehrt. Noch nie zuvor, hatte mich eine Woche Urlaub so beeindruckt. Welcher Zauber hatte mich ergriffen, den ich nie zuvor erlebt hatte? Etwas war in mir passiert, dass mich dieses Land nicht losließ, doch zu diesem Zeitpunkt wusste ich nicht, dass mein Wunsch sich erfüllen und ich tatsächlich zurückkehren würde!

Über ein Jahr nach der ersten Reise lag die Rückkehr nach Ägypten in greifbarer Nähe.

Wieder in Begleitung, diesmal meiner Cousine, mit der mich ein inniges Verhältnis verband und die, wie ich, vom Ägypten-Fieber befallen war. Ayman war unser gemeinsamer Freund und auch sie hoffte, ihn in Kairo zu treffen. Wir hatten ein Hotel in *Downtown* gebucht und wollten den Jahreswechsel gemeinsam in Ägypten verbringen.

Das nächtliche Kairo tauchte nur Minuten vor der Landung unter uns auf und wir schauten fasziniert hinunter auf Millionen goldene Lichter, die die Nacht erhellten. Ich konnte den Nil erkennen, der sich majestätisch und schwerfällig dort unten dahinzog. Ich war glücklich und neugierig, gleich zu landen, dort wo ich schon einmal wundervolle Tage erlebt hatte.

Doch mein Herz schlug in diesen Minuten nicht nur für diese endlose Metropole unter mir, es schlug viel mehr für den Mann, den ich dort treffen würde, nach Monaten, die wir auf diesen Tag hatten warten müssen. Es würde die zweite Begegnung unseres Lebens werden und ich war nervös.

Die Begegnung mit Hamdy war Zufall gewesen, vielleicht der glücklichste meines Lebens.

Wir hatten uns einige Monate zuvor in Deutschland kennen gelernt und er wurde meine neue Verbindung nach Kairo, eine Verbindung, die weitreichender wurde, als ich es mir zu diesem Zeitpunkt je hätte vorstellen können. Hamdy war ebenfalls Tänzer, eine Kollege von Ayman und wir waren uns begegnet, als das Ensemble zum Gastspiel in Deutschland war. Ayman, den wir eigentlich treffen wollten, sahen wir kaum, doch für mich war dies auch gar nicht mehr wichtig… Ich hatte Hamdy nur zwei Mal gesehen, wenige Augenblicke, doch dieser strahlende Mann hinterließ einen so bleibenden Eindruck bei mir, dass ich später über Umwege Kontakt zu ihm aufnahm. Wir begannen einen regen Mailkontakt und telefonierten hin und wieder, ohne dass wir uns wirklich kannten. Nach Monaten war es klar: wir wollten uns wiedersehen.

Nun trennten uns nur noch wenige Flugminuten von Kairo und mich von Hamdy und meine Aufregung kannte kaum Grenzen.

Unser Flug hatte Verspätung und ich hoffte, er würde dort unten noch immer auf mich warten. Meine Begleitung und ich hatten ein Hotel gebucht, so würden wir unabhängig sein und könnten die Stadt gemeinsam erkunden, sie zum ersten Mal, ich endlich erneut.

Selbst in der Nacht war am Flughafen keine Ruhe. Menschen drängten sich am Gepäckband, den Visaschaltern oder umringten die Touristenführer, die mit den Namen der Ankommenden beschriftete Schilder am Passagierausgang in die Höhe hielten und auf die Gäste warteten. Nach der Landung und Passkontrolle - all dies kam mir vor wie Stunden - sah ich Hamdy tatsächlich hinter der Absperrung. Er hatte Blumen mitgebracht, lachte mich die ganze Zeit an und ich spürte meine weichen Knie. Die Wiedersehensfreude war groß, sowohl mit diesem Mann, als auch mit dieser magischen Stadt.

Vor dem Ankunftsgebäude umgab mich der vertraute Geruch von Staub und Abgasen. Die Straße durch den Vorort *Heliopolis*, der Innenstadt entgegen, vorbei an majestätischen Villen und den klobigen Gebäuden der Militärakademie, war beinahe leer, nur vereinzelte Fahrzeuge begegneten uns. Ich war glücklich und überwältigt von all der Freude, die ich erfahren durfte. Es war keine Ewigkeit, die vor uns lag, doch jetzt erfreute ich mich an jeder einzelnen Stunde. Zwei Tage blieben wir in Kairo, bevor wir ganz spontan weiter gen Süden nach Sharm el-Sheikh fuhren. Es waren schöne Tage, dort am Meer, doch auch Kairo lockte uns zurück, auch wenn ich auf dieser Reise nicht so sehr eintauchen konnte, wie ein Jahr zuvor. Den einzigen verbleibenden Tag in Kairo nutzten meine Cousine und ich, um die Pyramiden zu besichtigen. Denn besucht man die ägyptische Hauptstadt, darf ein Besuch an den Grabmälern nicht fehlen.

Für die Fahrt nach Gizeh hatte ich Nabil angerufen, der sich wirklich und ehrlich freute, meine Stimme zu hören und uns am Morgen nach Gizeh fuhr. Später war er sehr traurig, dass unser Zeitplan es nicht erlaubte, ihn zu seiner Familie zum Essen zu begleiten. Ich ließ beim

Aussteigen meine mitgebrachten Geschenke im Wagen zurück und verabschiedete das davon rauschende Taxi.

Meine Begleitung wollte an diesem Tag noch die Schätze im Ägyptischen Museum bestaunen, das für mich auch beim zweiten Besuch wunderbar war, doch nichtsdestotrotz kannte ich es bereits…

Nach einem Besuch in der Kairoer Oper, um Ayman zu treffen und einer Schifffahrt auf dem Nil, verbrachten wir die letzten Stunden des Abends mit Hamdy.

Eine Woche und den Jahreswechsel später saßen wir wieder im Flugzeug. Es waren ereignisreiche Tage gewesen und ich weinte, als das Flugzeug in den Nachthimmel stieg. Ich dachte an die vergangenen Tage zurück. Wann würden wir uns wiedersehen? Meine Gedanken kreisten um diese Frage und ich hoffte, es würde nicht viel Zeit vergehen.

10

Das Warten hatte ein Ende, wieder saß ich im Flugzeug, das mich nach Kairo brachte. Es hatte nicht lange gedauert, auch wenn die drei Monate uns wie eine Ewigkeit vorgekommen waren. Es war das erste Mal, dass ich allein nach Ägypten flog. Ich hatte einen Zwischenstopp hinter und zehn Tage Kairo vor mir. Wieder hoffte ich, dass Hamdy mich in wenigen Minuten am Ausgang des Flughafens abholen würde.

Unser Wiedersehen war wunderschön und wir fühlten uns, als hätten wir uns nur wenige Tage nicht gesehen. Wir sprachen ununterbrochen miteinander und ich war trotz der nächtlichen Stunde hellwach. Dieser Aufenthalt würde wieder ein besonderer werden, so fühlte ich, denn ich konnte Kairo ganz allein an der Seite eines Ägypters entdecken, fernab von touristischen Pfaden und den typischen Sehenswürdigkeiten. Ich war neugierig, was mich wohl erwarten würde.

Wir wohnten bei Ahmad, einem alten Freund Hamdys, der fröhlich, charmant und herzensgut war. Dessen Wohnung lag in *Agouza* das mit *Mohandessin* verschmolz, zwei Stadtteilen, in denen viele wohlhabende Ägypter, aber auch Ausländer wohnten. Unweit der Wohnung lag die *Corniche* und wir konnten jeden Tag am Nil entlang, unsere gemeinsame Erkundungstour beginnen. Ich genoss das Gefühl, einfach nur zu gehen und Hamdy ließ mich gewähren. Wir spazierten oft ziellos herum, redeten und ich versuchte, alles Neue zu sehen, zu riechen und zu fühlen. An Hamdys Seite gelang mir dies ausgesprochen gut. Er wies mich auf besondere Dinge hin, zeigte mir Orte, die für ihn wichtig waren oder zu denen er eine besondere Geschichte oder Anekdote zu erzählen wusste. Ich lauschte seinen Worten und genoss es, seine Stadt mit unseren beiden Augen zu sehen. Ich sah nun genauer hin, entdeckte wiederum die

Schönheit der unzähligen Moscheen, bestaunte den stetig fließenden Verkehr, entdeckte jedoch auch immer wieder die hässliche Seite der Stadt, die Abfallberge, die wahllos in der Stadt verteilt waren, verfallene und durch Staub und Abgase ergraute und verwitterte Fassaden, Bettler ohne Gliedmaßen oder verendete Fische am Nilufer. Ich begann, nicht nur Schönheiten zu betrachten, sondern fühlte Mitleid mit den bettelnden Kindern oder der alten Frau, die keine Beine hatte und am Straßenrand Taschentücher verkaufte. Ich begann den Schleier des touristischen Staunens von meinen Augen zu nehmen und mich Schritt für Schritt auf das Kairo der Bevölkerung einzulassen.

Da Hamdy, selbst Künstler, sich wie selbstverständlich unter der ägyptischen Prominenz bewegte, ergaben sich auch zufällige Treffen mit der einen oder anderen Persönlichkeit.

Auf einer Konferenz, zu der mich Hamdy mitgenommen hatte, lief *Yousra* an uns vorbei, die Grande Dame des ägyptischen Films. Hamdy grüßte sie freundschaftlich und sie lächelte mich zauberhaft und überrascht an, als ich sie wie selbstverständlich auf Arabisch begrüßte.

Auch *Boshra* lief uns am Kairoer Flughafen, kurz nach meiner Ankunft über den Weg. Sie und Hamdy kannten sich schon länger und begrüßten sich voller Herzlichkeit. Ich kannte sie bei unserer ersten, sehr netten Begrüßung noch nicht, doch Jahre später, als wir ihr erneut zufällig begegneten, wusste auch ich, wer sie war und wir unterhielten uns eine Weile.

Die für mich größte Überraschung jedoch erlebte ich, ganz zufällig und ohne das Zutun meines Mannes eines Abends in Zamalek, als plötzlich *Zahi Hawass* uns entgegenkam. Der damalige Generalsekretär der ägyptischen Altertümerverwaltung war mir selbstverständlich bekannt und ich schätzte ihn und seine Expertise sehr. Stets verfolgte ich seine Vorträge in

Fernsehdokumentationen, in denen er mit geheimnisvoller Stimme und dem typisch kantigen ägyptischen Akzent im Englischen sprach. In jedem seiner Worte lag die Faszination für seine Arbeit. Ich konnte mein Glück kaum fassen, als Hamdy vor Herrn Hawass stehenblieb, mich kurz vorstellte und ihm erzählte, wie sehr ich ihn doch verehrte. Zahi Hawass lächelte, schüttelte mir freundlich die Hand, sagte einige freundliche Worte und war so schnell wieder verschwunden, wie er aufgetaucht war.

Die Kairoer hatten mir bereitwillig die Tür zu ihrem wahren Leben geöffnet, einen kleinen Spalt breit und ich erhaschte den ersten Blick auf das, was hinter der Tür noch verborgen lag.

Wir wanderten über die Nilbrücken Richtung *Zamalek* oder überquerten den gigantischen Fluss mit einem hölzernen Boot, das von einem Ruderer zum anderen Ufer gestakt wurde, der wohl ebenso betagt war, wie sein Kahn. Wir gingen erneut in die Oper, ich sah mir die Proben der Tänzer an. Es war ein herrliches Wiedersehen, mit den Menschen, die mir in den letzten Jahren zu Freunden geworden waren.

Wurden wir müde auf unserem Weg, so hielten wir inne und kehrten in einer der kleinen Teestuben ein, die ich schon seit meiner ersten Reise so sehr mochte. Wir tranken Tee oder Kaffee und ließen bei pausenlosen Gesprächen die Zeit vergehen. Jeden Abend sank ich erschöpft, aber voller Eindrücke in den Schlaf und erwartete, die vergangenen Stunden in meinen Träumen Revue passieren zu lassen.

Einer der Höhepunkte dieser Reise war die erste Begegnung mit Hamdys Familie. Es war an der Zeit, dass wir einander kennen lernten. Er und ich waren fest zusammen, führten eine ernsthafte Beziehung und ich sollte endlich vorgestellt werden. Meine zukünftigen Schwiegereltern zu treffen war mir leider nicht mehr vergönnt. Vater *Said* war vor einigen Jahren plötzlich und unverhofft verstorben, Mutter *Faiza* war ihm gefolgt, kurz nachdem Hamdy und ich uns kennen gelernt hatten.

So stand ein Besuch bei zwei Schwestern und deren Familien an, die im selben Haus in einem Kairoer Stadtteil südöstlich des Zentrums lebten. Um alle Geschwister Hamdys treffen zu können, würde ich noch einige Male nach Kairo reisen müssen, denn seinerzeit lebten noch acht seiner Geschwister, die wiederum selbst mit Kindern und Kindeskindern gesegnet waren.

Für den Anfang war Nisma, Hamdys älteste Schwester und mit ihr ihre Familie neugierig, mich zu sehen. Von Agouza aus, ging es mit einem am Straßenrand angehaltenen Taxi los Richtung *Mansheya*, einem Stadtteil, der unrühmlich und wenig reizvoll an der verlängerten *Salah Salem Straße* lag, unterhalb der Moqattamberge, rechterhand auf dem Weg ins moderne *Nasr City*, nach *Heliopolis* und zum Flughafen. Auf der anderen Straßenseite, Mansheya gegenüber, lagen Friedhöfe, auf denen, wie mir dies schon in Moqattam begegnet war, für gewöhnlich neben den bestatteten Toten auch die Menschen lebten, zwischen Gräbern und Familiengrüften, so als wären die Verstorbenen Nachbarn und die oft verfallenen Einfassungen der Gräber ihre Gärten.

Als das Taxi zum Stehen kam, erschrak ich ein wenig, als ich sah, wo wir gelandet waren. *Mansheya* war grau und auf den ersten Blick nur eines: gesichtslos. Neben der Hauptstraße standen wir direkt im Staub, von Gehsteigen keine Spur. Alles spielte sich auf den staubigen Wegen hinter der vordersten Häuserfront, in den kleinen Gassen des Gebietes ab. Die Fassaden der Häuser sahen wesentlich älter und verwitterter aus, als sie es tatsächlich waren. *Mansheya* war vor mehreren Jahrzehnten erbaut worden, um den in Scharen aus den meist oberägyptischen Dörfern in die Hauptstadt strömenden Menschen auf der Suche nach Arbeit, Wohnraum zu bieten. Doch man hatte eilig gebaut, ohne viel Substanz, so dass die Wohnblocks, die eng aneinander stehend die Straße säumten sich - dem Verfall oder Einsturz trotzend - förmlich aneinander festhielten. Die vormals angebrachten Farben waren oft nur noch zu erahnen und durch Staub, Hitze und Trockenheit verblichen. Hier wohnte ein Teil meiner zukünftigen Familie.

An Lebendigkeit und geschäftigem Treiben stand dieser Ort anderen Teilen der Stadt in nichts nach. Überall tobten Kinder, man vernahm von überallher Stimmengewirr, Rufen, Fetzen von Musik oder Essensgerüche aus geöffneten Fenstern. Ich folgte Hamdy dicht auf dem Fuß, als er sich durch eine enge holprige Gasse schob und auf einer schmalen, ebenfalls unbefestigten Straße wiederfand. Hier gab es Häuserblocks, bei denen man sich nicht die Mühe gemacht hatte, die Backsteinwände zu verputzen. Sie ragten roh in den blauen Himmel. In den unteren Etagen befanden sich - wie so oft in dieser Stadt - kleine Geschäfte. Ich sah einen Fleischverkäufer, der seine Ware offen vor seinem Laden aufgehängt hatte, Lebensmittelläden, etwas weiter die Straße hinauf ein Damenmodengeschäft - die Kleider in der staubigen Luft vor dem Laden ausgestellt. Eine Apotheke, der Gemüseladen, nebenan „Tante Emma", kurz alles, was die Menschen in der kleinen Straße und den umliegenden Gassen zum täglichen Leben brauchten. Auch hier sprangen Kinder umher, Erwachsene erledigten Einkäufe oder unterhielten sich und klapprige Verkehrsmittel hupten sich den Weg durch die schmalen Straßen frei. Gerade als ich versuchte, mich noch ein wenig umzusehen, die völlig neuen Eindrücke zu erfassen und auf der unwegsamen Straße nicht zu stolpern, sah ich, wie Hamdy in einem Hauseingang verschwand. Drinnen war für Sekunden nichts zu sehen, es war stockfinster und als meine Augen sich an die Dunkelheit gewöhnt hatten, musste ich mich erneut vorsehen, nicht zu fallen. Die Treppenstufen musste man auf Zehenspitzen hinaufgehen, da sie breiter kaum waren. In der ersten

Etage, wo endlich wieder ein fahles Licht brannte, blieb Hamdy vor einer der beiden Türen stehen und betätigte die Klingel, worauf ein lautes Vogelgezwitscher ertönte. Ich musste ob des seltsamen Tones grinsen. Hier waren wir angekommen; hier wohnte Nisma, Hamdys älteste Schwester mit ihrer Familie.

Schon seit Tagen war ich beim Gedanken an ein Treffen mit der Familie nervös gewesen. Es war etwas Besonderes, Ernsthaftes, wenn man in diesem Land als Frau der Familie vorgestellt wurde und ich hoffte sehr, sie würden mich mögen und akzeptieren, schließlich war ich keine Muslima und dazu Ausländerin. Gleichzeitig war ich neugierig, wer die Familie des Mannes an meiner Seite war. Es schien eine Ewigkeit zu dauern, bis jemand reagierte und ich dachte schon, es sei niemand zu Hause. Doch plötzlich öffnete sich doch die Tür und eine junge Frau mit rundem Gesicht und großen, neugierigen Augen stand vor mir. Sie lächelte, als sie Hamdy sah und begrüßte ihn freundlich, dann bat sie uns herein. Wir standen in einem kleinen quadratischen Flur, dessen Wände ähnlich fad aussahen, wie die Fassaden der Häuser von außen. Man hatte zweckmäßig gemalert, jedoch wenig Wert auf akkurate und formschöne Farbgebung geachtet. Von der Decke strahlte mir Neonlicht entgegen. Kaum waren wir in der Wohnung, schob sich eine kleine rundliche Frau aus einer Nische, kaum einen Quadratmeter messend, die die Küche war. Sie kam auf Hamdy zu und begrüßte ihn freundlich. Als sie mich sah lächelte sie mich ein wenig verschämt, jedoch freundlich an und drückte mich an ihren üppigen Busen. Es war Nisma. Das Kennenlernen der riesigen Familie hatte damit begonnen.

Gleich darauf wurde ich in das Wohnzimmer geschoben; ein schmaler Raum, von dem noch drei weitere Türen zum Bad und zwei Schlafzimmern abgingen. Links und rechts der Tür standen ein Sofa und Sessel, bezogen mit bunt glänzenden Stoffen in Blumenmuster. In der Ecke stand ein riesiger Kühlschrank, davor ein ovaler Esstisch mit Stühlen, die jedoch kaum benutzt wurden - es sei denn für Gäste, so wie ich an diesem Tag einer war - denn der Enge wegen konnte man um den Tisch herum nicht sitzen.

Im Wohnzimmer erwarteten mich weitere Personen und ich gab mir bei diesem ersten Treffen große Mühe, mir gleich so viele Namen wie möglich zu merken. Da saß *Rasha*, Nismas ältere Tochter, die uns zuvor die Tür geöffnet hatte mit ihrer eigenen Tochter *Rahma*, einem dicken kleinen Mädchen von vier oder fünf Jahren, dessen rundes Gesicht strahlte, als sie mich anschaute. Daneben saß *Busy*, Rashas jüngere Schwester und in der Ecke gegenüber hatte *Azza* Platz genommen, Hamdys und Nismas zweitjüngste Schwester, eine ebenfalls rundliche Frau mit lachenden Augen und einer tiefen, freundlichen Stimme. Sie kam auf mich zu und begrüßte mich ebenso herzlich wie Nisma, indem sie mir Küsse auf beide Wangen drückte. Auf dem Boden saßen noch Azzas Kinder *Hagar* und Mohamed, den alle *Bakar* nannten, nach der Figur aus einem ägyptischen Trickfilm, der er ähnelte. Die beiden kamen auf mich zu, gaben mir schüchtern die Hand und wandten sich wieder ab. Hamdy deutete mir an, mich zu setzen und als ich in dem harten Sitzmöbel Platz genommen hatte, konnten mich alle ansehen. Jeder lächelte und versuchte sich mit mir zu unterhalten. Da ich des ägyptischen Dialekts zu jener Zeit noch wenig mächtig war, verstand ich nur einzelne Worte, so dass Hamdy übersetzen musste oder Azza auf ihr Schulenglisch auswich, dass mit einem starken ägyptischen Akzent gefärbt war. Man scherzte, lobte Hamdy wie hübsch ich doch sei, fragte nach dem Befinden meiner Eltern und war verwundert darüber, dass ich keine Geschwister hatte. Meine Aufregung wich schnell, denn ich hatte sofort das Gefühl, dass dieser kleine Teil der Familie mich gern willkommen geheißen hatte. Ja, ich fühlte mich aufgenommen und sehr respektvoll behandelt. Alle interessierten sich sehr für die Deutsche, die mit dem Bruder aufgetaucht war. Kurz darauf waren Nisma, Busy und Rasha emsig damit beschäftigt mehrere Teller aus der Küchennische zum Wohnzimmertisch zu tragen und ich wurde aufgefordert, den Platz zu wechseln, um zu Essen. Sogleich stieg mir der Duft des Essens in die Nase. Es gab Kartoffelscheiben in Tomatensoße mit vielen Zwiebeln, knuspriges Hühnerfleisch, Reis und gemischten Salat. Wir bekamen jeder einen Löffel in die Hand gedrückt und begannen ganz unkonventionell direkt von den Tellern zu essen, auf denen die Speisen aufgetragen worden waren. Der Rest der Anwesenden hatte inzwischen die gute Stube verlassen, um, wie mir erst bei einem späteren Besuch auffiel, im Nebenzimmer auf dem Boden zu essen. Wir waren die Gäste, also wurden wir am guten Tisch bewirtet. Die anderen begnügten sich mit dem Fußboden. Wir hörten sie alle laut reden und lachen, alle waren heiter und fröhlich. Später, als ich ganz vertraut mit der Familie war, war es auch für mich selbstverständlich mit ihnen in ihrer Mitte auf dem Fußboden an einem niedrigen Tischchen zu essen.

Als Hamdy und ich uns satt gegessen hatten, war Nisma enttäuscht, dass so viel vom Essen übrig geblieben war. Sie gab mir mehrmals zu verstehen, ich solle doch weiter essen, doch dies war mir unmöglich. Satt und zufrieden ließen wir uns in die Sessel der Sitzgruppe im gleichen Raum sinken und Rasha bot den obligatorischen Tee an.

Nachdem auch der Rest der Familie gegessen hatte, versammelten sich alle nach und nach wieder um Hamdy und mich. Sie tauschten Neuigkeiten aus, sprachen über Politik und ihr Land, andere Familienmitglieder und Nachbarschaftstratsch. Vieles übersetzten mir Azza oder Hamdy, aber meist lauschte ich nur dem lauten Arabisch und fühlte mich rundherum wohl.

Wir blieben lange bei der Familie und ich hatte am Ende des Besuchs nicht das Gefühl, gerade erst zu ihnen gestoßen zu sein. Ich fühlte mich aufgenommen, so als hätten sie nicht nur ihre Arme geöffnet, um mich zu begrüßen, sondern auch ihre Herzen, um mir darin Platz zu machen.

Einige Tage später fuhren wir nach *Madinet el Salam*, einem vor wenigen Jahrzehnten hochgezogenem Vorort Kairos, um Bila, eine weitere Schwester zu besuchen, die uns zum Essen eingeladen hatte. Der Stadtteil, weit draußen, bot kein besonders schönes Bild. Die Straßen waren grau, ebenso die eilig gewachsenen Hochhäuser. Dazwischen sah man Märkte, auf denen man für den täglichen Bedarf einkaufen konnte. Kleidung, Haushaltwaren oder billiges Plastikspielzeug aus Fernost stapelten sich am Straßenrand oder quollen aus kleinen, überfüllten Ladenlokalen, die wie Garagen anmuteten. Auch hier waren die Straßen bevölkert von Menschen jeden Alters, sie lärmten, redeten und schlängelten sich zwischen parkenden oder fahrenden Autos und Bussen hindurch. Wir mussten mehrmals nachfragen, um das Haus zu finden, in dem Bila mit Mann und drei Kindern lebte. Wir stiegen im trotz Mittagslicht dämmrigen Treppenhaus bis zum obersten Stockwerk und klingelten an der schweren Wohnungstür. Es öffnete ein schmächtiges Mädchen mit großen freundlichen Augen hinter silberumrahmten Brillengläsern. *Iman*, Bilas Älteste, strahlte sofort übers ganze Gesicht, als sie ihren Onkel erblickte und fiel ihm um den Hals. "Khaalu!" rief sie begeistert und bat uns in die Wohnung. *Khaalu* war die höfliche und gleichzeitig liebevolle Bezeichnung für den Onkel mütterlicherseits, wohingegen man den Bruder des Vaters „'*Ammu*" nannte.

An mich gewandt, sagte sie freundlich "Welcome!" und deutete mir mit einer Geste an, einzutreten. Wir standen direkt im Wohnzimmer, das hell gefliest und zweckmäßig eingerichtet war. Iman war gerade fünfzehn, hatte jedoch den zarten, mädchenhaften Körper einer Zwölfjährigen. Sie lächelte noch immer, als sie sich angeregt mit ihrem Onkel zu unterhalten begann.

Nachdem wir Platz genommen hatten, erschienen *Ahmed* und *Omar*, Imans jüngere Brüder, begrüßten ihren Onkel stürmisch und hielten mir scheu die Hand hin. Sie setzten sich zu uns und beteiligten sich am Gespräch. Dann erschien *Bila*, eine kleine, kräftige Frau in bodenlangem einfarbigem Kleid und kam auf uns zu. Sie lächelte mich herzlich an, zog mich an sich und drückte mir mehrere Küsschen auf beide Wangen. Ihre Stimme war laut, hoch und kräftig und sie wechselte ein paar Worte mit ihrem Bruder, bevor sie auch mich ansprach. Es war wie beim ersten Besuch, wenige Tage zuvor, als ich Nisma kennengelernt hatte. Es wurden wieder die üblichen Begrüßungsfloskeln ausgetauscht. Derartige Konversation hatte ich in Ägypten immer wieder beobachtet. Die Menschen sprachen meist erst allgemein, erkundigten sich nach dem Befinden des Gegenüber, fragten nach gemeinsamen Bekannten oder anderen Familienangehörigen und tauschte Höflichkeiten aus, die oft wirkten, als würden sich die Sprechenden nicht oder nur flüchtig kennen, selbst wenn sie nah miteinander verwandt waren.

Dann wurde die Familie plötzlich aktiv, zauberte aus einer Ecke des Zimmers einen Tisch hervor, den Bila und Iman mit vielen Köstlichkeiten deckten. Es gab einen Nudelauflauf, Reis, Hühnchen, Salat und *Gulash*, der nur den gleichen Namen trägt, wie das deutsche Fleischgericht, jedoch aus mit Hackfleisch gefülltem Blätterteig besteht. Die Speisen dufteten köstlich und die Frauen des Hauses deuteten Hamdy und mir an, doch von allem viel und reichlich zu nehmen. Beim Essen wurde das Gespräch vertrauter und ungezwungener. Man sprach über Schwestern und Brüder, ob innerhalb der Familie jemand zu heiraten gedachte oder wo sich gar ein Baby ankündigte, lachte über Ereignisse, an die man sich gemeinsam erinnerte oder tauschte sich über Politik aus. Es war ein fröhliches Beisammensein und obwohl ich wenig von ihrer Unterhaltung verstehen konnte - Hamdy übersetzte zwar oft, aber teilweise sprachen sie einfach und ich lauschte dem mir teils fremden, jedoch teils vertrauten Klang der Sprache, aus dem ich immer wieder einzelne Worte oder Satzteile heraushören und verstehen konnte. Der ägyptische Dialekt ging mir damals noch nicht recht ins Ohr.

Ich genoss das gute Essen, die fröhliche Runde und das Gefühl, mich auch hier angenommen und willkommen zu fühlen, obwohl wir uns im Grunde gar nicht kannten. Alle waren herzlich und sehr freundlich und die anfängliche Zurückhaltung auf beiden Seiten wich Beachtung und Erwartung. Immer wieder sahen mich die Kinder verstohlen von der Seite an, ich tat, als würde ich ihre Blicke nicht bemerken, um sie nicht zu beschämen. Sie zeigten Neugier und Interesse an der *Aǧnabiya*, der Ausländerin, die ihr Onkel mitgebracht hatte und die er offensichtlich heiraten wollte. Iman sprach Englisch mit mir und man merkte ihr an, wie froh sie war, dass ich sie verstand und ihr antworten konnte. Sie erzählte mir, dass ihr Lieblingsfach in der Schule Englisch sei und sie gern Lehrerin werden wollte. Immer wieder lächelte sie mich an oder sagte etwas auf Arabisch zu ihrem Onkel. Sie schien mich zu mögen und auch ich hatte Iman, dieses bescheidene und liebe Mädchen, sofort in mein Herz geschlossen.

Es war ein rundum schöner Nachmittag, den wir nach mehreren Stunden mit herzlicher und inniger Verabschiedung beschlossen. Wir mussten Bila und den Kindern versprechen, sie wieder zu besuchen, wenn ich das nächste Mal zu Besuch in Kairo wäre. Wir versprachen dies und machten uns auf den langen Heimweg.

Im Bus auf dem Rückweg hatte ich Gelegenheit, den Besuch noch einmal Revue passieren zu lassen. Mir waren alle sofort sympathisch gewesen, sogar *Sobhy*, das Oberhaupt der Familie, ein untersetzter stiller Mann, der mich zwar begrüßt, danach im Grunde aber gar nicht mehr gesprochen hatte. Er war, so erfuhr ich, noch nie sonderlich gesellig gewesen, was ihn freilich unnahbar, aber keineswegs unsympathisch erscheinen ließ. Vielmehr hatte ich das Gefühl, er beobachtete mich mit einigem Wohlwollen. So als wäre meine Anwesenheit in Ordnung für ihn, aber es war ebenso gut, dass wir sein Haus nach einigen Stunden wieder verlassen hatten. Bila war vom ersten Augenblick an liebevoll mit mir umgegangen. Sie war herzlich und aufgeschlossen, wenn auch - so wie es ihre Art war - ein wenig schüchtern und ruhiger, als ich es später noch bei ihren Schwestern kennen lernen sollte. Die Kinder mochte ich gleichfalls sehr, sie waren mir mit offenem Interesse und Neugier begegnet und ich hatte das Gefühl, sie hätten mir gern viele Fragen gestellt, hätte sie ihr schüchterner Respekt vor mir und unsere Sprachbarriere nicht daran gehindert. Der Tag ging wieder einmal mit dem Gefühl zu Ende, dass ich in meiner neuen Familie einen festen Platz würde finden können. Je mehr Familienmitglieder ich nach und nach kennen lernen durfte, desto mehr festigte sich das Gefühl, direkt und unverwandt zu ihnen zu gehören.

Später, als wir verheiratet waren und gemeinsam in Kairo lebten, fühlte ich mich besonders den Frauen, meinen Schwägerinnen, sehr nahe. Sie haben mir immer ihre Zuneigung und Liebe gezeigt, mich von Beginn an in ihrer Mitte aufgenommen, so als wäre ich eine ihrer Schwestern und nicht nur die Frau ihres Bruders. Was machte es dabei schon, wenn die Frau des Bruders Ausländerin und keine Muslima war, ihre Kinder anders erzog, als sie es gewohnt waren und dem Arabisch nicht vollends mächtig war? Ich gehörte zu ihnen und genau dies hatten sie mich von Beginn an spüren lassen. Wir hatten einander gegenüber nie Berührungsängste oder Hemmungen, nie Schüchternheit oder Befremdung. Ich war in ihre Familie gekommen, sie mochten mich und wussten, ihr Bruder war mit mir glücklich. Das reichte, um mich komplett in ihre Familie zu integrieren.

Später, als ich ganz in Kairo lebte, tat mir die Zuneigung, die ich immer erfuhr, sehr wohl. Ich hatte mich selbst in ein mehr oder minder fremdes Land verpflanzt, hatte meine eigene Familie zurückgelassen und hatte in all den Jahren in Kairo nie jemals so viele und enge Kontakte oder Freundschaften wir in der Heimat. Da war es jedes Mal ein Gefühl von Geborgenheit, wenn wir mit der Familie zusammenkamen. Da war immer so viel Liebe ohne irgendetwas zu fordern, ohne unehrliche Gedanken, ohne Erwartungen. Sie liebten mich meinetwegen und das tat gut. Von all den Dingen, Menschen, Situationen und Begegnungen sind mir aus der Zeit in Kairo wenige geblieben, die ich wirklich vermisse. Doch die Familie meines Mannes, ganz besonders meine Schwägerinnen und Nichten, fehlen mir sehr und sie sind auch der kleine Teil, der mich zurück nach Kairo drängt, zu Besuch, auf bestimmte, vorgeplante Zeit mit der Gewissheit der Rückkehr in mein neues Leben nach der Zeit in der *Mutter aller Städte…*

Ich reiste nach viel zu kurzer Zeit traurig nach Deutschland zurück, doch nun mit der Gewissheit, gar der Verpflichtung, wieder zu kommen. Schon drei Monate später kehrte ich zurück, aus Liebe und aus Freude an diesem lärmenden Moloch. Drei weitere kurze Reisen folgten, bevor ich länger blieb, zuerst einige Monate, dann, um ganz dort zu leben. Hatte ich wirklich einmal behauptet, in Kairo niemals leben zu können?

Ich beendete mein Studium und zog aus Deutschland fort, mit einem weinenden und einem lachenden Auge. Inzwischen war mein Leben anders, als in all den vergangenen Jahren, doch Tag für Tag wieder voller kleiner Großartigkeiten. Mein Herz lebte in Kairo und reiste dennoch gern zurück in mein früheres deutsches Leben.

Wie war doch die Zeit, zwischen Deutschland und Ägypten, als ich mich selbst auf ein Leben im Land am Nil vorbereitete? So gern blickte ich zurück…

11

Ich wusste nicht viel über die Wohnsituation in Moqattam, bevor mein Mann schwärmte, die Luft sei sehr viel frischer, dort oben auf dem Berg über der Stadt und es wäre wesentlich ruhiger... Überzeugen konnte ich mich davon selbst, als wir einen Abstecher nach Moqattam machten, um uns die Wohnung anzuschauen, in die wir eventuell ziehen wollten. Wir hatten drei Monate zuvor geheiratet, lebten allerdings aufgrund meines Studiums noch immer getrennt voneinander, er in Ägypten, ich in Deutschland. Ich besuchte ihn nun endlich wieder einmal in Kairo und wir begannen unser zukünftiges Leben zu planen, wozu natürlich auch eine gemeinsame Wohnung gehörte. Aus diesem Grund machten wir uns auf zur Besichtigung nach Moqattam.

Am Rande Moqattams, dort, wo die Straße endete, die serpentinenhaft den Berg hinaufführte, begann die schnurgerade Hauptstraße, die wir beinahe ewig entlang fuhren. Später erkannte ich jene *9. Straße*, an der ich schon einmal in einem Café gesessen hatte, damals mit Nabil und meinem Vater. So schloss sich wieder einmal der Kreis.

Etwas kleinere Nebenstraßen waren ebenfalls asphaltiert, bei den ganz kleinen Gassen oder den Plätzen vor den meisten Häusern fehlte der Belag, war mit der Zeit abgetragen worden oder bestand einzig aus Staub und Sand. Die Hauptstraße war von verschiedenen Mehrfamilienhäusern, fast ausschließlich Neubauten, gesäumt. Es gab hübsche, weiß verputzte Häuser mit Balkongeländern und Fenstergittern aus Messing, Säulen im Eingangsbereich, Glastüren und Marmorverkleidung. Doch dann gab es die weniger schönen, die grauen oder sandfarbenen Wohnblocks, mit ausgetretenen Stufen im Eingangsbereich, schäbig gestrichenen Balkons in den schrecklichsten Farben und Mustern, teilweise gar gefliest, wobei die Kacheln in geometrischen Formen angeordnet waren. Vor den meisten der unschönen Gebäude fehlten ebenfalls befestigte Gehsteige. Alle Häuser, ob alt oder neu, hatten gemein, dass sie von Freiflächen umgeben waren, die fast völlig mit Unrat bedeckt waren. Ich sah im Vorbeifahren vor allem bunte Plastiktüten, die sich im Wind bewegten, aber auch Bauschutt, Holzbretter und sogar verschrottete Autos, die nicht mehr fahrtüchtig waren und die wohl jemand einfach zur Entsorgung abgestellt hatte. Zu meiner Freude sah ich jedoch immer wieder vereinzelte Baumgruppen zwischen den Wohngebieten oder am Straßenrand stehen, die einen schönen Kontrast zu den meist grauen Häuserfassaden bildeten.

Der Wagen des Inhabers, von dem wir die Wohnung eventuell kaufen wollten, hielt vor einem der vielen grauen Gebäude und wir machten uns auf in die 5. Etage zu der noch leer stehenden Wohnung. Einen Aufzug gab es nicht, doch der Aufstieg war dank der flachen schmalen Stufen nicht mühsam. An der Wohnungstür angekommen, schloss der Besitzer sogleich auf und wir traten in das Halbdunkel der Räume. Zuerst war ich schockiert, denn die Wohnung war gänzlich im Rohbau. Hier hatte scheinbar seit mehreren Jahren niemand mehr gewohnt, alles war staubig, in den Ecken lag Bauschutt und der Besitzer hatte einigen Unrat dort abgestellt. Wir sahen uns kurz um, warfen einen flüchtigen Blick ins Badezimmer, gingen einige Minuten herum... Mein Mann hatte mir zuvor eingeschärft, ich solle - wäre die Wohnung auch nach meinem Geschmack - nicht allzu viel Begeisterung zeigen, denn Kauf- und Mietpreise waren in Ägypten gern Verhandlungsbasis, so dass zu großer Enthusiasmus den Preis in die Höhe treiben würde.

So sah ich mich scheinbar teilnahmslos um und dachte ohnehin nicht daran, dort einzuziehen.   Ich konnte mir die Wohnung, wie ich sie in diesem Moment sah, nicht renoviert und eingerichtet vorstellen. Außerdem hielt ich es zu diesem Zeitpunkt noch für unmöglich, in dieser

Gegend wohnen zu können. Alles war so fremd, so grau, so anders...

Als uns der Besitzer nach der kurzen Besichtigung allein ließ, brachte mein Mann jedoch sofort seine ganze Begeisterung über genau diese Wohnung zum Ausdruck. Die Gegend sei perfekt, die Wohnung im Bereich dessen, was wir uns leisten könnten und er könne sich schon ausmalen, wie wir sie tapezieren und einrichten könnten. Ich dagegen konnte mir selbiges gar nicht vorstellen, schwieg jedoch vorerst, weil ich die Idee einer eigenen Wohnung mit meinem frisch Angetrauten zu verlockend fand und ich ihm seine Begeisterung nicht nehmen wollte. Außerdem kannte er sich in Kairo sehr gut aus, wusste, wo man gut und gleichzeitig günstig wohnen konnte und wo wir alles bekamen, was wir zum täglichen Leben brauchten. Später am Tag konnte ich seine noch immer während Begeisterung dann ein wenig teilen und wir suchten in Gedanken schon gemeinsam Möbel aus oder diskutierten, in welcher Farbe wir welche Wand streichen wollten. Hatte er mich überzeugt? Würden wir dort, in Moqattam, in einer eher ländlich anmutenden Gegend tatsächlich gemeinsam wohnen?

Mein Mann wusste, was er tat und ich fand, obwohl ich die Wohnung nur kurz hatte sehen können und mir ein Wohnen dort aufgrund des derzeitigen Zustands noch nicht vorstellen konnte, die Aufteilung sehr schön, nicht zuletzt wegen der offenen amerikanischen Küche.

Wir zogen tatsächlich nach Moqattam, in diese Wohnung, auch wenn zwischen dem Tage der Besichtigung und dem Einzug noch Wochen vergingen.

Drei Monate später flog ich erneut nach Kairo und hoffte, mein Mann hätte die Wohnung soweit herrichten können, dass wir dort notdürftig schlafen und duschen konnten, um wenigstens schon in unseren eigenen vier Wänden zu sein, ein Gedanke, der mir so sehr gefiel. Bisher hatten wir bei meinen Besuchen immer bei Hamdys Freunden oder Bekannten übernachtet, nun sollten wir endlich unser eigenes Heim herrichten können.

Doch als wir vom Flughafen Richtung Wohnung fuhren, mein Gepäck nach oben getragen hatten und mein Mann die Tür aufschloss war ich nur eins: vollkommen sprachlos und überwältigt.

Er hatte - in meiner Abwesenheit und ohne mein Wissen - die gesamte Wohnung komplett instand gesetzt, nicht nur notdürftig, sondern so, dass man dort sofort einziehen und richtig wohnen konnte. Er hatte die Wände tapeziert und gestrichen, so dass sie mir nun in einem leuchtenden Gelb entgegen strahlten, hatte Linoleum verlegen lassen, den offenen Küchentresen neu mauern und auch das Bad ausbessern lassen. Wir hatten ein komplett eingerichtetes Wohnzimmer, das man sogleich betrat, wenn man die Tür öffnete sowie ein weiteres kleineres Wohnzimmer, das man dank der bequemen Schafcouch zum Gästezimmer umfunktionieren konnte. Wir hatten ein Schlafzimmer, eine offene Küche und ein Badezimmer mit Wanne - eine Seltenheit in Ägypten.

Meist hieß Dusche eine Brause, die mitten im Bad hing. Man duschte ohne Wanne oder Duschbecken und das Wasser lief direkt in einen in den Boden eingelassenen Abfluss. Hinterher trocknete man alles mit einem Gummiwischer, in dem man das übrige auf den Fliesen verbliebene Wasser in den Abfluss schob. Bei dem heißen und trockenen Klima in Ägypten war auch das kein Problem, doch ich hielt unsere Badewanne vom ersten Augenblick an für ein klein wenig Luxus.

Der Anblick der fertigen Wohnung trieb mir Tränen der Rührung in die Augen und ich war fassungslos, wie viel Arbeit sich mein Mann gemacht hatte, ohne dass ich ahnen konnte, was er neben seiner täglichen Arbeit noch leistete, um mich zu überraschen. Noch heute kann ich es manch einmal nicht glauben und wenn ich Freunden und meiner Familie daheim in Deutschland davon erzählte, geriet ich immer wieder ins Schwärmen...

Später konnten wir uns wesentlich vergrößern und unsere Wohnung ausbauen. Wir hatten noch drei weitere Zimmer hinzubekommen - dem Umstand sei Dank, dass unsere Nachbarn auszogen und wir deren Wohnung zu unserer dazu nahmen und die Wand zwischen beiden entfernen ließen. So war auch Besuch immer willkommen und ich konnte mich zum Arbeiten in mein eigenes Arbeitszimmer zurückziehen - ein heimlicher Wunsch von mir. Es gab noch ein zweites Bad, welches wir unseren Gästen zur Verfügung stellen konnten. Überdies hatten wir nun einen richtigen Balkon, der es mir ermöglichte, die frisch gewaschene Wäsche in den warmen Wüstenwind zu hängen. Für alles war nun viel mehr Platz. Insgesamt hatten wir uns verbessert und wieder einmal hatte mein Mann den größten Teil der Arbeit ohne mein Wissen getan und da er einen guten Geschmack hatte, war der Stil, in dem er uns eingerichtet hatte auch der, der mir gefiel.

Auch die Wohngegend, mochte sie auch für Außenstehende und mich anfangs auch befremdlich, grau und schmutzig wirken, barg für uns zum Wohnen viele Vorteile.

Obwohl die Wege zur Arbeit oder um hin und wieder auszugehen, weit waren, so war es dort wirklich wesentlich ruhiger, als anderswo. Wir hatten keine Klimaanlage, öffneten im Sommer schlicht alle Fenster der Wohnung und hatten immer eine frische Brise im Haus, hoch oben über der Stadt, selbst bei über 40°C Außentemperatur. Es gab in der näheren Umgebung alles, was wir brauchten: mehrere Bäcker, die frisches Fladenbrot verkauften, einen kleinen Markt, wo man Gemüse, Obst, Eier und Fleisch kaufen konnte, Geschäfte, in denen man Konserven Nudeln, Reis und Öl erwarb. Nicht weit von uns waren Kioske, in denen Getränke und Süßigkeiten angeboten wurden. Wir hatten mehrere Apotheken, Internetcafés, Telefongeschäfte... Wenige Minuten Fußweg von unserem Zuhause entfernt befand sich die große Bushaltestelle, von der aus man, meist in Kleinbussen, die verschiedenen umliegenden Stadtteile erreichte.

Ich hatte andere Stadtteile gesehen, wahrlich wohlhabendere, dort wo die reichen Ägypter oder auch Ausländer wohnten, *Mohandessin*, *Zamalek*, *Madinat Nasr* oder *Heliopolis*, doch ich wollte zur damaligen Zeit nicht tauschen. In Moqattam lebten wir weit ab vom Großstadtstress, dem Lärm der Hauptstraßen und dem ewigen Smog, der stets über der Innenstadt hing. Wir wohnten im Grunde mitten in Kairo, hatten uns aber aus der pulsierenden Metropole zurückgezogen und lebten beinahe wie an der Peripherie, ja gar wie in einem kleinen Dorf.

12

Es war ein heißer Tag im August, wenige Tage nach meiner Ankunft am Nil. Der Himmel über Kairo war bedeckt, die Luft schwer von Smog und Staub. Die Hitze war beinahe unerträglich. Wir wollten hinaus aus der Stadt, der stickigen Luft und dem Lärm. Wir wollten ans Meer, entschieden uns aber wegen der frischeren Temperaturen für das Mittelmeer, wo der heiße ägyptische Sommer dank des erfrischenden Windes ein Genuss war, wogegen selbst Einheimische das Rote Meer im Hochsommer mieden, die Hitze war dort kaum zu ertragen.

So saßen wir eines Nachmittags in einem modernen, selbstverständlich klimatisierten Reisebus, Abfahrt *Giza Station*, mit Ziel *Agamy*, einem Badeort ganz in der Nähe der Küstenstadt Alexandria. Schon bald ließen wir die Pyramiden von Gizeh im Smogschleier hinter uns und fuhren auf der *Alexandria Desert Road* gen Norden. Wir bestellten beim Board-Service Kaffee und Snacks und ich genoss die eher eintönige Fahrt durch die Wüste mit Vorfreude auf ein paar Tage Strand in einer neuen, mir bisher unbekannten Umgebung.

Die Straße zog sich scheinbar kurvenlos dahin. Kilometerweit ging es nur geradeaus. An den Straßenrändern fiel der Blick auf nichts als Sand, hin und wieder unterbrochen durch winzige Dörfer mit windschiefen Gebäuden oder einzeln stehenden Baracken. Manches Mal sah man durch den Dunst hier und da einen holprigen Weg links oder rechts der Straße durch den Sand, der ins Nirgendwo führte. Das monotone Brummen des Busses trug obendrein zum Gefühl einer entspannten Schläfrigkeit bei. Es hieß warten und nur Nichtstun war möglich - Urlaubsstimmung begann sich auszubreiten.

Durch einen gewaltigen Schlag wurde ich urplötzlich aus der Teilnahmslosigkeit gerissen. Der Bus machte einen Satz nach vorn und blieb stehen. Sofort war klar, dass wir einen Unfall gehabt haben, ja, da der Bus nach vorn geruckt war, musste ein Fahrzeug den hinteren Teil gerammt haben. Wir saßen auf einer der hinteren Bänke und aus dem Heckfenster konnte man das Fahrzeug sehen, dass mit zerdrückter Motorhaube am Bus klebte. Ein Pickup, wie es auf Ägyptens Straßen so viele gibt, meist bis an die Grenze der eigentlichen Traglast oder darüber hinaus beladene Wagen, war auf den Bus aufgefahren.

Hamdy hieß mich, sitzen zu bleiben und verließ selbst, wie die meisten anderen Fahrgäste den Bus. Alle begannen durcheinander zu sprechen und zu den Passagieren gesellten sich noch, wie aus dem Nichts aufgetaucht, Anwohner irgendeines kleinen Weilers am Wegrand. Zu viele Schaulustige standen herum, so dass es eine Weile dauerte, bis der Fahrer von Helfern aus dem zerbeulten Wagen geholt werden konnte. Ich konnte den Verletzten aus dem Seitenfenster heraus sehen. Sein Gesicht war blutüberströmt, er rollte mit den Augen - vermutlich stand er unter Schock - und wurde von Helfern einige Meter entfernt vom Fahrzeug auf den Boden gelegt. Irgendjemand brachte ein Kleidungsstück, dass man dem Verletzten unter den Kopf schob, mehrere Männer redeten hektisch auf den Verunfallten ein oder wischten ihm das Gesicht mit Papiertüchern ab, die nach kurzer Zeit rot gefärbt um den Mann herum lagen. Inzwischen war ein Krankenwagen verständigt worden, der den Mann in ein Krankenhaus brachte, an dessen Existenz ich dort mitten in der Wüste nicht recht glauben konnte. Nach Abtransport des Kranken beruhigten sich die Menschen allmählich, einzig der Busfahrer und die junge Frau, die die Reisenden bedient hatte, diskutierten heftig. Nach einigen Telefonaten, die die beiden vermutlich mit dem Busunternehmen geführt hatten, stand fest: wir würden die Fahrt nicht fortsetzen können.

Doch auch der Weg zurück nach Kairo war keine Option mehr, denn der Bus war zu stark in Mitleidenschaft gezogen, als das man eine sichere Weiterfahrt hätte garantieren können. Unsere Reise war hiermit vorerst beendet. Um nicht im Bus sitzen bleiben zu müssen, der sich in der Nachmittagshitze aufzuheizen begann, hockten wir uns in den Schatten des zerstörten Fahrzeugs, wo der Wüstenwind ein wenig Abkühlung brachte. Nun hieß es warten. Darauf, dass das Busunternehmen einen neuen Bus schickte, wie der Fahrer und die Reisebetreuerin immer wieder den Fragenden bestätigten.

Schwer zu sagen, wie lange wir dort gesessen hatten, doch allmählich begann es, dunkel zu werden. Unsere Stimmung war anfangs noch gelöst und entspannt. Wie angenehm war es, als die Hitze des Tages nachließ, es aber im Hochsommer nie so abkühlte, dass man fror. Einzig der versprochene Bus kam nicht, wie lange wir auch warteten.

Irgendwann, es war mittlerweile dunkel, begannen die Menschen vereinzelt, am Straßenrand Autos anzuhalten, um ein Stück des Weges mitgenommen zu werden. Wir sahen eine Weile zu, wie immer mehr Menschen von vorbeifahrenden Autos, Lastwagen oder Kleinbussen tatsächlich mitgenommen wurden. Die Menge der Wartenden verkleinerte sich zusehends, denn die Ägypter sind ein hingebungsvoll hilfsbereites Volk und sie lassen ihre Mitmenschen in einem solchen Fall nicht im Regen, oder wie in unserem Fall, in der Wüste stehen.

Als sich nur noch ungefähr die Hälfte der Fahrgäste am Bus befand, wurde es auch Hamdy zu viel und er beschloss, ebenfalls einen Wagen anzuhalten, der uns das letzte Stück mitnehmen würde. Es vergingen einige Minuten bis ein roter Pickup stehenblieb. Hamdy musste den beiden jungen Männern im Führerhaus nicht viel erklären, zu offensichtlich waren das eingedrückte Heck des Busses und die wartenden Menschen. Völlig selbstverständlich sprang der Beifahrer auf die Ladefläche des Wagens und ließ uns Platz nehmen. Hamdy und der Fahrer sprachen wenig, doch er erfuhr so viel, dass die Beiden nicht bis Agamy fahren würden, sondern einige Dörfer zuvor an ihrem Ziel angekommen wären. Dort jedoch, so sagte mir Hamdy, würde sich eine weitere Möglichkeit finden, das letzte Stück der Strecke zurück zu legen. Notfalls, so beteuerte der Fahrer, würde er uns auch mit zu seiner Familie nehmen. Wir könnten dort essen und auch eine Nacht schlafen, um morgen weiter an die Küste zu fahren. Mich begeisterte die Selbstverständlichkeit, mit der wir, als Fremde in einer kleinen Notlage, aufgenommen werden sollten, als sei dies das Selbstverständlichste der Welt. Und für die Ägypter war eben genau dies selbstverständlich.

In einem Dorf, das unweit von Agamy liegen musste, hielt der Wagen vor einem niedrigen Haus. Der junge Mann, der auf der Ladefläche gesessen hatte, sprang hinunter und begann den Wagen zu entladen. Kurz darauf, wir machten uns bereit zum Aussteigen, erschien in der schmalen Eingangstür des Hauses eine alte Frau, in eine schwarze Abaya gehüllt, um den Kopf ein schwarzes Tuch. Gebückt kam sie auf uns zu und begann mit Hamdy zu sprechen. Hamdy antwortete lächelnd, die alte Frau sprach weiter, mit einem fast liebevollen Blick auf mich. Beide gaben sich die Hände, Hamdy bedankte sich und die Frau lief langsam ins Haus zurück. Sie wollte, so übersetzte er, dass wir bei ihr zu Abend essen und wenn wir wollten, könnten wir auch übernachten. Wir seien ja „Gestrandete", ohne Obdach und sie, in ihrer herzlichen Gastfreundschaft, sah sich zweifellos in der Pflicht, uns zu helfen.

Derart freundliche, selbstlose Menschen gab es in Ägypten viele. Es lag in ihrer Kultur, ihrem Wesen, anderen zu helfen und sogar Fremde völlig selbstlos zu beherbergen. Mich faszinierte diese Freundlichkeit immer wieder, diese Selbstlosigkeit sogar der ärmsten

Menschen, Gästen von allem genug zu geben, selbst wenn einem selbst dann weniger bleibt.

Auch der Fahrer des Pickup, der uns bis hierher mitgenommen hatte, war selbstlos und hilfsbereit und bestand darauf, uns, die wir noch immer in seinem Wagen sitzen geblieben waren, bis zum Ortsausgang zu chauffieren, wo wir den Bus ins nur wenige Kilometer entfernte Agamy würden nehmen können. Kurze Zeit später saßen wir im Bus, fuhren die restliche Etappe und kamen trotz des Zwischenfalls auf der Autobahn wohlbehalten ans Ziel.

Agamy war kein Touristenbadeort wie Hurghada oder Sharm el-Sheikh. Hierher kamen viele Einheimische in den heißen Sommermonaten.

Das Leben auf der Straße begann daher auch meist am späten Abend. Die Geschäfte waren bunt beleuchtet, es spielte laute Musik und es wurden auf breiten Straßen Lebensmittel, Kleidung, Spielwaren und Haushaltsutensilien verkauft. Alles, was man zum Leben brauchte, den ganzen Tag und die ganze Nacht zu erstehen. Hamdy kannte sich recht gut aus, obwohl es Jahre her war, dass er mehrere Sommer mit Freunden hier verbracht hatte.

Von Kairo aus hatten wir eine Wohnung gemietet, nur wenige Meter vom Strand entfernt und dorthin machten wir uns zu Fuß auf den Weg. Der *Simsar*, eine Art Immobilienverwalter, erwartete uns nach Hamdys Anruf schon vor der Tür eines mehrstöckigen, sandfarbenen Neubaublock. Das Haus war recht ansehnlich, hatte Balkons, von denen man linkseitig direkt auf die Wellen des Mittelmeeres sehen konnte. Wir stiegen bis in den 3. Stock und traten durch eine schwere Holztür ins Innere einer riesigen Wohnung, in der gut und gern eine Familie mit mehreren Kindern Platz gehabt hätte. Von einem schmalen langen Flur gingen gegenüber der Wohnungstür Badezimmer und Küche ab. Am Ende des Flures rechts befand sich ein Wohnzimmer, links davon ein Schlafzimmer mit mehreren Betten, daneben ein zweites, kleineres Zimmer. Auf den ersten Blick schön, einfach, aber halbwegs gemütlich. Erst später, als der Simsar gegangen war, bei genauerem Hinsehen, entdeckte ich, was anfangs verborgen geblieben war: die Küche war mehr als spärlich ausgestattet, man konnte gerade noch einen Kochtopf und ein paar dickwandige Teegläser finden. Der Boden sah aus, als wäre er schon einige Tage nicht mehr gewischt und auch das Bad war nicht gerade gründlich gesäubert worden. Doch wir blieben in der Wohnung. Die Bettlaken waren offensichtlich frisch, wir würden sowieso den ganzen Tag am Strand sein und außer einem einfachen Frühstück hier wohl kaum etwas zu uns nehmen. Eine abkühlende Dusche konnte man im Badezimmer nehmen, mehr brauchten wir nicht. Viel Zeit zum Ausruhen blieb nicht, denn wir machten uns direkt noch am selben Abend auf den Weg. Hamdys jüngste Schwester Fahima war mit ihrer Familie just zur gleichen Zeit auch in Agamy. Sie hatten sich gerade ein kleines Appartement gekauft und verbrachten ein paar Tage dort. So würde ich Gelegenheit haben auch Ahmed, Fahimas Mann kennen zu lernen, der bei einem früheren Familientreffen nicht dabei gewesen war.

Fahimas Ferienwohnung lag nur wenige Fahrminuten von unserem Stadtteil entfernt und wir stiegen an einem offensichtlich noch im Bau befindlichen Straßenzug aus. Hier wurden Apartments gebaut für Ägypter, die dem unerträglich heißen Sommer Kairos entfliehen wollten. Viele von ihnen sparten jahrelang für eine kleine Wohnung. Eine eigene Wohnung, sei sie auch noch so klein, war eine gute Altersvorsorge und man hatte immer eine Bleibe, wenn man Urlaub am Mittelmeerstrand, fern der großstädtischen Hitze machen wollte. Würde man selbst einmal nicht reisen können oder wollen, stand so eine Wohnung Familie und Freunden offen.

Obwohl Hamdy schon als Jugendlicher oft in Agamy gewesen war und sich recht gut auskannte, musste er mehrmals mit Fahima telefonieren, um sich den Weg beschreiben zu lassen. Irgendwann standen wir vor einer der Wohnungen, die sich alle glichen, wie sich auch die Häuser ähnelten, eines wie das andere, sandfarben, neu, aber scheinbar dennoch dem Wüstenklima ausgesetzt und der Verwitterung preisgegeben, früher oder später.

Als wir klingelten, öffnete *Boody*, der Sohn der Familie, das mittlere Kind zwischen zwei Schwestern. Fahima umarmte mich herzlich, als ich in den Flur getreten war, der gleichzeitig das Wohnzimmer war. Die Wohnung bestand aus einem großen Raum, an den zwei, weitere kleine Zimmer und ein Bad abgingen. Die Küche befand sich in einer Nische des Wohnraumes. Fahima hieß uns setzen und begann nach einer kurzen Unterhaltung mit Hamdy das vorbereitete Essen auf den kleinen Couchtisch zu stellen. Die Wohnung war noch unordentlich, so wie es aussieht, wenn eine Familie mit wenig, aber dennoch wichtigem Hausrat umzieht. Es standen wahllos Tüten herum, überall lagen Berge an Kleidung, in den Ecken standen Haushaltsgegenstände. Noch war nichts an Ort und Stelle, doch man konnte der kleinen Bleibe ansehen, dass die Familie es sich dort gemütlich machen wollte. Als Fahima noch mit dem Eindecken beschäftigt war, erschien Ahmed. Er war groß und kräftig, hatte graumeliertes Haar und ein gutmütiges Lächeln auf dem braunen Gesicht. Wir gaben einander die Hand und er setzte sich zu uns. Die Kinder tobten in der Wohnung umher, lachten und lärmten. Man konnte die fröhliche Urlaubsstimmung förmlich fühlen und ich ließ mich gern anstecken, von der leicht beschwingten Atmosphäre.

Wir aßen eine Kleinigkeit und schwatzten munter miteinander. Fahima wand sich mir mit ihren Schulenglisch-Kenntnissen zu und fragte mich immer wieder, wie es mir in Kairo gefiele, wie es meinen Eltern gehe und ob ich Agamy mochte. Am meisten belustigte mich die Frage, ob ich sehr in Hamdy verliebt sei und er mich auch wirklich gut behandelte. Wahrscheinlich wollte sie sichergehen, dass die Frau ihres Bruders es gut hatte - ein Zeichen für mich, dass sie mich sehr gern mochte. Fahima war immer die Stillste der vielen Geschwister gewesen, doch fast flüsternd vertraute sie mir an, wie sehr sie doch verliebt sei und wie glücklich ihr Ahmed sie mache. Mehrmals betonte sie, welch guter Mann er wäre und welch reizender Vater den drei Kindern. Ich war tief beeindruckt wie ehrlich sie war und wie offen sie mit mir sprach. Sie schien wirklich Vertrauen zu mir zu haben und ich freute mich, dass sie ihre Gefühle mit mir teilte. Wie wir an diesem Abend so beieinander saßen, waren wir - unabhängig von Kultur, Religion, Familienhintergrund und eigener Biographie - einzig zwei junge Frauen, die über die Liebe und ihre Gefühle sprachen. Es war so vertraut.

Hamdy und Ahmed sprachen auch miteinander, gelegentlich lachte einer von ihnen. Hin und wieder zog Ahmed seine kleine Tochter *Noor* auf seinen Schoß und herzte sie liebevoll. Nach dem Essen bereitete Fahima den Tee zu, wie so oft nach dem Essen. Hamdy und ich lachten über Ahmed, der fünf Löffel Zucker in seinen Tee schüttete und mit einem breiten Grinsen in mein erschrocken-angewidertes Gesicht *„Sukr bi-shay, mish shay bi-sukr"*, „Zucker mit Tee, nicht Tee mit Zucker" sagte. Es war ein wirklich schöner Abend, ich fühlte mich wieder wohl in meiner ägyptischen Familie und es war spät geworden, als Hamdy und ich die Familie verließen. Wir freuten uns alle auf ein paar Tage an Strand und Meer, den erfrischenden Wind und auf neue Eindrücke.

Die Katastrophe, die sich kurz darauf ereignete kam plötzlich und überwältigte uns alle.

Es war der Tag nach unserem Besuch bei Fahima und Ahmed.

Hamdy und ich waren schon zeitig am Morgen zum Strand gegangen, von dem uns nur wenige Minuten Fußweg trennten. Es war herrlich. Wir genossen die freien Tage; saßen abwechselnd in der Sonne und badeten im kühlen Mittelmeer, lauschten dem Rauschen der Wellen und den eintönigen Rufen der Strandverkäufer, gemischt mit den vielen Stimmen anderer, die den Strand bevölkerten. Stundenlang beobachtete ich die Menschen um uns herum. Dies war kein touristisch erschlossener Strand. Dieser Fleck Meer gehörte den Einheimischen. Hier gingen auch Frauen ins Wasser, die sich sonst wohl nicht an einen Strand wagten. Hier waren sie ein wenig frei, um sich im kühlen Nass zu erfrischen. Man hörte fröhliche Stimmen und sah in vergnügte Gesichter, an denen man sehen konnte, dass die Frauen der unteren Mittelschicht, die hier die Ferien verbrachten, selten so entspannt und offen sein konnten.

Gleichwohl unterschied sich deren Freiheit immer noch gänzlich von meiner. Während ich im Badeanzug am Strand saß und genauso auch schwimmen ging, trugen die meisten der Ägypterinnen an diesem Strand eine lange, schwarze Abaya, das hauchdünne mantelartige Gewand und ein Kopftuch. Es war für mich seltsam und befremdlich, dass die Frauen in solcher Kleidung baden gingen, wenngleich ich natürlich die Gründe der islamischen Verhüllung kannte. Doch die Frauen zu sehen, wie sie höchstens bis zum Bauchnabel ins Wasser wateten und dort die langen Kleider an die Wasseroberfläche schwammen und um ihre Körper waberten. Ein seltsamer Anblick, komisch und dennoch ein wenig traurig zugleich für mich, sahen sie doch seltsam ungelenk und unbeholfen aus, wie sie in all den Lagen Stoff im Wasser herumpaddelten.

Am Abend dieses ersten Tages kamen wir müde in unsere Wohnung zurück. Ich hatte zu viel Sonne abbekommen und meine Haut rötete sich zu einem Sonnenbrand. Müde von der Wärme des Tages, freute ich mich auf Kühle und Schatten. Die Stimmung war gut, wir lachten und waren vergnügt, es war ein herrlich fauler Tag gewesen. Doch die unbeschwerte Zeit endete abrupt mit dem Klingeln des Handys.

Hamdy sprach aufgeregt und laut, ich hörte ihn nervös im Zimmer herumgehen, doch ich verstand nicht, was oder mit wem er sprach. Das Gespräch dauerte nur kurz und als Hamdy ins Bad gestürmt kam, war es nicht das kalte Wasser, das mir Schauer über den Rücken laufen ließ, sondern der eine Satz, den er mühsam hervorbrachte: *„Ahmed ist tot!"*

Ich blieb regungslos stehen, konnte nicht glauben, was ich soeben gehört hatte. Das konnte nicht stimmen! Nein, das konnte nicht stimmen! Ahmed konnte nicht tot sein, wir hatten erst am Abend zuvor zusammen gesessen. Er war gesund und kräftig, er konnte nicht tot sein!

Der eine Gedanke ließ mich nicht los, während Hamdy schon fast wieder zur Tür hinaus war. Er rief mir noch etwas zu, von dem ich jedoch nur die Hälfte verstand: „Fahima zu uns holen...", „Furchtbar...", „Du wartest hier!" Dann war er verschwunden und ich mit diesem einen Gedanken allein.

Ich hatte keine Erinnerung daran, wie ich die darauffolgenden Stunden verbrachte. Hatte ich geschlafen oder hinaus in die Nacht gestarrt? Hatte ich ein Buch, um zu lesen oder saß ich nur reglos auf dem Balkon mit dem schrecklichen Gedanken in meinem Kopf? Die Erinnerung an diese Stunden war wie ausgelöscht. Irgendwann, es war inzwischen später Abend, klingelte es. Vor der Tür stand Fahima, die Augen leer, der Körper leicht zusammen gesunken. Sie sah mich an und doch an mir vorbei, traurig, aber ohne Tränen und lief dann beinahe apathisch an mir vorbei ins Wohnzimmer. Hamdy kam kurz darauf die Treppe hinauf, Fahimas kleine Tochter Noor auf dem Arm, die beiden großen Kinder liefen hinter ihm her. Die Kinder waren ruhig und krochen sofort zu ihrer Mutter, die auf dem Sofa saß. Fahima starrte ins Leere, sie war kaum ansprechbar, hatte weder Tränen, noch Worte. Sie wollte nicht trinken und nicht essen, doch irgendwann hatte Hamdy sie überredet, sich hinzulegen und sie schlief in einem der

Schlafzimmer ein. Hatte ihr ein Arzt ein Beruhigungsmittel gegeben? Auch die beiden älteren Kinder schliefen ein wenig. Einzig die kleine Noor war hellwach. Ihre Anspannung und Verwirrung konnte man ihr ansehen. Sie blickte uns aus großen, ratlosen Augen an, denn sie spürte mit ihren nicht einmal zwei Jahren, dass etwas nicht stimmte, dass etwas Schreckliches passiert sein musste. So nahm Hamdy sie auf den Arm, wir setzten uns auf den Balkon und er sprach beruhigend auf sie ein. Dann saß sie auf meinen Schoß, ich wiegte sie hin und her, versuchte, so normal wie möglich zu wirken. Doch auch wenn sie noch sehr klein war, hatte sie die Tränen ihrer Mutter und der Geschwister sowie das Fehlen des Vaters bemerkt. Hamdy erzählte mir dann, dass ein großer Teil der Familie noch in dieser Nacht in Agamy eintreffen würde. Sie hatten sich, nachdem sie die schreckliche Nachricht erhalten hatten, sofort auf den Weg gemacht, um bei der Schwester und deren Kindern zu sein, ihnen beizustehen und mit ihnen zu trauern.

Kurze Zeit später kamen sie: Nisma und Nagat, deren Männer Mohammad und Fawzy, Azza, die zweitjüngste Schwester, deren Mann Nasir und die Brüder Ala' und Hassan. Sie fanden alle einen Platz im Wohnzimmer, man sprach aufgeregt durcheinander, es war laut, doch in der Luft lag die Trauer, die alle an diesem Ort hatte zusammenkommen lassen. Immer wieder hoben sie nacheinander die Hände, baten Gott an und sprachen klagend zu sich selbst. Ich konnte wenig tun, in diesen schweren Stunden, verhielt mich still und machte mich daran, für alle Tee zuzubereiten. Ich servierte das heiße starke Getränk gläserweise, brachte mehr Zucker oder frisches Wasser. Viel mehr war nicht möglich, ich fühlte mich müde und hilflos. Wie gern hätte ich ihnen stärker beigestanden, doch in ihrer Trauer waren sie unter sich. Jene Trauer, die die Familie in dieser Nacht so stark verband, zeigte sich mir in beeindruckender, aber erschreckender Weise. Ich sah die Frauen, wie in diesem Kulturkreis üblich, ihre Trauer hinausschreien. Nisma,

Nagat und Azza begannen immer lauter zu wehklagen. Erst wimmerten sie leise, doch ihr Jammern wurde lauter und lauter, schwoll zum Schreien an. Sie weinten laut und schlugen sich dabei immer wieder auf Brust und Wangen. Ebbte das Klagen der einen ab, hörte man die andere deutlicher und lauter. Während Fahima, die Frau, die ihren Mann verloren hatte, beinahe reglos in einer Ecke des Sofas saß, zeigten ihre Schwestern umso mehr ihr Leid. So wie Fahima in ihrem Inneren litt, so trugen die anderen ihren Schmerz nach außen. Sie schlugen sich selbst mit den Händen auf Gesicht und Brust, als wollten sie die Schmerzen der Seele mit denen des Körpers betäuben. Der Anblick war befremdlich, für mich fast ein demonstratives zur Schau stellen des eigenen Schmerzes und ein aneinander messen. Sie steigerten sich förmlich in ihre Trauer hinein, schrien immer lauter, weinten, als wären sie nicht bei Sinnen, ja fast eines Trance gleich. Doch ich wusste, dass dies ihre Art war, zu trauern und versuchte, mich von dem ungewohnten Anblick nicht irritieren zu lassen.

Bald darauf zog ich mich von der befremdlichen Szene zurück und legte mich schlafen, beinahe erleichtert, dem bizarren Schauspiel nicht mehr beiwohnen zu müssen.

Müde und zerschlagen fiel ich ins Bett und noch kurz bevor ich einschlief hatte ich das Gefühl, dass mich zwar ihre Art zu trauern befremdet hatte, ich mich aber nicht entfremdet fühlte. Eher überkam mich das Gefühl noch größerer Zugehörigkeit zu dieser Familie. Ich hatte - ohne viel tun zu können - meine Familie nicht nur in Freuden und Glück erlebt, wir hatten nun auch die dunkelsten Stunden miteinander geteilt.

Nur wenige Stunden später - alle hatten sich irgendeinen Platz zum Schlafen gesucht - als es gerade dämmerte, bemerkte ich schlaftrunken, dass die Familie erwacht war und sich zum Aufbruch vorbereitete. Hamdy sagte mir eilig, sie würden jetzt alle zusammen zurück nach Kairo fahren, denn der Leichnam müsse beerdigt werden. Der

Islam schrieb vor, einen Toten innerhalb von vierundzwanzig Stunden zu bestatten und die Zeit drängte. Ich sollte bleiben und auf ihn warten, er würde irgendwann gegen Abend zurück sein.

Auch an die darauffolgenden Stunden konnte ich mich später nicht mehr erinnern, auch sie waren in meinem Gedächtnis nicht mehr vorhanden. Ich hatte viel geschlafen, da mich ein starker Sonnenbrand und die Wärme des Tages jeglicher Energie beraubten. Irgendwann stand ich ungeduldig auf dem Balkon und blickte zur Straße hin, wo ich irgendwann in der Dämmerung Hamdy kommen sah. Wie froh war ich, dass er zurück war. Er erzählte, dass fast die ganze Familie nach *Minya*, Ahmeds Heimatort ungefähr 250km südlich von Kairo, gefahren sei, um ihn dort zu bestatten. Fahima würde wohl mit den Kindern eine Weile bei ihren Schwiegereltern bleiben.

Erst am folgenden Tag erfuhr ich die Todesursache, die so tragisch gewesen war. Ahmed war keines natürlichen Todes gestorben: er war ertrunken! Die Familie war am Strand gewesen und er wollte schwimmen gehen. Ob er dort einen Herzanfall erlitten hatte, er in eine Art Strömung geraten war oder es einen anderen Grund gehabt hatte, wusste ich nicht, doch man hatte kurze Zeit später seine Leiche aus dem Wasser gezogen. Seine Frau Fahima hatte sich noch über die große aufgeregte Menschenmenge gewundert, die sich gebildet hatte und war hingelaufen. Dort musste sie ihren leblosen Mann gesehen haben.

Eine wahrlich schreckliche Vorstellung - sie waren so fröhlich und innerhalb weniger Sekunden war die Welt eingestürzt, verlor eine Frau ihren Ehemann, blieben Kinder ohne Vater zurück. Es konnte so schnell gehen - genießen sollte man jeden einzelnen Tag. Genau dies versuchten wir, trotz des traurigen Ereignisses.

Den Tod Ahmeds würde niemand je vergessen, doch die Zeit und das Vertrauen in Gott, dass allen Mitgliedern der

Familie inne war, würden die Wunden heilen. Gott leitete die Gläubigen und nur er bestimmte, wann ein Mensch die irdische Welt verließ. Niemand kam an der Kraft Gottes vorbei und nur Er wusste, wann das Ende eines jeden Menschen gekommen war. So traurig die Tatsache auch war, dass ein Mensch aus dem Leben gerissen worden war, doch der Glaube an ein - vielleicht schöneres - Leben nach dem Tode ließ viele Gläubige das Ende des Lebens eben nicht als das Ende sehen, sondern nur als den Übergang in ein anderes Dasein bei Gott. Was kann es für einen religiösen Muslim schöneres geben? Welch größeren Trost konnte ein Gläubiger finden?

Einige Jahre später kam das Gespräch in der Familie erneut auf jenen schwarzen Tag. Ich weiß nicht mehr, wer es sagte, es musste Nisma oder Nagat gewesen sein, die meine Hilfe und Unterstützung in dieser Nacht so bemerkenswert gefunden hatte. Ich wunderte mich und dachte daran zurück, wie ich mich ob meiner Hilflosigkeit gefühlt hatte. Als ich einwarf, doch nichts Besonderes getan zu haben, schüttelten die Anwesenden allesamt den Kopf und bestätigten, dass ich so stark gewesen sei und sie mich seitdem nicht mehr nur als ihre Schwägerin sahen. Sie empfanden für mich die Liebe, wie sie einander als Geschwister entgegen brachten. Mehr kann man in einer neuen Familie nicht ankommen…

13

Ich kränkelte schon einige Tage lang. Vielleicht hatte mir die Umstellung nicht gut getan, von gewohnten sommerlichen Temperaturen in der Heimat zur Hitze Kairos. Vielleicht war es der Ramadan, den ich komplett fastend verbracht hatte, vielleicht war es etwas anderes. Ich war blass und müde, hatte diese und jene Beschwerden. Nagat und Nisma, meine Schwägerinnen sprachen eindringlich auf mich und Hamdy ein, ich solle doch einen Arzt aufsuchen, der mich durchchecken und mein Blut kontrollieren sollte - ja, vielleicht war ich sogar schwanger?

Als wir bejahten und beschwichtigten, wir würden demnächst schon einmal gehen, begnügten sich die beiden resoluten Frauen damit nicht - sie wollten mich noch am gleichen Tag zu einem Arzt bringen, um lieber persönlich für meine Gesundheit zu sorgen. Ich willigte ein und Nisma machte sich mit mir, ihrer Enkeltochter Rahma und Nagats Tochter Sara auf den Weg.

Doch wir gingen nicht in eine Arztpraxis, ein Krankenhaus oder ein Labor - unser Weg führte uns zu einer Moschee, nur wenige hundert Meter von Nagats und Nismas Wohnhaus in *Mansheya* entfernt. Doch meine Schwägerin wollte dort nicht etwa für meine Gesundheit beten. Wir betraten das Gotteshaus durch einen unauffälligen Hintereingang und erreichten über ein schmales Treppenhaus in der ersten Etage einen mit Neonröhren hell beleuchteten Flur. Links und rechts befanden sich halb geöffnete Türen, alles war weißlich-grau gestrichen. Plötzlich betraten wir am Ende des Flurs einen Raum, in dem an der Wand entlang auf Stühlen mehrere Frauen und Männer saßen. Hinter einem Tisch am Fenster stand ein kleiner untersetzter Mann mit Halbglatze. Überall waren auf verschiedenen Tischen und Regalen Verbandszeug, Injektionszubehör, Flaschen, Gläser, undefinierbare Gerätschaften und Gegenstände verteilt. Nun dämmerte auch mir: dies war die der Moschee angeschlossene Arztpraxis.

Alle Wartenden sahen auf, als wir den Raum betraten und man konnte die Gedanken der Menschen erraten. In Mansheya, einem Stadtteil, in dem die ärmliche Bevölkerung lebte, Zugezogene aus den Dörfern, oftmals tief gläubig, ebenso islamisch bedeckt und traditionell, trafen an einem Ort auf eine Ausländerin ohne Kopftuch, wo sie vermutlich niemals eine erwartet hätten. Eine Europäerin in einem Stadtteil, in den sich sonst wohl kaum eine verirrte, saß nun neben ihnen. Ja, vielleicht begegneten diese Menschen der ersten Europäerin ihres Lebens. Dass sie mich anstarrten, war nur verständlich.

Nisma wechselte ein paar Worte mit dem kleinen Mann und ich verstand nur, dass es um mich ging. Meine Begleiterinnen bedeuteten mir, mich hinzusetzen und noch immer hafteten die Blicke der anderen Anwesenden auf mir. Es war für einige Sekunden totenstill im Raum, dann begannen die wartenden Frauen leise miteinander zu sprechen, immer wieder den Blick auf mich gerichtet. Die kleine Rahma, mit ihrer tiefen, rauen Stimme erzählte den Neugierigen ganz unverblümt und kindlich, dass ich die Schwägerin sei, die deutsche Frau ihres Onkels. Sara saß neben mir und tätschelte beruhigend meinen Arm, als sie meine Nervosität bemerkte. Ich deutete den Mädchen und Nisma an, dass ich zur Toilette wollte und Rahma begleitete mich hinaus. Nebenan öffnete sie eine winzige Kammer und dort sah ich einzig ein Loch im Boden und zwei Tritte für die Füße.

Da ich jedoch in Ägypten in all den Jahren weit schlimmere Toiletten gesehen und gar benutzt hatte, wenn es sich nicht vermeiden ließ, ging ich ohne Schrecken hinein, entledigte mich meiner Notdurft im Stehen und hatte dabei das Gefühl, alle im Nebenraum könnten mich hören und sehen. Als ich zurückkam, sahen mich erneut alle an. Ich fühlte mich unwohl, den Blicken ausgesetzt, doch das, was dann kam, war noch viel kurioser.

Ich wurde aufgerufen und gebeten, mich auf den Stuhl neben den Tisch des Arztes zu setzen. Erst jetzt erkannte ich die Situation wirklich: der Arzt wollte mir im selben Raum, vor aller Augen, Blut abnehmen! Alle Wartenden würden zusehen können, wie der *Almaneya*, der Deutschen, Blut entnommen wird. Dieses Wartezimmer war gleichzeitig der Praxisraum, jeder konnte dem anderen bei der Behandlung zusehen und gleichzeitig dessen Beschwerden mitbekommen. Unglaublich, doch für eine Flucht war es leider schon zu spät. Sara schob mich auf den freien Stuhl neben den Arzt, der in verschiedenen Sprachen auf mich einredete und dabei auch einige deutsche Wörter erwischte.

Ich fand ihn fast amüsant, diesen kleinen Mann, der hektisch und arbeitsam hinter seinem Tisch stand und mir dann völlig schmerzfrei die Kanüle in den Handrücken schob. Wieder war es beinahe totenstill, denn alle sahen zu, wie der Arzt mir höchst professionell Blut entnahm. Männer, wie Frauen starrten mich an und die Gedanken in meinem Kopf begannen zu kreisen. Warum saßen hier plötzlich beide Geschlechter zusammen, wo doch in der Moschee sonst auch nach Frauen und Männern getrennt wird? Und was erwarteten diese interessierten Menschen zu sehen? Eine spezielle Farbe oder Konsistenz des Blutes der Deutschen? Glaubten sie, ich würde übermäßig auf die Blutentnahme reagieren? Würde womöglich schreien, wimmern oder gar in Ohnmacht fallen? Ich war in diesem bescheidenen Raum die absolute Exotik, eine deutsche Frau, hellhäutig, in Begleitung einer hiesigen Anwohnerin und zweier Kinder. Sicher war ich die erste Ausländerin, die sich jemals in diese sonderbare Krankenstation begeben hatte und irgendwie konnte ich ihre Verwunderung und Neugier verstehen. Für mich war die Art der Behandlung ebenso absurd, wie mein Anblick für die Anwesenden. Meine Nervosität vor der Blutentnahme - eine Angst, die ich auch bei jedem anderen Arzt gehabt hätte - wurde von der Erleichterung abgelöst, mit welcher Fachkenntnis der Arzt die Nadel in meine Vene geführt hatte. Die Situation war in diesem Moment so grotesk, dass ich schon fast lachen musste. Sara war es, die mir wieder über den Arm strich und beruhigend auf mich einredete, als sei ich ein Schaf kurz vor der Schlachtung.

Das Röhrchen mit dem gewonnenen Blut stellte der Doktor sogleich in eine Zentrifuge, die sich - wie sollte es auch anders sein - ebenfalls im selben Raum befand. Nach wenigen Minuten entnahm er den Inhalt, besah sich das Blut und murmelte etwas Arabisches, mir Unverständliches. „You are not pregnant, but there is something", sagte er in brüchigem Englisch. Nun wussten ich und praktischerweise auch gleich die anderen Personen im Raum, dass ich kein Baby erwartete, aber irgendetwas in meinem Blut war, das so nicht sein sollte. Der Doktor murmelte etwas davon, ich solle mich noch einmal untersuchen lassen...

Nisma zahlte zehn Pfund und wir verließen den Raum. Ich konnte mir bildhaft vorstellen, welch lebhaftes Gespräch sich in diesem Moment in dem Zimmer entwickeln würde. Da hatte man etwas zu erzählen von der Deutschen, die plötzlich in der Krankenstation aufgetaucht, nicht schwanger war, aber irgendein gesundheitliches Problem mit sich herumtrug.

Heute, Jahre später, kann ich über den Arztbesuch herzlich lachen. Es war eine so absurde, ungewöhnliche und im Nachhinein betrachtet komische Situation. So wenig medizinisch, wie der Hintereingang der Moschee gewirkt hatte, das Wartezimmer, das gleichzeitig Sprechzimmer war, so professionell war dagegen der Arzt gewesen, der mir zwar keine genaue Diagnose bescheinigen konnte, mir jedoch die schmerzfreieste Blutabnahme meines Lebens beschert hatte.

Während der Jahre in Kairo folgten weitere Arztbesuche, die niemals so waren, wie ich sie von Deutschland kannte. Doch keiner war je wieder so seltsam gewesen, wie dieser.

≈≈≈≈≈

Siehe, Allah weiß alles, was sie neben Ihm anrufen, und Er ist der Mächtige, der Weise.

Koran, Sure 29, Vers 42

≈≈≈≈≈

14

In den vergangenen Jahren ist Kairo islamischer geworden, so scheint es. Es sind die Frauen, die ihre Religion nach außen hin sichtbar tragen. Befragt man beispielsweise Menschen, die aus dem Ausland schon seit fünfzehn oder zwanzig Jahren regelmäßig nach Ägypten kommen, so hört man immer wieder, dass sie den Wandel bemerken. Noch in den fünfziger und sechziger Jahren des vergangenen Jahrhunderts sah Kairo völlig anders aus.

Natürlich gab es schon immer Frauen mit Kopftuch. Das Haar zu bedecken war islamisch und auch keine Schande. Nicht ungewöhnlich im Stadtbild, wenn auch vergleichsweise selten. Ein Großteil der Frauen trug westliche Kleidung und Schmuck, teilweise gar Miniröcke. Die Mode war en vogue, der Zeit entsprechend, weiblich, ohne frivol zu sein, kurz geschnitten, ohne anrüchig zu wirken. Die wenigsten Frauen bedeckten damals ihr Haar. Eine ältere Marokkanerin, die ich flüchtig kannte und die die Stadt immer wieder besuchte, zeigte sich traurig und beinahe schockiert über den in den letzten Jahren vollzogenen Wandel. Sie beschrieb Kairo als ihr modisches Vorbild. Betuchte Araberinnen aus den Nachbarländern und darüber hinaus kamen oft der Mode wegen nach Kairo. Die Stadt zeigte sich weltoffen und modern, mondän und reich an Kultur, intellektuellem Leben, Freiheit und Genuss. Frauen mit Kopftuch oder gar verschleierte sah man kaum. Inzwischen war es anders und der Unterschied war gravierend.

Dabei war das Kopftuch, der *Higab*, noch immer das meistgetragene und offensichtlichste Bekenntnis zum Islam und auch das für Nichtmuslime vertrauteste, wenngleich auch nicht das unumstrittenste.

In neuester Zeit bedeutete das Kopftuch, besonders bei jungen Mädchen, nicht nur ein religiöses Symbol, sondern wurde obendrein zum modischen Accessoire. Es gab riesige Sortimente verschiedener Materialien, Farben, Stoffe, bestickt mit Glitzerperlen oder Pailletten umrahmt oder schlicht einfarbige. Die Tücher wurden passend zur Kleidung getragen, oftmals mehrere farblich stimmige übereinander. Am Hinterkopf wurden die Stoffe zu kunstvollen Knoten gebunden, die die jungen Mädchen mit passenden bunten Nadeln fest steckten. Das Kopftuch verhüllte nicht mehr nur, es schmückte die Frau zusätzlich und mich beeindruckte immer wieder wie schön sich manche Mädchen und junge Frauen zurecht machten, wie sie ihr Tuch banden und es meist passend zur restlichen Kleidung auswählten. Diese Art von Kopftuch machte die muslimischen Frauen auf eine ganz wunderbare Art schön und die religiöse Bedeutung rückte dabei unmerklich in den Hintergrund. Das Kopftuch war das Symbol des Islam, an das ich mich im Orient am schnellsten gewöhnt hatte. Es war für die Menschen hier Normalität und auch für Außenstehende nichts wirklich Befremdliches.

Doch viel öfter als nur das Kopftuch bedeckte ein Schleier Haar und Gesicht vieler Frauen.

Sie trugen Khimar, eine Bedeckung, die nicht gebunden, sondern mit einer Aussparung für das Gesicht, über die Brust reichte und nur über den Kopf gezogen werden musste. Viele Frauen verhüllten sich gar mit dem *Niqab*, dem schwarzen Gesichtsschleier, bei dem nur noch die Augen zu sehen waren. Die Ägypterinnen heutiger Zeit hüllten sich in schwarze Mäntel und man sah auch Frauen, die schwarze Handschuhe trugen, um ihre Hände zu bedecken. Ebenso verbreitet war seit einigen Jahren die *Shadura*, auch *Isdal* genannt, eine Art einteiliger, bodenlanger Überwurf, der am oberen Ende ebenfalls mit einer Öffnung versehen war, durch die der Kopf geschoben wurde, so dass dieser selbstverständlich noch immer sittlich bedeckt war. Diese sackähnlichen Gewänder sahen unförmig aus und erinnerten manchen Ägypter gar - so konnte ich einmal in einem Gespräch hören - an die blaue afghanische *Burqa*, die zwar weit schrecklicher wirkte, dennoch war die *Shadura* nicht weit von jenem Gewand der völligen Unterdrückung entfernt.

Dementsprechend schwierig für mich persönlich gestalteten sich meine ersten Begegnungen mit dem Schleier. Natürlich gewöhnte man sich daran, wenn schwarze Gestalten das Straßenbild mehr und mehr prägten. Bald schon war eine komplett verschleierte Frau in Ägypten für mich nichts Außergewöhnliches mehr. Doch es war anfangs befremdlich für mich, diesen komplett verhüllten Frauen persönlich zu begegnen, die ich aus einer deutschen Kleinstadt kam, in der man höchstens einmal Frauen mit Kopftuch sah,. Anfangs taten sie mir leid, gerade im Sommer, verschleiert gehen zu müssen, bei Temperaturen jenseits der dreißig Grad. Später versuchte ich mir vorzustellen, wie diese Frauen in ihren eigenen vier Wänden wohl lebten, dort wo es ihnen - ungesehen von Fremden - möglich war, den Schleier abzulegen. Weiterhin gingen mir Gedanken der Identifizierung jener Frauen durch den Kopf. Wie erkannten andere Menschen eine völlig verschleierte Frau, speziell wenn sie ihr zum allerersten Mal begegneten? Wie lange brauchten Kinder, um ihre Mutter zwischen mehreren verhüllten Frauen zu erkennen? Heute erschienen Fragen dieser Art eher kurzsichtig, doch ich hatte eine ähnliche Situation selbst erlebt.

Bei meinem dritten Besuch in Ägypten wollte ich mit meinem Mann seine Schwester Azza ein zweites Mal treffen. Azza war eine lustige junge Frau, immer lächelnd und voller Energie. Sie hatte drei reizende Kinder, ein Mädchen und zwei Jungen. Ich hatte sie zuvor schon einmal beim Familienbesuch kennen gelernt, daheim in der Wohnung ihrer Schwester, in vertrauter Umgebung, so dass sie mir nur mit Kopftuch oder - wenn ausschließlich die Familie zusammen war - ganz ohne Kopfbedeckung gegenüber gesessen hatte. Doch an diesem Tag wollten wir sie in dem Stadtbezirk treffen, in dem sie wohnte, da sie uns zum Essen eingeladen hatte.

Sie wollte uns an der Metro-Station abholen, damit wir zusammen in ihre Wohnung gehen konnten.

Wir warteten einige Minuten an der Fußgängerüberführung am Bahnhof *Marğ*, einem ärmlichen, staubigen Stadtbezirk an der Peripherie Kairos, als Hamdy plötzlich rief: „Dort kommt sie".

Ich brauchte eine ganze Weile, um Azza im Getümmel zu entdecken, doch erkannte ich nicht sie, sondern ihre beiden kleinen Kinder, die neben ihr liefen. Erst dann wusste ich, dass sie es war, denn sie war verschleiert. Einzig ihren Augen waren sichtbar, so dass ich sie ohne ihre Kinder niemals erkannt hätte... Später war es ein Leichtes für mich verschleierte Frauen, die zur Familie gehörten, zu unterscheiden, da ich irgendwann ihre Augen erkennen konnte.

Doch was brachte ägyptische Frauen vor allem seit dem letzten Jahrzehnt wieder vermehrt dazu, nicht nur Kopftuch zu tragen, sondern ihren Körper noch tiefer unter schwarzem Stoff zu verbergen, ja teilweise auch das Gesicht samt der Augen zu bedecken?

Glaubte man dabei zuerst an eine neue ernstere Hinwendung zum Islam, so war dies vielleicht in einigen Fällen eine gerechtfertigte Vermutung. Wahrscheinlich gab es auch Ehemänner, die von ihren Frauen das Tragen des Schleiers verlangten, welche Gründe auch immer sie hervorbrachten. Doch in Ägypten kannte man eine andere, viel schwerer wiegende Ursache für das sich seit Jahren stetig mehrende Verhüllen der Frauen. Man nannte das Phänomen *Fikr al-Wahabi*, wahabitisches Gedankengut.

Der Wahabismus ist eine islamische Richtung, die im streng religiösen Saudi-Arabien praktiziert wird und dort ihren Ursprung hat. Der Wahabismus ist die Staatsdoktrin des Landes, bei der die unbedingte strenge Einhaltung der koranischen Gebote die höchste und absolute Pflicht darstellt. Andere Richtungen des Islams, beispielsweise das Schiitentum, werden von den sunnitischen Wahabiten als unislamisch degradiert und abgelehnt, was der Bewegung das hässliche Gesicht der Intoleranz und des Fanatismus verleiht.

Die saudische Regierung besitzt dank unvorstellbarem Reichtum jede Menge Einfluss auf umliegende Staaten des Nahen Ostens und diesen nutzt das Königreich für seine Zwecke. Arabische Staaten als solche wurden unter den verschiedenen Vorwänden förmlich erkauft. In Saudi-Arabien bedeutet Geld Macht und Macht bringt Einflussnahme. Die saudische Regierung versucht - so heißt es mancherorts in Ägypten - das Erbe anderer arabischer Staaten zu unterdrücken. Man stiftet Geld in verschiedene Bereiche wie Bildung oder Finanzwesen und erkauft sich im Gegenzug Schritt für Schritt Verantwortung, Bestimmungsrecht und Entscheidungsfreiheit über andere Staaten. Dies bedeutet für Ägypten, dass die reiche Geschichte des Landes, das einmal als Vorbild vieler arabischer Staaten galt, niedergehalten und bedeutungsloser werden soll. Die reiche Hochkultur der Pharaonen, die das Land hatte für tauende Jahre erblühen lassen, ist *haram*, unislamisch, nicht erlaubt.

Saudisches Geld und damit saudische Autorität untergräbt nach und nach andere Staaten, der Einfluss des mächtigen Reiches wird ausgeweitet mit dem für den Staat adäquaten Mittel des Geldes. Dieser Vorgang durchzieht verschiedene Bereiche des Lebens. Beispielsweise investiert Saudi-Arabien in den Bau neuer Moscheen am Nil, die obendrein mit modernsten Kommunikationsmitteln ausgestattet werden. Im Gegenzug wird in den gestifteten Gebetshäusern ausschließlich wahabitisches und salafistisches Gedankengut gelehrt. Mit dem Export ihrer Lehrmeinung, die in die Moscheen nach Ägypten transportiert wird, gewinnt Saudi-Arabien immer mehr Einfluss auf das Leben der Gläubigen in Ägypten.

Auch sind in den vergangenen Jahrzehnten viele Ägypter als Gastarbeiter nach Saudi-Arabien gegangen. Sie haben ihre Familien im Land am Nil zurückgelassen, um fern der Heimat mehr Geld zu verdienen. Vor Ort, im reichen Wüstenstaat Saudi-Arabien, das obendrein noch Hüter der beiden heiligsten islamischen Städte Mekka und Medina ist, gehen die oft ungebildeten ägyptischen Arbeiter dem wahabitischen Einfluss dann schnell ins Netz. Bald glauben sie, die strenge, fundamentalistische Auslegung, die ihnen gelehrt wird. Sie bekommen Nachhilfe darin, welcher Islam der richtige ist, welche Regeln wirklich gelten, nimmt man sich den Propheten Muhammad als einziges Vorbild im Glauben.

Die Ägypter lernen in Saudi-Arabien auch, wie sie ihre Frauen daheim „züchtigen" können. Der Gatte ist im Ausland, um zu arbeiten, die Ehefrau bleibt daheim bei den Kindern. Doch was sie den ganzen Tag tut, wen sie trifft, kann der Ehemann aus der Ferne nur schwerlich lückenlos kontrollieren. Die Lösung ist einfach - der ägyptische Mann hat sie in Saudi-Arabien erlernt: er lässt seine Frau vollständig verhüllt in Ägypten zurück. Wenn möglich, darf sie nur noch in Begleitung eines männlichen Verwandten vor die Tür gehen, wenn er ihr dies überhaupt gestattet. So kann er beruhigt sein, schließlich wird unter diesen gestrengen Maßnahmen kein fremder Mann mehr einen Blick auf seine Frau erhaschen können. Der saudische Schleier wird so zum Keuschheitsgürtel des kleinen ungebildeten ägyptischen Arbeiters und zum Gefängnis dessen Ehefrau.

Fikr al-Wahabi ist eine Welle, eine die arabischen Staaten überschwemmende Kraft mit Ausmaßen, die niemand voraussehen kann. Nur seine Folgen werden seit einigen Jahren mehr und mehr auf Kairos Straßen sichtbar, wenn sich der saudische Schleier über den ägyptischen Frauen ausbreitet. Wann die ersten Meldungen über Fikr al-Wahabi Europa erreichen und dort zu einer Art „geflügeltem", feststehenden Begriff werden, ist schwer zu beurteilen, zu viel liegt beispielsweise dem deutschen

Staat an einem guten Verhältnis zur großen Macht am Persischen Golf. Ebenso kann man ermessen, welche Reaktionen das ohnehin sensible Thema Verschleierung in diesem Zusammenhang auslösen wird. Doch gerade als Außenstehender ist es äußerst schwierig, sich genauer als an der Oberfläche kratzend mit diesem Thema zu beschäftigen.

Wie wenig eindrucksvoll wäre es in einem muslimischen Land, wenn sich die Frauen plötzlich mehr ihrer Religion besännen und sich daher mehr bedecken würden, ausschließlich ihrer neu gewonnen religiösen Überzeugung wegen? Es gäbe keinen Aufschrei, wäre doch der Islam der beste Grund und die plausibelste Erklärung für das neue Erstarken des Schleiers.

Wie einfach wäre es, wenn Kopftuch und Schleier tatsächlich einzig ein Symbol der weiblichen Religionszugehörigkeit sein könnten und das wie und ob einer Verhüllung allein der Frau überlassen bliebe. Doch zu sehr wurde der Schleier nicht mehr nur der Religion und Frömmigkeit zugeschrieben. Aber dennoch sind die Gründe für den Schleier so vielfältig, wie seine Trägerinnen.

Da war Fahima, meine Schwägerin, die viel zu früh durch einen Unfall ihren Mann verloren hatte und von heute auf morgen allein für drei Kinder und ein Geschäft sorgen musste. Sie trug nach dem Tod ihrer großen Liebe, den Schleier, einzig sichtbar die Augen. Kein Mann sollte sie jemals wieder ansehen, von keinem mochte sie betrachtet werden, keinem wollte sie je wieder gefallen. Doch war das Desinteresse an anderen Männern nach dem Tod ihres geliebten Mannes der einzige Grund für ihren Rückzug hinter schwarze Stoffbahnen?

Oder die Tänzerin, die seit Jahren in Kairo an der Oper tanzte, Europa bereist und sich beim Schönheitschirurgen unters Messer gelegt hatte. Seit mehreren Monaten lebte sie für ein Engagement in Dubai, als sie - einem plötzlichen Sinneswandel folgend - entschied, den

Gesichtsschleier zu tragen, vollkommen unerwartet für ihre Freunde und Familie. Ihr ehemaliger Kollege - selbst vom Berufstänzer zum strenggläubigen Muslim geworden - hatte ihr mitgeteilt, er würde sie zur Frau nehmen, sollte sie den Niqab tragen. Sie versteckte sich tatsächlich sofort unter dem Schleier und wäre, wenn er es ernst mit ihr gemeint hätte, seine zweite Frau geworden. Ihr Rendezvous mit dem Schleier dauerte wenige Tage, dann besann sie sich, legte den Schleier ab, wie ein zu eng gewordenes Kleidungsstück und lebte, als hätte sie nie auch nur einen Gedanken an den Schleier verschwendet. Später heiratete sie einen tunesischen Künstler und pendelte seitdem zwischen seinem und ihrem Heimatland.

Dann eine junge Frau, Anfang zwanzig, die ihre große Liebe geheiratet hatte. Er erwartete von ihr das Tragen des Schleiers außerhalb des Hauses. Sie war bereit dazu und verhüllte sich bis auf den schmalen Sehschlitz. Es schien ihr für ihre wirklich große Liebe, den jungen Mann, auf den sie schon seit Jahren ein Auge geworfen hatte, nichts auszumachen.

Eine dreifache Mutter. Sie war eine wohlhabende, sehr gebildete und trotz mehrerer Schicksalsschläge fröhliche und lebensfrohe Frau voller Energie. Jahre zuvor hat sie sich, beinahe von heute auf morgen gewandelt, hatte sich komplett verschleiert und wollte einen islamischen Geistlichen heiraten. Auf meine Frage hin, woher der plötzliche Wandel gekommen war, sagte sie etwas, das ich nicht zum ersten Mal hörte: „Ich war auf der Suche, auf der Suche nach mir selbst, nach Gott." Sie jedoch schien sich selbst oder Gott nicht im Tragen des Schleiers gefunden zu haben, denn seit Jahren lebte sie ein freies Leben ohne Bedeckung der Haare oder gar des Gesichts.

Und dann war da Azza, meine Schwägerin, die sich verschleierte und sogar die schwarzen Handschuhe trug, einzig weil sie fest und ernst im Glauben war und eine noch bessere Muslima sein wollte. Ihr Mann begriff ihren Entschluss nie, akzeptierte jedoch die Entscheidung seiner resoluten Frau. Und auch Azzas Mutter, meine Schwiegermutter, die ich leider nie habe kennen lernen dürfen, schüttelte über die rigorose Bedeckung ihrer Töchter oder Enkelinnen energisch den Kopf und hatte ihnen allen immer zu verstehen gegeben, wie sehr sie den Niqab doch verabscheute.

Sie alle - und viele Millionen muslimische Frauen in anderen Teilen der Erde - haben die verschiedensten Gründe, den Schleier zu tragen, oder nicht. Doch ob Schleier, Kopftuch, Schadura oder offenes Haar: keines zeigt ernsthaft wie religiös eine Frau wirklich ist, denn sind doch Schleier oder Kopftuch nur ein Stück Stoff, ein äußerliches Merkmal, dass Frauen sich selbst geben oder welches ihnen auferlegt wird und das augenscheinlich zeigt, welcher Religion sie sich zugehörig fühlen. Doch keine Verhüllung, ganz gleich welcher Art zeigt, wie stark der Glaube tatsächlich ist, es ist kein Merkmal, dass die ernste Religiosität bezeugt. Eine unverschleierte Frau kann viel religiöser sein, als eine, die sich komplett verhüllt, weil ihr Herz rein und sie Gott vollkommen zugewandt ist, die Gebote und Verbote des Islam - außer in diesem Fall das Tragen des Kopftuchs - befolgt. Man erkennt - so denke ich und so hatte ich es in Ägypten sehr oft erlebt – wahre Religiosität viel mehr daran, wie die Gläubigen mit ihren Mitmenschen umgehen, ob sie beim Gebet völlig konzentriert sind auf Allah, sich dabei nicht ablenken lassen. Es gibt so viele Attribute, an denen man erkennen kann, wie religiös eine Person ist, da ist der Schleier kein wirklich überzeugendes. So oft geschieht es, dass der noch so streng getragene Schleier die Religionszugehörigkeit zeigt, das Herz dagegen, von Gott abgewandt ist. Welche Frau ist wohl frommer? Und kann nicht auch eine unverschleierte Frau eine ebenso gute Muslima sein, wenn sie herzensgut ist und ihre Mitmenschen achtet?

Heba, meine sehr gute ägyptische Freundin war Mitte dreißig, stammte aus einem wohlhabenden Elternhaus und war hochgebildet. Sie lebte, da noch unverheiratet, mit ihren Schwestern bei der Mutter. Sie hatte, außer beim Gebet in der Moschee nie Kopftuch getragen, geschweige denn Schleier und dennoch war sie eine der religiösesten Frauen, die mir je begegnet waren. Dank ihrer Bildung wusste sie: Religion braucht keine Zurschaustellung nach außen, egal in welcher Form, denn Religion musste in den Herzen der Menschen wohnen, dort wirken und nur dort.

15

Es war, als hätte die Stadt ihr Festtagskleid abgelegt, mit dem ich zuvor empfangen worden war. Nun lag sie vor mir und ich war mittendrin in dem Moloch, sah nunmehr nicht mehr nur Schönheit und Wunderbares, sondern die ganz normale Großstadt. Die Faszination trat immer mehr in den Hintergrund, als ich genauer hinsehen konnte. Das Gefühl des Besonderen, Großartigen wich dem Gewöhnlichen. Alltäglichkeit wuchs und verdrängte die bisherige Leichtigkeit. Auch ich hatte mein Urlaubsgefühl ablegen müssen, als ich ganz nach Kairo zog.

Die klapprigen Eselskarren, früher noch milde belächelt, weil sie im Straßenbild zwischen Autos und Bussen so irreal erschienen, empfand ich später oftmals als Verkehrsbehinderung. Hupende Autos waren amüsant, gehörten sie doch zu dem Bild eines arabischen Landes, das ich im Kopf hatte. Stau und überfüllte Straßen kamen mir gelegen, gaben sie mir doch Zeit und Gelegenheit mich immer wieder aus Autos und Bussen heraus in der unbekannten Welt umzusehen. Als ich sesshaft geworden war, wurden Verkehrsbehinderungen mir ein Graus, nahmen mir die Ruhe, auch wenn ich sie nicht ändern konnte. Oft wollte ich jene Autofahrer einfach anschreien, die mitten in Staus sekundenlang die Hupe betätigten, wohlwissend, dass dies rein gar nichts änderte und man auch dadurch nicht schneller ans Ziel gelangte.

Mit Lärm im Allgemeinen konnten Ägypter besonders gut umgehen. Da war das Lager für Erfrischungsgetränke an der Ecke unseres Hauses in Moqattam. Beinahe jeden Abend fuhr dort mindestens ein Lastwagen vor, der von fleißigen Mitarbeitern äußerst gekonnt beladen wurde. Da wurden Kisten, mit sowohl vollen als auch leeren Flaschen nicht auf dem Transporter abgestellt, sondern geworfen. Man konnte dank des andauernden lauten Schepperns jeden einzelnen Getränkekasten zählen, der auf der Ladefläche landete.

Musik hörten die Menschen in meiner Umgebung - besonders in *Mafarik*, unserem Wohngebiet - grundsätzlich laut, ob aus offenen Autofenstern, Häusern oder bei den in den ärmeren Wohngegenden sehr beliebten Hochzeiten auf offener Straße. Dabei wurden mannshohe Lautsprecher auf die Straße gestellt, wo in der Regel das Brautpaar hinter Zeltplanen das Hochzeitsfest beging. Aus den Lautsprechern ertönte dann bis in die frühen Morgenstunden Musik - oder das, was die Unterschicht als solche bezeichnete - und an Schlaf war nicht mehr zu denken. Im Fernsehen wurde der Ton nur ausgestellt, wenn doch einmal Gäste da waren, mit denen man sich lautstark unterhielt - ausgeschaltet wurde er meist nicht. Doch aller Lärm und jedes Getöse dieser Stadt war nur Teil eines Kreislaufs: erbebten Straßen unter unglaublicher Lautstärke musste man - dank der unbarmherzigen Sommerhitze bei geöffneten Fenstern - den Fernseher lauter stellen, um ein Programm, das man sah auch zu hören. War der Fernseher aber laut gestellt, musste man zum Gespräch natürlich die Stimme erheben, um sich auch zu verstehen. So löste der eine Lärm den anderen ab und man konnte nicht mehr sagen, was der wirkliche Auslöser für das stetige Getöse war.

Ruhe war innerhalb dieses Kreises kaum möglich... Wahrscheinlich hatten sich alle dort Lebenden schon daran gewöhnt oder empfanden genau das als Normalität, was mir immer wieder Kopfschmerzen bereitete.

Während meiner ersten Reisen entdeckte ich die vielen unterschiedlichen Menschen mit offenem, interessiertem Blick, dann jedoch, als eine unter ihnen, wollte ich die Augen oft lieber vor ihnen verschließen, so wenig konnte ich mit ihrem Verhalten umgehen.

Wenn wieder einmal ein Fußgänger in viel zu sehr gemäßigtem Tempo vor mir über den Gehsteig schlich, scheinbar Zeit und Raum vergessend, nur mit den eigenen langsamen Schritten beschäftigt. Ich dagegen, in Eile, weil ich wusste, wie viele Aufgaben oder Herausforderungen jeder einzelne Tag bereithielt. Oder Menschen, die sich nicht unterhielten, sondern im alltäglichen Gespräch anschrien, als stritten sie. Ihre Stimmen waren laut, ungehobelt und rau. Sie unterhielten sich nicht nur tagsüber, sondern auch nachts meist in einer Lautstärke, die bis in die fünfte Etage in unsere Wohnung drang, mich teilweise aufwachen und meine Kinder im Schlaf zusammenschrecken ließ. Doch nicht nur Erwachsene waren nachts immer unterwegs - auch Kinder hörte man nachts auf den Straßen spielen, sich streiten oder weinen.

Die einfachen Tante-Emma-Läden, in denen alles zu erwerben war, was der einfache Ägypter zum täglichen Leben benötigte und die ich mit den bis unter die Decke aufragenden Regalen voller Waren im Urlaub so reizend fand, gerade ihrer Einfachheit wegen, hatten in meinem Alltag schnell ihre Grenzen erreicht, da ich dort wirklich nur alltägliche Dinge bekommen konnte. Man kaufte dort immer das gleiche Gemüse, die einzig erhältliche Sorte Nudeln und die gleiche preiswerte Schokolade, die ebenso billig schmeckte. Wünschte ich mir Besonderheiten oder mehr Auswahl konnte ich natürlich in einen der vielen Supermärkte gehen, wo das Sortiment der Waren ähnlich reichhaltig war wie zu Hause, doch dort zahlte man dementsprechend - besonders, wenn die Produkte importiert waren. Da wir nicht viel Geld zur Verfügung hatten, versuchte ich mir Extras oft zu verkneifen und griff eben doch auf die einheimischen Produkte zurück, die natürlich nicht schlechter, aber gleichbleibend und irgendwann langweilig waren.

Vom schönen Land am Nil mit seiner Jahrtausende alten Geschichte, der frühen Zivilisation und den atemberaubenden Bauwerken, das mich so sehr fasziniert hatte, war nicht mehr viel geblieben. Im anstrengenden Alltag zwischen Vollzeitjob, Kind und

Haushalt hatte ich keine Gedanken mehr an die unbeschwerte Urlaubszeit, sondern wurde immer mehr mit den Schattenseiten der Stadt und des Lebens dort konfrontiert. Urlaubsgefühl ließ sich nur bedingt und für eine kurze Zeit in den Alltag hinüberretten.

≈≈≈≈≈

*Wir sandten das Eisen herab, in welchem
furchteinflößende Kraft,
aber auch Nutzen für die Menschen ist.*

Koran, Sure 57, Vers 25

≈≈≈≈≈

16

Wir machten uns fast jeden Tag auf den Weg nach Mohandessin. Die Fahrzeit dauerte fast eine Stunde, erschwerend kam hinzu, dass wir auf Taxi und Busse angewiesen waren, die zwar in großer Anzahl zur Verfügung standen, deren Nutzung aber abenteuerlich und äußerst absonderlich sein konnte.

Von daheim ging es zu Fuß gen Mafarik, einer großen Kreuzung, von der je eine Straße in jede Himmelsrichtung abging. Dort war die große Bushaltestelle, die als solche weder ausgewiesen noch in irgendeiner Form markiert war. Menschen warteten und es hielten die Mikro- und, Kleinbusse, in denen bei Bedarf - und den gab es immer - weit mehr Fahrgäste transportiert werden konnten, als für das Fahrzeug vermutlich zugelassen. In Mafarik stiegen Menschen ein und aus, es wurden Destinationen ausgerufen, laut, doch oft nicht laut genug, denn sie gingen im stetigen Lärm der Motoren unter. Fahrwillige Passanten fragten wieder und wieder wohin die Busse fuhren, doch sie hatten meist ebensolch große Mühe, wie die Fahrer der Busse, gegen den Lärm auf der Straße verstanden zu werden.

Um den Wartenden eindeutig klar zu machen, welche Haltestelle sie anfuhren, bedienten sich die Fahrer einfacher Handzeichen – wildes Wedeln mit der Hand bedeutete *„Sayeda Aisha"*, ein großer Busbahnhof unterhalb Moqattams ganz in der Nähe der Hauptstraße Salah Salem, die nach Nasr City und in die andere Richtung nach Downtown führte. Ein vom Busfahrer mit erhobenem Zeigefinger in die Luft gezeichneter Kringel war das Zeichen für *„Nafura"*, den nächsten großen Platz in Moqattam. Diese Handzeichen wiesen Zusteigewilligen den Weg ohne dass der Busfahrer versuchen musste, über den Verkehrslärm hinweg gehört zu werden.

Obwohl immer wieder Taxis an uns vorüberfuhren und langsamer wurden, wenn der Fahrer, der eine fragende Miene aufsetzte uns entdeckt hatte, entscheiden wir uns meist für die preiswertere Variante und hielten nach einem Mikrobus Ausschau. Hamdy wedelte mit der Hand, wenn ein Bus sich uns näherte, um dem Fahrer ebenfalls unser Fahrziel zu signalisieren. War es der richtige Bus, so verringerte dieser die Geschwindigkeit und wir sahen im Innenraum nach, ob noch Plätze frei waren. War der Bus zu schmutzig oder voll besetzt, ließen wir ihn passieren und warteten auf den nächsten, um erneut, sobald er sich näherte, mit der Hand in der Luft herum zu wedeln.

In einem Mikrobus gab es außer dem des Fahrers elf Sitzplätze, doch es war keine Besonderheit, wenn zwanzig Menschen eng zusammengepfercht darin fuhren. Bis auf die letzte Lücke wurde aufgerückt, so dass kein Platz verschenkt wurde. Glücklich konnten jene sein, die auf der Bank neben dem Fahrer Platz fanden. Alle anderen im Innenraum des Busses durften sich Bein an Bein und Seite an Seite mit fremden Menschen eine Sitzbank teilen. Gerade im Sommer war das Gefühl schwitzender Leiber nur schwer zu ertragen... Doch da meist die eine oder andere Scheibe fehlte, wehte bei voller Fahrt teilweise ein starker Wind, der zwar das Haar zerzauste, doch ein wenig Kühle brachte. Fehlende Scheiben waren jedoch nur ein kleiner Makel, der den Fahrzeugen anhaftete und so kaum der Rede wert. Der große Makel waren meist die Fahrzeuge selbst. Sie waren uralt, hatten unzählige Kilometer hinter sich, rosteten stark und ächzten lauter und beständiger je mehr Fahrgäste sich hineinzwängten. Oft waren die leder- oder stoffüberzogenen Bänke zerschlissen, die Schaumstofffüllung quoll hervor und nicht nur einmal fand ich mich auf einer Sprungfeder sitzend wieder. Völlig zerschlissene Busse ließen wir meist vorbeifahren, denn auch bei der Beförderungsmöglichkeit der einfachen Bevölkerung wünschten wir uns ein klein wenig Komfort.

Man brauchte gute Nerven und ein wenig Gelenkigkeit, um den zügigen Kreislauf von Halten, Einsteigen und Weiterfahren möglichst nicht zu lange aufzuhalten. Brauchte man für den Einstieg etwas länger, bekam man helfende Arme gereicht. Alte Menschen, Frauen und Kinder wurden gern beherzt von den Fahrgästen in den Bus gezogen, um ihnen das Einsteigen zu erleichtern.

Der nächste Bus fuhr auf uns zu und wir sahen, welches Ziel er hatte - es war unsere Haltestelle. Der Innenraum war noch nicht komplett besetzt, der Bus selbst erschien ordentlich: Dies war also unser Bus. Nun hieß es schnell sein, am besten noch während er langsam rollte, aufzusteigen und keine Zeit zu verlieren. Schnell sprangen wir auf, zogen den Kopf ein und schoben uns an den anderen Fahrgästen vorbei auf die hinterste Sitzbank.

Natürlich war es mühseliger, erst nach hinten zu kriechen, doch wir saßen dort nicht ohne Grund. In stürmischer Fahrt ging es weiter, die Fenster waren wieder einmal geöffnet oder die Scheiben fehlten gänzlich. Nun aber ging es daran, unsere Fahrt zu bezahlen. Oftmals hatte der Fahrer einen Assistenten, der sich während der Fahrt beinahe todesmutig am Außenrahmen des Busses festhielt, mehr außen hängend, als drin stehend. Dieser Assistent war dafür zuständig, dass alle Fahrgäste zahlten. Die Fahrt war günstig, weniger als ein Ägyptisches Pfund für die ganze Strecke. Wenn es im Bus keinen Assistenten gab, musste das Geld auf anderem Wege zum Fahrer gelangen. Wir reichten dann unsere Banknoten an die vor uns Sitzenden und nannten die Anzahl der Passagiere, für die wir bezahlten: „Itneen!", zwei. Hatte Angesprochener selbst noch nicht bezahlt, so legte er seinen Schein dazu oder wechselte den passenden Betrag. Dann gab er das Geld weiter nach vorn und die vor ihm Sitzenden taten es ihm gleich. War das Geld durch alle Sitzreihen und an allen Mitfahrenden vorbei gewandert, landete es am Ende beim Fahrer. Er zählte nach - meist stimmte der Preis - und schob die schmutzigen Banknoten unter die Sonnenschutzklappe des Wagens. Hatte man einen größeren Betrag nach vorn gegeben, als man zahlen musste, so dauerte es nur wenige Minuten und man bekam sein Wechselgeld zurück. Auch das stimmte in den meisten Fällen. Die Bezahlung war ein Grund, warum wir uns, wenn möglich, auf der hintersten Sitzbank niederließen: wir mussten nur unser eigenes Geld nach vorn reichen und bekamen von niemand immer und immer wieder Scheine seitlich vor das Gesicht gehalten.

Während meiner ersten Fahrt im Bus hatte ich den Vorgang des Bezahlens mit großen Augen verfolgt, weil ich nicht glauben konnte, dass alle Fahrgäste so ehrlich sein und den richtigen Betrag zahlen würden oder jeder das richtige Wechselgeld bekäme. Doch außer ein paar wenigen Diskussionen, die sich schnell wieder in Nichts auflösten, hatte ich dabei selten größere Probleme erlebt. Von Besuchern aus Deutschland, mit denen wir spaßeshalber das Abenteuer Mikrobus wagten, ernteten wir regelmäßig ungläubiges Staunen und große Belustigung, keiner konnte glauben, dass diese Art der Zahlung so reibungslos funktionierte.

Nachdem bezahlt worden war konnte man sich zurücklehnen und abwarten. Zeit, den eigenen Gedanken nachzuhängen, zu lesen oder aus dem Fenster zu schauen. Einige Fahrgäste dösten, andere saßen teilnahmslos herum oder spielten mit ihren Handys sämtliche Klingeltöne ab. Ich nutzte meist die Zeit, um mich umzusehen, im Bus oder draußen auf unserem Weg.

Die klapprigen Busse waren meist nicht nur uralt, sondern auch nach des Fahrers bestem Wissen ob Interieur-Designs eingerichtet. Auf der Armatur lagen oft zerschnittene Teppiche oder Reste von Wolldecken, meist mit riesigen Fransen und völlig ergraut, so als befänden wir uns in des Fahrers schmuddeligem Wohnzimmer. Auf selbigem Teppich- oder Deckenrest standen meist eine Box mit Papiertaschentüchern, daneben ein schmutziger Teddybär, staubgraue vormals rosafarbene oder gelbe Hunde, Hasen oder Kätzchen. Doch damit hatte die Hässlichkeit der Einrichtung der Busse noch kein Ende. An Rückspiegeln baumelten grässliche Plastikfiguren, scheußliche Stoffblumen, billige silberfarbene Anhänger, Perlenkettchen, kitschige Bildchen mit der kunstvoll geschriebenen Shahada, dem islamischen Glaubensbekenntnis, oder dem Namen des Propheten in Schnörkelschrift. Ganz besonders beliebt waren bei Busfahrern die Fotos der eigenen Kinder, die hinter selbstklebender Plastikfolie an den Kopfstützen von Fahrer- und Beifahrersitz befestigt wurden. Hamdy meinte jedes Mal beim Anblick der Kinderfotos, dass es uns als Fahrgäste ja nun wirklich nicht interessierte, wie die Kinder eines uns unbekannten Busfahrers aussahen.

Der Bus ruckelte weiter die Straße entlang. Haltestellen gab es auf dem gesamten Weg nicht, und so standen an wie zufällig ausgewählten Haltepunkten Mitfahrwillige am Straßenrand bereit, hielten den Daumen ausgestreckt und sprangen auf, wenn es der richtige Bus war. Sah der Fahrer eine Person am Straßenrand stehen, war aber sein Bus schon voll besetzt, so schüttelte er - an die Person gewandt - kurz den Kopf und fuhr vorbei. Da es auch keine Fahrpläne gab, bestand für die Zurückgelassenen die Möglichkeit den nächsten Bus zu nehmen, der dem gerade entschwindenden sehr bald folgen würde. Wir fuhren die 9. Straße entlang, Moqattams Hauptstraße, die einige Kilometer nur geradeaus führte. Rechts und links unfertige, im Bau befindliche Häuser, einige schön und modern, andere eher grau wie die schon vorhandenen, wieder andere angestrichen in viel zu bunten Farben, die sich ganz speziell vom grauen Wüstensand der Umgebung abhoben, jedoch eher fehl am Platz wirkten. Dort an der großen Straße und in den Seitenstraßen, die von dieser in unregelmäßigen Abständen nach rechts und links abgingen, reihte sich Geschäft an Geschäft, überall gab es Bäckereien, Imbissläden, Apotheken, Ärzte, hin und wieder auch Kindergärten und Schulen. Wer nicht wollte oder musste, brauchte für das tägliche Leben den Stadtteil Moqattam nicht verlassen. Überall liefen Kinder herum, überquerten flink die Straße knapp vor Autos oder Bussen und verschwanden zwischen parkenden Fahrzeugen oder in düsteren Hauseingängen.

Einige Buskilometer weiter begannen die serpentinenähnlichen Straßen, die die Berge von Moqattam hinunter führten. Rechts des Weges konnte man ein kleines Stück Kairo sehen, oder dank der ewigen Dunstglocke, nur erahnen. Oft lag die Stadt unter einem grauen Schleier aus Staub und schlechter Luft. In weiter Ferne erhoben sich die Hochhäuser des modernen Kairo.

Bei der meist rasanten Abfahrt gab es weiter unten an der Straße genau eine Stelle, an der man sie links für wenige Sekunden sehen konnte, wenn Dunst und Hitze die Stadt nicht zugedeckt hatten: die Pyramiden von Gizeh! Doch ehe man ihrer gewahr wurde, waren sie auch schon wieder hinter den Felswänden verschwunden. Später, als ich den Weg gut kannte und wir meist im eigenen Auto unterwegs waren, wusste ich natürlich immer genau, an welcher Stelle der Straße sie auftauchen würden und grüßte sie bei jeder Fahrt wieder.

Beidseitig der Straße ragten die hellbraunen Kalksteine der Moqattamberge meterhoch hinauf. Dort, so hieß es, waren die Steine für den Bau der Pyramiden entnommen wurden. Hie und da hatte man eherne Stufen in den Stein geschlagen und hoch oben auf den Felsen befanden sich für die überall stets präsenten Polizisten und Wachmänner, schmale Unterstände, die jedoch meist verlassen waren. Vermutlich stieg nie ein Wachmann bis ganz hinauf.

An der nächsten Kurve wachten erneut Polizisten und hatte man deren Posten passiert, so sah man geradewegs die Zitadelle, die majestätisch allem modernen Leben trotzte, dass um sie herum brodelte. Wir verließen Moqattam, noch immer rechterhand die Zitadelle, und rauschten geradewegs auf die Busstation „*Sayeda Aisha*" zu. Die Menschen im Bus begannen sich zu regen, es war die Endstation. Auch wir machten uns bereit, möglichst schnell den Bus zu verlassen. Die Situation war klar, jeder wollte und musste aussteigen, doch immer wieder entstand Unruhe. Einige wollten aussteigen, bevor der Bus seinen endgültigen Stopp erreicht hatte. Folglich gab es erstes Geschiebe und Gestoße, weil meist die Leute zuerst den Bus verlassen wollten, die mit dem größten Abstand zur Tür saßen. Wir jedoch ließen uns zumindest so viel Zeit, bis der Bus fast ganz zum Stehen gekommen war, um dann zügig hinauszuklettern, bevor der Bus zum nur wenige Meter entfernten Haltepunkt Richtung Moqattam weiter fuhr, um denselben Weg zurück zu nehmen.

Wir hingegen überquerten zum Umsteigen die Straße. Wieder hieß es blitzschnell sein, von links fuhren Taxis und Busse heran, die nicht vorhatten, anzuhalten. Wir liefen zügig und erreichten die nächste Haltestelle mit weiteren Mikrobussen in ähnlich klapprigem Zustand. Wir wählten meist nicht den ersten in der Reihe, da dieser oft schon fast voll besetzt war, sondern suchten uns einen halbwegs ansehnlichen Bus dahinter. Wir fragten nur "Giza?" und ernteten ein Kopfnicken seitens des Fahrers. Hatten wir es uns auf der hinteren Bank soweit möglich bequem gemacht, hieß es warten, bis der Bus wieder voll besetzt sein würde.

Die Fahrt ging los, vorbei am modernen Kairoer Kinderkrankenhaus, das fast ausschließlich durch Spenden gebaut und finanziert wurde, ein Stück durch Downtown, bis wir Giza erreichten. Von dort stiegen wir in den dritten Bus, das gleiche Spiel: einsteigen, warten, losfahren, in den dichten Kairoer Verkehr, bis zum Ziel, die *Gammat id-Dawal*, die breite Hauptstraße zwischen Mohandessin und Agouza und später die Straße, nur wenige Gehminuten von unserem zweiten Zuhause entfernt. Noch ein paar kleine Straßen durch- und überqueren, sich an Menschen vorbeischlängeln, an Autos vorbeidrängen, ganz egal, wohin man ging oder fuhr. Die Fahrt war gleich, einzig die Routen änderten sich, die Stadtgebiete, denen wir entgegenfuhren. Irgendwann hätte ich mit geschlossenen Augen den richtigen Bus gefunden, nach Monaten in diesen Verkehrsmitteln.

So anstrengend es auch gewesen sein mag, täglich den langen Weg per Bus zu bewältigen. Ich saß immer im Fortbewegungsmittel der einfachen Ägypter und als ich irgendwann nicht mehr ganz intensiv auf die Landschaft achtete, konnte ich mich auf meine Mitfahrer konzentrieren - oder Hamdy wies mich auf diese hin. Es war oft herrlich skurril.

Da waren menschliche Ausdünstungen der Mitfahrer, sei es an heißen Sommertagen Kleidung, die zu lange an Körpern klebte oder der übermäßige Genuss von Bohnen oder Zwiebeln. In solchen Fällen konnte man froh sein ob der kaputten Fenster, denn so entflohen Gerüche beinahe genauso schnell, wie sie sich im Inneren des Busses ausgebreitet hatten. Oder eine Frau, die in den vollen Bus stieg, einen elektrischen Ventilator in den Händen. Aufgrund der offenen Fenster begann der Ventilator sich während der Fahrt zu drehen, so als wäre er eingeschaltet. Diese Frau, den Ventilator vor dem Gesicht, der sich langsam drehte, brachte uns noch Monate später zum Schmunzeln. Man konnte mit offenen Augen beim Busfahren die lustigsten Situationen erleben.

Manchmal war es dennoch einfacher, Taxi zu fahren. Die Qualität der Autos war ähnlich der der Busse, mal mehr, mal weniger schlimm, oft aber ging die Fahrt ebenso rasant und abenteuerlich, wie im Bus und man war dem Fahrer meist allein ausgesetzt, ob man dies nun als positiv oder negativ betrachtete. Auch beim Taxifahren blieb man am Straßenrand stehen. Wurde man von einem herannahenden Fahrer gesehen, verringerte dieser das Tempo und streckte den Kopf fragend zum

Beifahrerfenster hinaus. Man rief ihm erst einmal den Stadtteil oder eine markante große Straße zu, wohin man chauffiert werden wollte. Kannte der Fahrer den Weg dorthin, so nickte er und man stieg ein. Lag das Ziel außerhalb der Kenntnis des Fahrers fuhr dieser einfach weiter und man musste sein Glück mit dem nächsten Taxi versuchen, dass gleich langsam heranfahren würde. Die Fenster standen auch hier meist offen, so dass der Fahrtwind durch das Auto fegte. Als Frau nahm man am besten hinten Platz. Glücklich, wem nicht nach Gespräch war, wenn der Fahrer schweigend dahinfuhr. Laut und leidenschaftlich gesprächig jedoch, wenn einem der Sinn nach Unterhaltung stand. Oftmals begannen die Fahrer auch ungefragt ein Gespräch und man fand schnell heraus ob Fahrgast und Chauffeur dieselbe politische Meinung oder den gleichen favorisierten Fußballverein hatten. Aber auch dann, wenn der Fahrer eine gänzlich gegensätzliche Meinung vertrat oder den städtischen Konkurrenzverein verehrte. Über Politik und Fußball sprachen die Ägypter viel, auch oder gerade mit Taxifahrern.

Ich bewundere Taxifahrer in sämtlichen Großstädten. Sich all die Plätze, Straßen, Richtungen und eventuelle Umleitungen zu merken, auch wenn heute durch Navigationssysteme vieles leichter ist. Fahren und sich im Verkehr konzentrieren müssen sie ja doch. Viel mehr Respekt jedoch hatte ich vor Taxifahrern in Kairo. Die Stadt war viel größer, als andere Städte, aber auch weit weniger geordnet und beschildert. Der Verkehr war unkontrollierter, freier, aber auch rauer und es gehörte viel Konzentration dazu, sich in diesem zurechtzufinden, zumal viele Fahrer gleichzeitig noch mit Rauchen, Fluchen, lauter Musik aus dem Radio oder Telefonieren beschäftigt waren. Doch es konnte auch passieren, dass die Insassen ortskundiger waren und diese dem Chauffeur den Weg erklären mussten, so wie es auch uns mehrfach passiert war. Ein Taxifahrer hatte uns auf Zuruf mitgenommen und sich dann doch verfahren, bis ihm mein Mann den richtigen Weg gewiesen hatte.

In den älteren Taxis, schwarzen ratternden Ungetümen, die dank eines Gesetzes in den letzten Jahren nach und nach von den Straßen verschwunden waren und durch moderne, weiße Fahrzeuge ersetzt wurden, gab es keine Taxameter. Manchmal hingen welche in den Wagen, funktionierten aber seit Dekaden nicht mehr. Der Preis wurde verhandelt, was hin und wieder zu Streit führen konnte, denn beiden Seiten, Passagier und Fahrer war es natürlich am eigenen Vorteil gelegen.

Hin und wieder war ich auch allein Taxi gefahren. Ich wusste vorher natürlich, wohin ich wollte, hatte also als Schlagwort immer einen Ortsteil oder eine bekannte Straße auf den Lippen und wusste wie viel Geld ich würde bezahlen müssen, was wichtig war, denn nachträgliches Verhandeln, gerade als Ausländer, war oft schwierig, da die Fahrer oftmals gern mehr herausgeschlagen hätten, als eine Fahrt tatsächlich kostete. Auch einen Unfall hatte ich persönlich zum Glück nicht erleben müssen, bei all den innerstädtischen Bus- und Taxikilometern, die ich in Kairo gefahren war, wenn man von einem Beinahe-Zusammenstoß mit einem Eselkarren und unserem Taxi absieht, dessen Fahrer nicht umsichtig genug gewesen war. Doch alles ging immer glimpflich ab.

Besonders abenteuerlich gestaltete sich eine Fahrt, die ich eines Tages allein, ohne Mann mit meinen Schwägerinnen sowie deren Kindern und Enkeln unternommen hatte.

Wir trafen uns in *Mansheya*, wo Nisma und Nagat wohnten, um von dort gemeinsam Schwager Ala' einen Besuch abzustatten.

Wir hatten uns also an der Hauptstraße postiert und warteten auf das Taxi. Wir, das waren fünf erwachsene, gut genährte Frauen, zwei Jugendliche, eine der beiden von besonders kräftiger Statur und außerdem noch mindestens fünf Kinder im Alter zwischen einem und fünf Jahren.

Endlich hielt ein Taxi, Nagat teilte dem Fahrer durch das Seitenfenster unser Ziel mit und er nickte. Nun kam Bewegung in unsere Frauenrunde. Mit lauten Diskussionen und großen Gesten quetschten sich Nisma und ihre beiden Töchter auf die Rückbank, um kurz darauf ein Kind nach dem anderen zu sich in den Wagen zu ziehen. Ich stand noch immer am Straßenrand, als mit bewusst wurde, dass wir tatsächlich alle gemeinsam, wie wir dort standen, mit diesem einen Taxi fahren würden.

Nagat kroch auf den Beifahrersitz und schnappte sich das jüngste Kind, das sie auf ihrem breiten Schoß platzierte. Dann bedeutete sie mir, mich neben sie zu setzen, warf mir, da durch das Kleinkind auf den Knie sehr beengt sitzend, ihre Handtasche auf den Schoss und ich schloss die Tür. Noch immer konnte ich nicht glauben, was ich dort gerade erlebte. Neben Nagat auf dem Vordersitz saß ich noch verhältnismäßig komfortabel, wenn ich dagegen auf die Rückbank blickte, die sich meine Schwägerin und die beiden Nichten mit den vier Kindern teilten, hinter denen sie kaum noch zu sehen waren. Doch damit nicht genug, bat mich Rasha, Nismas ältere Tochter, ich möge ihr meine Handtasche nach hinten reichen, es wäre doch sonst so wenig Platz für meine Füße.

Nagat neben mir begann sogleich mit dem Fahrer zu schwatzen und bald ertönte lautes Gelächter der beiden, in das die Damen und Kinder auf der Rückbank munter mit einstimmten.

Schon bald waren wir auf der Schnellstraße unterwegs und es ging trotz der enormen Beladung recht zügig voran. Wir waren gut gelaunt und auch der Fahrer schien seine Fracht nicht ungewöhnlich zu finden. Als er recht schnell fuhr und sogar noch mehrere Wagen überholen konnte, raunte er mir zu, dass meine Seitentür nicht ganz geschlossen wäre. Während der flotten Fahrt öffnete ich also beherzt die Tür einen spaltbreit, um sie noch einmal kräftig zuzuschlagen. Die Damen waren über so viel Mut meinerseits begeistert, dass sie mir spontan applaudierten.

Hin und wieder gibt es auf den Straßen in und um Kairo in den Asphalt eingebaute Erhöhungen, vor denen jedes Auto das Tempo reduzieren musste, um nicht in voller Geschwindigkeit darüber zu fahren und dann auf der anderen Seite wüst auf die Fahrbahn zu krachen. So hielt es natürlich auch unser Fahrer: die Erhöhung erkennen, Tempo drosseln und langsam und vorsichtig darüber fahren. Nun war sein Wagen aber übernormal belegt und jedes Mal, wenn er über die Erhöhung fuhr, gab es ein böses Kratzen und Quietschen, wenn das tiefliegende Bodenblech über den Hügel schrammte. Er konnte so langsam und vorsichtig fahren, wie er wollte, jedes Mal schrappten wir erneut über den Asphalt.

Es war eine ausgelassene Fahrt und wir kamen wohlbehalten bei Ala' an.

Als ich Hamdy am Abend lebhaft von unserem Ausflug berichtete, lachten wir beide Tränen.

Später hatten wir ein eigenes Auto, was uns natürlich viel mehr Komfort bot und uns auch mit viel Gepäck ohne Umsteigen mit meinem Mann am Steuer ans Ziel brachte. Manchmal jedoch vermissten wir beide unsere täglichen Fahrten mit dem Mikrobus, bei denen wir oft so viel gelacht hatten.

17

Es war ein milder Nachmittag im Frühsommer und *Mansheyat Nasr* wurde von warmen Sonnenstrahlen beschienen, um die baufälligen Häuser wehte ein angenehmer Wind. Wir waren bei Nagat, Hamdys älterer Schwester zum Essen eingeladen, denn wir hatten einander seit einer ganzen Weile nicht gesehen. Nach reichlichem Essen und Verdauungstee hatte ich mich müde in das Schlafzimmer der beiden Töchter Nagats zurückgezogen, lag auf einem der Betten und döste vor mich hin. So war es hier oft. Es war völlig normal, dass wir die familieneigenen Betten für ein Schläfchen nutzten, wenn wir uns vom Lärm der Straße und den nicht enden wollenden Gesprächen der omnipräsenten Großfamilie erholen wollten. Hamdy und Nagat erschienen leise plaudernd auch im Zimmer, mein Mann legte sich auf das zweite Bett und nachdem Nagat sich vergewisserte hatte, dass es mir an nichts fehlte, setzte sie sich zu uns. Es gab einiges zu erzählen und ich lauschte mit geschlossenen Augen dem Gespräch. Erst kürzlich hatte Nagats ältere Tochter geheiratet.

Rehab kannte ihren Angetrauten *Mahmoud* schon länger, er wohnte mit seiner Familie im Haus gegenüber und so hatten sich die beiden immer wieder gesehen, anfangs zufällig, doch dann immer öfter beabsichtigt. Beide gefielen sich sehr und die sehnsuchtsvollen Blicke der Verliebten blieben nicht lange unentdeckt. Die Familien lernten sich kennen, fanden heraus, dass beide eine gute Partie machen würden und bald wurde den Liebenden die Heirat gestattet. Rehab war noch nicht einmal zwanzig Jahre alt, wie ich fand, viel zu früh, um zu heiraten, doch ich sagte nichts und fragte auch nicht nach. Ich wusste, dass in Ägypten, noch dazu in traditionellen Kreisen der tiefgläubigen Menschen, eine Frau früh in die Ehe ging und die meisten jungen Mädchen schon dazu erzogen wurden, sich auf die eigene Eheschließung zu freuen und diese als großes Lebensziel anzusehen. Es schien, als würde sich ihr Ansehen als Frau durch eine Heirat steigern, als wäre sie nur verheiratet eine richtige Frau, als mache ein Ehemann sie wertvoller und gesellschaftlich wesentlich anerkannter. Unter Gleichaltrigen wurden diejenigen still oder ganz offen bewundert, die frühzeitig einen Mann gefunden hatten, noch dazu, wenn er aus gutem Hause war und damit eine prächtige Partie abgab. Und wie junge Mädchen sind, neideten sich Freundinnen, gerade so dem Teenageralter entwachsen, einander gewiss auch zeitweilig das in ihren Augen höchste Glück der Ehe. Die Heirat war für die meisten Ägypter ein hohes, erstrebenswertes Ziel, es war die große Erfüllung. Die meisten Mädchen wünschten es sich schon im jugendlichen Alter, Ehefrau und Mutter zu werden.

Immer, wenn ich Rehab traf, schwärmte sie von Mahmoud. Er sähe doch so gut aus und wäre so großzügig. Der junge Mann hatte ein eigenes „Business" als Fahrer mit eigenem Auto, das er sich auf Kredit gekauft hatte.

Nachdem die Familie der Braut für die Aussteuer gesorgt hatte und der Bräutigam sich um eine Wohnung bemüht hatte - diese lag im gleichen Haus, wie die Wohnung seiner Eltern - konnte geheiratet werden. Die Hochzeit fand traditionell ganz in der Nähe von Mansheya statt, unweit der Straße, die zum *Khan el-Khalili* und Hussein-Platz führte. Dort, wo neben einer prächtigen Moschee eigens Räumlichkeiten für Hochzeitsfeiern vermietet wurden, konnte sowohl der Ehevertrag unterschrieben, als auch mit allen Gästen gefeiert werden.

Nun saßen Nagat, Hamdy und ich nur unweit von Rehabs Haus - wir konnten über die schmale Straße beinahe in ihre Wohnung schauen - als Nagat umständlich in einer Schublade zu kramen begann. Im Halbschlaf hörte ich sie noch immer von der Hochzeit sprechen, doch ich schreckte auf, als ich plötzlich im gleichen Zusammenhang das Wort *„damm"*, Blut, hörte. Scheinbar unbeteiligt setzte ich mich auf und sah, wie Nagat einen in Silberfolie gewickelten Gegenstand aus der Schublade zog. Es war ein eingerollter Gegenstand, etwa kürzer und schmaler, als ein Unterarm. Ich blickte auf das Objekt das Nagat in den Händen hielt und noch bevor Hamdy ansetzen und mir erklären konnte, um was es sich handelte, fiel mir schlagartig ein, was meine Schwägerin da soeben beinahe feierlich aus der kleinen Kommode neben dem Bett genommen hatte: das Bettlaken der Hochzeitsnacht!

In traditionellen islamischen Familien gibt es noch immer den „Jungfräulichkeitstest". Ein fragwürdiges Ritual, bei dem bewiesen werden soll, dass die Ehefrau noch unberührt ist. Am Abend der Hochzeit werden die frisch angetrauten Eheleute, begleitet von Jubelrufen und den schrillen Trillergesängen der anwesenden Frauen, in Richtung ihres Ehegemachs geleitet. Gern „unterstützt" die männliche Verwandtschaft den Bräutigam dabei mit zotigen und anzüglichen Kommentaren. Im Ehebett dürfen sich beide dann einander nähern und nach vollbrachtem Geschlechtsakt, kann es durchaus passieren, dass das „befleckte" Bettlaken nach draußen gereicht wird. Ein Beweis für die Unschuld der Frau, welcher sogleich von den Umstehenden entsprechend bejubelt wird. Die Ehre der Frau und die ihrer Familie bleiben bestehen, wenn sie, für die gesamte geladene Gesellschaft sichtbar, noch unberührt war.

Nagat konnte also stolz auf ihre Tochter sein und hielt wohl als Erinnerung daran, das Laken noch immer im Nachtschränkchen verwahrt. Ich, die ich zwar Verständnis für die als hohes Gut angesehene Familienehre, jedoch umso weniger für diesen Brauch hatte, war in diesem Moment nur erleichtert, dass Nagat das verpackte Tuch nicht aus der silbernen Verpackung wickelte. So hatte ich das Gefühl, Rehab nicht noch mehr Intimität zu rauben. Diese hatte sie vermutlich schon in der Hochzeitsnacht an die umstehenden Gäste verloren.

Nach der Eheschließung lief bei Rehab und Mahmoud alles so, wie man es sich für Familien dieser sozialen Schicht idealerweise vorstellte: sie wurde kurz nach der

Hochzeit schwanger. Der ersten Tochter folgte schnell die zweite, auch wenn Rehab bei beiden Kindern insgeheim auf einen Stammhalter gehofft hatte.

Inzwischen hatte sie vier Kinder - das dritte der ersehnte Junge - und damit hatte sie mir, die ich mit „nur" zwei Kindern gesegnet war, doch einiges voraus, auch wenn Rehab für mich - obwohl nur wenige Jahre jünger - immer ein jugendliches Mädchen blieb.

Dem Ehemann war ich nur einmal begegnet, als ich Rehab in ihrer Wohnung besucht hatte. Es war nur wenige Tage nach der Geburt ihres zweiten Kindes. Wir saßen zusammen, ich hielt das Neugeborene im Arm, als der Gatte nach Hause kam. Der hagere Mann mit langem Vollbart begrüßte mich ohne Handschlag und ohne mich anzusehen, was sich offenbar nicht schickte und mir direkt wenig sympathisch war. Ich war keine Fremde mehr, ich war die angeheiratete Tante seiner Frau und damit ein Familienmitglied, wenngleich wir uns an diesem Tag zum allerersten Mal begegneten. Warum also das gezierte, mit seiner Religion zu rechtfertigende Verhalten? Verhielt er sich so, weil ich mein Haar nicht bedeckte und keine Muslima war?

Nachdem Rehab ihren Mann verköstigt hatte, setzte er sich zu uns und begann nach den obligatorischen Höflichkeitsfloskeln, wie nicht anders zu erwarten, mit mir gewollt unverfänglich über Religion zu sprechen. Der Verlauf dieses Teils des Gesprächs war so absehbar, weil so typisch. Welcher Religion ich angehören würde? Ich sagte wahrheitsgemäß, dass ich Christin sei, katholisch. Sein Gesicht zeigte keinerlei Regung, doch in seiner Stimme lag ein seltsamer, arroganter Ton, als er mich nach dem Warum fragte und den Grund wissen wollte, weshalb ich keine Muslima sei. Ich fühlte mich sofort unwohl und wusste, dass es zwecklos sei, ihm meine Religionszugehörigkeit plausibel zu erklären. Ich wusste, er würde keinen Grund akzeptieren können und er würde mich wieder und wieder bereden, um mir die Vorzüge der einzig wahren Religion, des Islam, darzulegen. Daher tat ich, als könnte ich mich nicht recht auf Arabisch verständigen, wand mich wieder dem Neugeborenen zu und schwieg. Es war das einzige Mal, dass ich Mahmoud begegnet war.

18

Es war eine ganz besondere Stimmung, die mich umgab, wenige Wochen, nachdem ich mich in Kairo niedergelassen hatte. Mein Leben hatte sich in kürzester Zeit komplett gewandelt. Ich hatte mein Studium abgeschlossen, war in ein im Grunde fremdes Land ausgewandert mit halbwegs fremder Sprache, Kultur und einem anderen Lebensrhythmus, als ich ihn kannte. Ich würde schon bald arbeiten und Geld verdienen können - eine Anstellung, die sich noch kurz vor meiner Abreise aus Deutschland ergeben hatte. Aber es war auch die größte und wunderbarste aller Veränderungen eingetreten, mit der wir noch lang nicht gerechnet hatten: ich war schwanger. All diese Neuerungen meines Lebens und vor allem meines Körpers brachten auch mein Seelenleben in Bewegung.

Ich erlebte die Schwangerschaft sehr bewusst mit wenigen Beschwerden, aber viel Müdigkeit, betrachtete immer wieder den langsam wachsenden Bauch und genoss es, wenn sich mein Mann und die ganze Familie um mich kümmerte und mich umsorgte. Meine eigene Mutter war weit weg und ich freute mich über so viel liebevolle Anteilnahme, die mir meine Schwägerinnen und Nichten statt meiner eigenen Mutter schenkten und die sich mit mir an meinem erwartungsvollen Zustand freuten. Ich versuchte mich zu schonen und während ich mich an den Wochenenden auszuruhen versuchte, sprachen Hamdy und ich ununterbrochen von einem Leben zu dritt. All das war noch so weit weg, auch wenn die Wochen immer schneller vergingen und der Gedanke, Eltern zu werden, uns noch so irreal schien.

Während dieser Zeit diskutierten wir nicht nur über unsere kommende Verantwortung als Eltern, sondern auch über den Islam, die Religion, der mein zukünftiges Kind angehören würde.

Im Islam erhält ein Kind automatisch die Religion des Vaters, was unter anderem ein Grund ist, dass zwar muslimische Männer Christinnen oder Jüdinnen ehelichen dürfen, umgekehrt jedoch ist es einer muslimischen Frau nicht gestattet, beispielsweise einen Christen zu heiraten, da ihre Kinder gemäß der Regel, dass der Vater die Religion an das Kind weitergibt, unvermeidlich Christen wären.

Ich war gern bereit, so wie im Islam üblich, mein Kind unweigerlich der Religion seines Vaters anzuvertrauen. Mein Mann war ohnehin ein viel ernsthafterer Gläubiger als ich und hielt sich genau und pflichtbewusst an die Gebote und Verbote seiner Religion. Er war fester im Islam verwurzelt, als ich im Christentum und da Muslime und Christen an den gleichen Gott glaubten und es mir das Wichtigste war, das mein Kind eine Chance bekommen sollte, Zugang zu Gott zu erhalten, war eine moderate muslimische Erziehung ein akzeptabler Weg.

Ich erlebte die vielen Gespräche mit meinem Mann und auch seiner Familie über den Glauben sehr intensiv. Der Islam war - so ich im Grunde bereits wusste - nicht weit entfernt von meinen christlich geprägten Werten und dieses Gefühl machte mich ruhig und gelassen. Hatte ich im Jahr zuvor während des Ramadan schon einmal gefastet und das Fastenbrechen mit Freuden im Kreis der ägyptischen Familie erlebt, so rückte ich - ohne den genauen Zeitpunkt oder den wirklichen Grund dafür zu kennen - nun dem Islam noch ein ganz großes Stück näher. Ich begann meine Seele förmlich zugänglich zu machen für mehr Islam, wohl weil ich dabei eine Ruhe spürte, die ich mir nicht erklären konnte. Vielleicht war es die unbewusste Suche nach dem Halt in der Fremde, weit weg von meinem gewohnten Umfeld und dem Leben, das ich bis dahin geführt hatte.

Von der Suche nach Halt sprachen viele Konvertiten, die den Grund ihrer Konvertierung oft so beschrieben, Ruhe und Erfüllung im Islam zu finden. Nie war ich dem Islam gegenüber offener oder empfänglicher, nie gelassener dem gegenüber, als in dieser neuen Zeit.

An einem Sommernachmittag änderte sich im Grunde alles, denn ich wurde - jedenfalls ganz theoretisch -

innerhalb weniger Sekunden zur Muslima. Einzig durch den Ausspruch eines einzigen Satzes änderte ich formal meine Religion.

Wir waren zu Besuch bei Busy, Nismas Tochter. Rasha, ihre Schwester, war ebenfalls bei uns, wir sprachen über dies und das, bis die beiden jungen Frauen eher scherzhaft meinten, ich solle die *Shahada* sprechen, das islamische Glaubensbekenntnis, denn sie wollten prüfen, ob ich es sagen könne. Im Hinterkopf hatte ich den Gedanken, dass das Bekenntnis vor zwei männlichen Zeugen oder doppelt so vielen weiblichen gesprochen, einen Übertritt zum Islam bedeutete, doch ich sagte die Worte deutlich und frei heraus:

لا اله إلا الله و محمدا الرسول الله

Es gibt keinen Gott außer Allah und Muhammad ist sein Prophet.

Busy und Rasha kicherten und Hamdy erwähnte fast beiläufig, dass ich ja nun Muslima sei. Ja richtig: formal war ich nun Muslima, denn mehr als das islamische Glaubensbekenntnis auszusprechen, bedurfte es nicht, um die neue Religion anzunehmen. Laut islamischer Regel war ich in diesem Moment konvertiert, auch wenn ich mir diesen großen Schritt vorher gar nicht überlegt hatte. Doch ich war von dieser Tatsache keineswegs abgeschreckt, mir wurde hingegen ganz wohlig und ein tiefes Gefühl von Zufriedenheit breitete sich in mir aus.

Von der Konvertierung im Wohnzimmer in *Gamaleya* war es zum ersten Gebet nicht mehr weit. Hamdy stand jeden Tag gegen fünf Uhr auf, um das erste Gebet des Tages - *Faǧr* - zu sprechen. Ich erwachte meist mit ihm, es dämmerte bereits und draußen war es ungewöhnlich still. Die Atmosphäre war beinahe magisch, man fühlte sich Gott unglaublich nahe. Ich stand also auf, wusch mich rituell und bedeckte mein Haar mit einem *Isdal*, einem Überwurf, durch den in einer Aussparung der Kopf geschoben wird und der nur das Gesicht frei lässt. Ich stellte mich hinter Hamdy auf - gewöhnlich führt ein Mann das Gebet, eine Frau betet hinter ihm - und lauschte seinen Worten, die er, mir zur Unterrichtung, halblaut sprach. So konnte ich sie hören und lernen. Ich folgte seinen Bewegungen: im Stehen die Hände seitlich an den Kopf legen, danach gekreuzt vor der Brust, vorgebeugt, auf den Knien, mit der Stirn den Boden berührend, erneut aufstehen... Nach dem Gebet, das nur wenige Minuten dauerte, fühlte ich mich wach, erfrischt, innerlich ausgeglichen und vollkommen ruhig. Es war ein guter Start in den Tag.

Zu gleicher Zeit traf an meinem Arbeitsplatz eine neue Kollegin ein, die wunderbar zu meinem neuen Lebensgefühl passte. Sie war Deutsche und vor kurzem zum Islam konvertiert, trug Kopftuch, war eine fröhliche junge Frau und schien erfüllt von ihrem neuen Glauben. Sie sprach so voller Begeisterung über den Islam, ich hörte auch hier wieder etwas vom Angekommen sein nach einer Zeit der Suche. Durch sie lernte ich, mein *Wudu'* zu verbessern, die Abfolge zu verinnerlichen, wie man sich vor dem Gebet wäscht. Sie ging jeden Mittag zum Gebet in den der Schule angeschlossenen Gebetsraum, nachdem die männlichen Kollegen ihre Anrufung an Allah beendet hatten. Ich ging mit ihr, warf mir auch hier einen der vorhandenen Umhänge über und folgte nun ihr oder einer der gerade anwesenden Schülerinnen, meinen Vorbeterinnen, im Gebet. Sie schenkte mir Bücher, in denen anhand anschaulicher Bilder das Beten Schritt für Schritt erklärt wurde. Sie war mir beinahe zu euphorisch, sprach mit so viel Begeisterung von ihrem neuen Leben, so dass ich viel von ihr lernen konnte.

Für mich fühlte sich der Islam richtig an, lebendig und gut. Ich begann die für die Gebete wichtigsten Suren auswendig zu lernen, was mir mit meinen Arabisch-Kenntnissen leichter fiel, als meiner Kollegin, die zwar mit ihrem ägyptischen Freund in Kairo lebte, jedoch ihren

Arabisch-Unterricht erst begonnen und noch viele Schwierigkeiten hatte.

Der Alltag schien mir nun leichter und ich war voller Zufriedenheit und innerer Ruhe. Dass ich so leicht den letzten Schritt gegangen und Muslima geworden war, erschien mir zwar noch immer irreal, so als hätte ich einer mir fremden Person nur zugesehen, als diese zum Islam konvertiert war. Es war für mich noch lange sehr ungewohnt und ich dachte insgeheim auch an Familie und Freunde in Deutschland. Natürlich wussten sie, dass ich dem Islam positiv gegenüber stand und auch mein Mann sich an Gebote und Verbote seiner Religion hielt. Freunde hatten vielleicht schon hin und wieder spekuliert, wann ich denn zum Islam übertreten würde, schließlich war dies eine für sie fast logische Folge meines neuen Lebens mit einem muslimischen Mann in einem muslimischen Land. Doch wie würde meine Familie reagieren? Würde sie es auch ahnen können oder würden Eltern und Großmutter bei unserer nächsten Begegnung aus allen Wolken fallen, wenn ich ihnen meinen Schritt gestünde? Oder rechneten auch sie mit einer Konvertierung meinerseits? Mein Umzug nach Ägypten hatte ihnen schon schwer zugesetzt, würden die Neuigkeiten, einer neuerlich muslimischen Tochter sie nochmals erschüttern oder könnten sie mit dieser Tatsache besser umgehen, als mit meiner Auswanderung und es schlicht als gegeben hinnehmen? Würden sie das Gefühl haben, mich ein zweites Mal zu verlieren? So leicht mir der Übertritt gefallen war und so scheinbar froh ich mit der Entscheidung war, so sehr rang ich mit mir, wie ich es den Lieben daheim doch schonend beibringen könnte. Und wie würde es werden, während der nahenden Zeit in Deutschland. Würde ich, gerade formal konvertiert, den neuen Glauben so leben können, wie ich es in Kairo konnte, ohne Vorbeter, ohne Gebetszeiten... Wie sollte ich den Islam weiter verinnerlichen, wie weiter lernen, wenn ich Monate in einer Umgebung verbringen würde, die so ganz anders war? Viele Fragen nagten an mir und die Abreise nach Deutschland nahte...

Doch so schnell und leicht ich im Grunde zum Islam gefunden hatte, so schnell verlor ich ihn wieder aus den Augen, ja gar aus dem Herzen. Ich war zurück nach Deutschland gereist, wo ich die Geburt unseres ersten Kindes erwartete. Ich hatte mit den besten Vorsätzen meine Lektüre zum Islam mitgenommen, fand auch Zeit, doch der feste Wunsch, den Islam nach bestem Wissen zu leben, der mich noch in Kairo begleitet hatte, war plötzlich wieder wie ausgelöscht. Dieses Gefühl, des Ankommens im Islam, das so viele Konvertiten verspürten, wenn sie sich für den Islam entschieden, war auf einmal nicht mehr präsent. Ich hatte kein Verlangen mehr, weiter das Gebet zu lernen, das spirituelle Gefühl, dass ich noch in Kairo gehabt hatte, verlor sich in meiner Heimat vollkommen. Sollte das Gefühl der Zugehörigkeit zum Islam etwas mit dem Umfeld zu tun haben, in dem man lebte? War mir der Islam nur in Ägypten so nahe, weil er allgegenwärtig war? Was war der Grund, dass ich mein Gefühl nicht in den deutschen Alltag hatte retten können? Was hielt mich in Deutschland von der für mich neu entdeckten Religion ab?

Ich konnte die Antwort nicht finden und die Bücher über den Islam landeten in der unteren Schublade. Vielleicht würde sich das wohlige Gefühl wieder einstellen, wenn ich zurück war?

Doch auch nach meiner Rückkehr nach Kairo, mit meinem Baby, stellte sich das Gefühl nie wieder ein. Mein Kind war nun alles, nahm jeglichen Raum ein und wir als neue Eltern hatten zutun, uns in die neue Rolle einzufinden. Weit weg von meiner Familie mussten wir das Elternsein lernen und verinnerlichen. Als ich dann auch noch eine Arbeit fand, die mir Spaß machte, verlor ich keinen Gedanken mehr an Konversion und ich hatte auch niemals wieder den Willen dazu. Der Islam war nur in Person meines Mannes präsent, der regelmäßig betete, fastete und natürlich weder Alkohol, noch Schweinefleisch anrührte. Die Flamme, die in mir für den Islam entfacht worden war, war erloschen und ich trug weder Nutzen, noch Schaden davon.

Blicke ich heute, Jahre später, zurück, so kann ich sagen, dass ich mich seit dieser Begebenheit eher vom Islam entfernt habe, als mich ihm zu nähern. Es gab kein bestimmtes Ereignis, keine Situation, die zur Abkehr geführt hatte. Der Islam im Speziellen und Religion im Allgemeinen hatte für mich mehr und mehr an Bedeutung verloren. Ich brauchte zu meinem persönlichen Wohlbefinden Gott nicht zwingend, wollte für mein Wohl selbst verantwortlich sein. Und es zeigten sich Tatsachen, sowohl aus dem Christentum, als auch aus dem Islam, die ich für mich persönlich nicht gutheißen konnte: Die Erschaffung der Welt durch Gott versus die Darwin'sche Evolutionstheorie. Wie konnten solch grundlegende wissenschaftliche Erkenntnisse bei strenger Auslegung der Religion verleugnet werden? Dinge, die wissenschaftlich unzweifelhaft nachgewiesen werden können? Wie konnte man sein eigenes Leben einzig und allein in Gottes Hände legen, der - *inshallah* - schon für alles sorgen würde, wandte man sich Ihm nur innig genug im Gebet zu? Waren wir nicht mündige Menschen genug, um unser Schicksal weitgehend in die eigenen Hände zu nehmen? Oder der Prophet Muhammad, für die Muslime das Bild eines absolut perfekten Mannes: wie konnte er aufrufen zu Gewalt im Namen der Religion, die als Religion des Friedens bezeichnet wurde, etymologisch, wie faktisch? Wie konnte er ein Mädchen von neun Jahren ehelichen und mit ihr, *Aisha*, schon in diesen jungen Jahren intim werden? Er hatte sexuellen Kontakt mit einem kleinen Mädchen! Da der Koran als das unabänderliche Wort Gottes galt, bestand so nicht die „Erlaubnis" zur Eheschließung mit derart minderjährigen Kindern theoretisch noch immer? Und wurden nicht ganz junge Mädchen in einigen Gegenden der islamischen Welt tatsächlich noch an viel ältere Männer verheiratet, dachte man an Afghanistan oder Iran? Stand es nicht genauso im Heiligen Buch, so wie es Muhammad vorgelebt hatte? Ich konnte diesen von Muslimen verherrlichten Mann niemals als Idol betrachten! Es gab Widersprüche und Ungereimtheiten, sowohl im

Christentum, als auch im Islam und für mich passte all das nicht mehr recht in mein Leben.

Seit dieser Zeit war ich frei und glücklich ohne einen ernsthaften, festen Glauben. Vielleicht gab es tatsächlich ein höheres Wesen, eine unsichtbare Kraft, die uns leitete und lenkte, die aber unerklärlich war, weil nicht sicht- oder fühlbar. Glaube als spiritueller Kraftspender. Mit diesem Gedanken spielte auch ich einstweilen, wenngleich ich wenig spirituell eingestellt oder ein sehr rationaler Mensch bin. Doch Religion war von Menschen gemacht. Sie wurde durch den Menschen, den Gläubigen instrumentalisiert und missbraucht. In ihrem Namen wurden und werden Kriege geführt, Menschen getötet, Gehirne gewaschen. So wollte ich nicht leben, dieses schlechte Gewissen mochte ich nicht mehr tragen.

Die *Muizz-Straße* am Abend, jene Hauptstraße in *Gamaleya*, dem wahren Kairo. Hier beginnt der berühmte Khan el-Khalili-Basar.

Spaziergang durch *Gamaleya* am Morgen, bevor das geschäftige Treiben beginnt.

Der Blick aus dem Fenster auf die Gassen von *Gamaleya* jenseits der Einkaufsstraßen.

Meine Kinder (hinten links) mit ihren ägyptischen Cousins und Cousinen und Tante Fahima beim Essen, auf dem Balkon. Da sich an diesem Tag beinahe die gesamte Familie zum Wiedersehen mit uns bei Schwager Hassan eingefunden hatte, wurden die Kinder kurzerhand aus Platzmangel draußen verköstigt.

Der Tahrir-Platz während der Demonstrationen im Januar 2011.

Das „Atlas Zamalek Hotel" in Mohandessin, nahe unserer Wohnung, wo wir beim „Day Use" am Pool den Sommer genießen konnten.

Der Weg hinauf auf den Moqattam-Berg, den wir beinahe täglich zurücklegten. Hier sollen die Steine für den Pyramidenbau geschlagen worden sein.

Die Skyline Kairos im Abendlicht.

Die Schauspielerin Boshra im ägyptischen Drama „Kairo 678", in dem sich drei Frauen aus unterschiedlichen Gesellschaftsschichten gegen die Übergriffe von Männern wehren. Boshra spielt die Figur Fayza so überzeugend, dass sie das reale Bild eines Teils der ägyptischen Frauen darstellt. Ihr verstörter, stets gehemmter Blick, ihr Vorsicht in allem, was sie tut. So sehen sie für mich aus, viele der Ägypterinnen. Boshra höchst selbst gab mir die Erlaubnis, die Bilder aus dem Film für dieses Buch zu verwenden. Wir sind uns mehrfach persönlich begegnet.

Ein weiteres Bild, das so typisch für die ägyptische Gesellschaft ist: Familienurlaub am Strand nahe Alexandria. Während der Ehemann sommerlich gekleidet die Sonne genießt, ist seine Ehefrau komplett verhüllt. Auch, wenn sie einige Schritte ins Meer hineingeht, wird sie die schwarze Galabeya und den Gesichtsschleier nicht ablegen.

Der absolute Gegensatz zu den beiden Bildern zuvor und dennoch Realität: eine alte Fotografie der Großmutter meines Mannes als junge Frau. Wunderschön, selbstbewusst und ohne Kopftuch oder Schleier. Die Frauen der 1940er, 1950er trugen die Mode, die auch in Europa angesagt war. Kairo wurde damals zu Recht mit Paris verglichen, stand der französischen Hauptstadt in nichts nach. Kopftuch und Gesichtsschleier waren eine Seltenheit in der Hauptstadt. Innerhalb weniger Jahrzehnte wurde Kairo islamisiert. Ein Wandel, der auffällig und sichtbar ist, wie kaum ein anderer in der Metropole.

19

Wieder einmal war ich nach Kairo zurückgekehrt, nach mehreren Monaten in Deutschland.

Doch ich war nicht allein gekommen. Auf dem Arm trug ich dieses Mal meinen neun Wochen alten Sohn. Ich hatte die letzten Wochen der Schwangerschaft in Deutschland verlebt und mein Kind dort zur Welt gebracht. Hamdy, der bei der Geburt unseres Kindes dabei gewesen war, musste zwei Tage nach dessen Geburt nach Kairo zurück.

Ich erlebte nach der Geburt glückliche, angenehme Wochen in Deutschland, doch die Tatsache, dass mir in Deutschland nur noch wenige Wochen blieben, trübte das Glück. Natürlich kehrten wir zu meinem Mann zurück und waren endlich wieder zusammen, wurden eine komplette Familie. Doch während ich in Deutschland die Hilfe und Zuwendung von Eltern und Großmutter erfahren und die ausgedehnten Spaziergänge mit Baby genossen hatte, würde ich nun wieder in die Großstadt zurückkehren, in den Staub, den Lärm. Ich würde nicht mehr entspannt spazieren gehen, keine anderen Mütter kennen lernen… Ich fühlte mich traurig und allein, obwohl mein Mann mich natürlich voller Freude und Stolz immer unterstützte.

Meine Mutter war für eine Woche mit uns geflogen und wir spürten während ihrer Zeit in Kairo sehr schnell die gedrückte Stimmung, die uns befiel, wenn wir an den Abschied dachten, der unaufhaltsam näher rückte.

Hamdy und ich waren glückliche Eltern eines wunderbaren Sohnes, doch ich beneidete Mütter, die ihre Kinder in Deutschland aufziehen konnten, mit all den Vorzügen, die ich mir für mich selbst und mein Leben mit Kind erträumte: Parks und Spielplätze beinahe vor der Haustür, ärztliche Grundversorgung in deutscher Sprache, ein mir bekanntes Umfeld, Kontakt zu anderen

Müttern mit Babys... Es gab so viel, dass ich mir wünschte und was für mich das Muttersein noch schöner gemacht hätte, jedoch in Ägypten nicht oder nur bedingt möglich war. Es hatte sich, seit ich ein Kind hatte und zurück in Ägypten war, eine unterschwellige Traurigkeit eingeschlichen, mal mehr, mal weniger präsent, die mich aber stets begleitete.

Doch trotz meiner inneren Unzufriedenheit, meinem Heimweh und der Sehnsucht nach einem anderen Leben, entwickelte sich unser Sohn prächtig. Er war ein liebes Kind, sehr zufrieden und erfreute uns jeden Tag aufs Neue. Wir schenkten ihm all unsere Liebe, er wurde jeden Tag satt, hatte genügend Kleidung für unser Kind und er schlief in einem sauberen Bett.

Mit all diesen einfachen, im Grunde für mich selbstverständlichen Dingen des Lebens unterschied sich unser Kind jedoch schon von Millionen anderer, die in Ägypten geboren worden waren und mit denen es das Leben weniger gut gemeint hatte.

Viel zu viele Kinder in diesem Land litten Hunger, hatten kein Heim oder nur die Kleidung, die sie am Leibe trugen. Natürlich war ich mir sicher, dass auch noch die ärmsten Familien versuchten, ihrem Nachwuchs eine Kindheit so glücklich und unbeschwert wie möglich, zu geben, gerade, weil ich immer wieder sah, dass gerade die armen Kinder und ihre Familien eine allgemeine Zufriedenheit verinnerlicht hatten, die sich bei vielen Menschen aus meinem Kulturkreis gar nicht mehr einstellen wollte. Viele Ägypter lebten oft genug nur in Hütten aus Kartons oder Unterständen aus Plastikfolien, mussten täglich ums Überleben kämpfen und waren dennoch auf ihre Weise zufrieden. Sie lebten, auch wenn dies ein Kampf war und sie waren dank ihres tiefen Glaubens an Gott stets dankbar für das, was sie besaßen, war diese Habe auch noch so gering. Es war bewundernswert, wie die arme Bevölkerung ihr Leben meisterte. Es fehlte hier und da an den grundlegenden

Dingen des täglichen Lebens, doch die Ägypter waren ein dankerfülltes Volk, zufrieden mit dem wenigen Hab und Gut, vertrauten sie auf Gott und legten ihr Leben in Seine Hände. Auch fiel auf, dass die Armen viel mehr lächelten, als die die keine Sorgen um Geld und Besitz haben mussten. Von den armen Ägyptern konnte man lernen, mit dem Wenigen, das man besaß zufrieden zu sein. Immer wieder versuchte ich, an diese Menschen zu denken, wenn ich wieder in Traurigkeit versank und meinem Kind oder wohl vielmehr mir selbst, ein anderes Leben wünschte. Im Grunde hatten wir genug zum Leben und konnten so glücklich sein. Doch übergroße Freude wollte sich bei mir nicht recht einstellen.

Schöner, als in Deutschland erlebte ich dagegen in Ägypten die große Zuneigung zu Kindern.

Kinder stören im täglichen Leben nie, sie sind überall dabei und auch überall gern gesehen. Jeder bringt ihnen Freundlichkeit und Wohlwollen entgegen. Ihnen wird über Haar und Wangen gestreichelt, man fasst Ihre Hände, man spricht mit Kindern, ja teilweise äußern die Menschen ihre Verzückung gegenüber Kindern, indem sie sie gar auf Wangen und Hände küssen.

Ich erlebte es fast täglich in unserem Viertel - wir lebten damals schon in Agouza - wenn ich meinen Sohn in den Kindergarten brachte oder wir einkaufen gingen: schon nach kurzer Zeit waren Kind und ich bekannt in den umliegenden Straßen. Wir wurden begrüßt, von Frauen und Männern jeden Alters. Selbst Jugendliche und junge Männer interessierten sich für Kinder.

Ist man in Ägypten ein kleines Kind, ist die Welt in der Hinsicht in Ordnung, dass man angenommen und respektiert wird. Kinder sind selten Störenfriede, sie gehören zu den Erwachsenen, von denen sie überall mit hingenommen werden, so dass sie am gesellschaftlichen Leben teilnehmen können.

Dennoch fand ich Kindererziehung, beziehungsweise

Betreuung in Ägypten stets viel schwieriger als in Deutschland. Hatte man einen Säugling war es freilich einfach. Oft schliefen die Babys und benötigten noch wenig Beschäftigung. Ja, man konnte sie, wie auch wir es taten, leicht überall mit hinnehmen. Ich selbst hatte unseren ersten Sohn oft bei mir, wenn ich zum Sport ging. Er lag in der Babyschale vor dem Raum, in dem ich meinen Kurs absolvierte und durch dessen Glasscheiben ich mein Kind immer sehen konnte. Wurde er unruhig, unterbrach ich und kümmerte mich um ihn. Die ersten Monate klappte dies wunderbar. Er war einfach zufrieden zu stellen, wenn wir ihn nur bei uns hatten.

Einige Monate war er auch glücklich auf einer Krabbeldecke am Boden mit seinen Lieblingsspielzeugen um sich herum oder sich robbend und krabbelnd in unserer geräumigen Wohnung fortbewegend. Doch sobald das Baby zum Kleinkind wurde und seine eigene Persönlichkeit entwickelte, laufen lernte, wollte es auch die Welt entdecken und es reichte nicht mehr, es ganztags in der heimischen Wohnung zu bespielen. Krabbelgruppen, Babyschwimmen oder andere Aktivitäten von Müttern und Babys gab es nicht, so dass sich auch keine Kontakte zu anderen Müttern aufbauen ließen.

Je mehr das Kind heranwuchs, desto schwieriger wurde auch seine Beschäftigung. Öffentliche Spielplätze fehlten ganz. Der einzige, den ich in Kairo jemals gesehen hatte war ein völlig abgenutzter und langweiliger in der Nähe des Einkaufszentrums City Stars in Nasr City, einige Autokilometer von unserem Zuhause entfernt.

Spazierengehende Mütter mit Kinderwagen gab es selten, weil Spazierengehen in den meisten Stadtgebieten nicht entspannend ist und eher in Stress ausartet, dank der teilweise beinahe kniehohen Bordsteine und unebenen Bürgersteige, die obendrein noch zugeparkt werden.

Ich hatte einen Buggy, der jedoch immer im Auto lag und

nur dann zum Einsatz kam, wenn wir Moqattam verließen, um nach Zamalek zu fahren. Dort genoss ich es, noch halbwegs unbehelligt gehen zu können, auch wenn wir oft genug auf der Fahrbahn gingen, uns nah an parkenden Autos entlang schoben, um von den vorbeifahrenden Wagen nicht erfasst zu werden. Ich genoss diese Spaziergänge, die wir viel zu selten unternahmen.

In Moqattam selbst wäre ich mit dem Buggy nicht auf die Straße gegangen, die Gegend war mit ihren unbefestigten Straßen nicht gerade für einen kleinrädrigen Kinderwagen gemacht.

Außerdem hätte ich in unserem Viertel, wo ich ohnehin weit und breit die einzige Ausländerin war, mit Kind im Kinderwagen beim Spaziergang, wie eine Außerirdische gewirkt. Auf die Straße zu gehen, nur um an der frischen Luft zu sein, schlicht um ein wenig zu gehen, war für die Menschen dort unüblich. Man ging hinaus, um etwas zu erledigen, nicht um ziellos zu spazieren. Überhaupt war ich, was meine Art der Pflege und Betreuung meines Kindes anging, eine Exotin. Ich tat einige Dinge, die für Ägypter nicht nachvollziehbar waren und für die ich immer wieder belächelt wurde.

Dank fast ganzjährig auf dem Moqattamberg herrschendem „Wäschewetter", wie ich es nannte, entstand die Idee, meinen Sohn die ersten Monate daheim ausschließlich mit waschbaren Mehrwegwindeln zu wickeln. In Zeiten der ach so bequemen Wegwerfwindel, die gerade in Ägypten so beliebt waren, ließ ich fast täglich demonstrativ die strahlend weißen Baumwolltücher auf der Leine wehen. Der Wind und die ständige Sonne trockneten den dünnen Stoff innerhalb kürzester Zeit. Beim Aufhängen dachte ich immer wieder belustigt an die Nachbarn in den umliegenden Häusern, die mich gern beim Aufhängen der Wäsche heimlich beobachteten. Wie sehr wunderten sie sich wohl über die vielen weißen Tücher, die beinahe täglich am Balkon der

Ausländerin wehten?

Für ungläubiges Kopfschütteln sorgte bei ägyptischen Bekannten und Freunden auch unsere Unnachgiebigkeit bei den Schlafenszeiten unseres Kindes. Trafen wir uns mit Freunden oder waren bei der Familie, so verließen wir meist spätestens gegen neunzehn Uhr die Treffen, um unser Kind pünktlich schlafen zu legen, wohingegen Ägypter es mit den Schlafenszeiten ihrer Kinder viel weniger ernst nahmen. Fast jede Nacht tobten kleine, wie große Kinder lautstark auf den Straßen. Doch wir hielten uns fast immer an die geregelten Zeiten für unseren Sohn, was viele verwunderte, doch auch Hamdy verteidigte die feste Schlafenszeit vor allen, die er kannte.

Der absolute Hingucker war ich eines schönen Tages jedoch, als unser zweiter Sohn erst wenige Monate alt war. Ich trug ihn beim Spaziergang in einem äußerst praktischen Tragetuch durch ein gehobenes Wohnviertel Kairos. Leute kommentierten mich und mein Kind, lächelten ungläubig oder lachten mich an, da sie diese Art des Transports eines Babys scheinbar noch nie gesehen hatten. Ich wunderte mich sehr, war diese Art ein Kind bei sich zu haben, doch eine afrikanische, die, wie ich meinte auf dem Weg nach Europa auch im Norden des Kontinents hätte ankommen können. Doch dem war nicht so. Mein Mann erklärte mir, dass bestenfalls die Bauern auf den Dörfern ihre Kinder in Tüchern auf dem Rücken trugen, nicht aber die Städter, für die dies völlig fremd war.

Ein wenig befürchtet hatte ich, meine angeheiratete Familie würde sich in all unsere Angelegenheiten einmischen und ihre zweifellos weitreichenden Erfahrungen, gerade in punkto Kindererziehung, an mich, als junge Mutter, weitergeben. Von ebenfalls nichtägyptischen Bekannten hatte ich immer wieder gehört, dass sie, als Ausländerinnen, gerade während Schwangerschaft und Muttersein, gern der Obhut der Schwiegermutter oder mindestens einer Schwägerin unterstellt wurden, die ihnen mit Rat und Tat zur Seite standen, oftmals viel mehr, als gewollt. Die erfahrenen Ägypterinnen gaben Hinweise zur richtigen Pflege, Versorgung und Erziehung eines Kindes, so als könne man selbst, als Ausländerin, wenig mit einem Kind anfangen. Doch meine Schwägerinnen und Nichten ließen mich gänzlich in Ruhe. Freilich, hätte ich um Rat oder Hilfe gebeten, sie hätten alles für mich getan, doch ungefragt kam keine von ihnen auf die Idee, sich mit Belehrungen an mich zu wenden. Sie hätten nicht alles genauso gemacht, wie ich es für meine Kinder tat, doch sie mischten sich nie ein und ließen uns gewähren. Später sogar, als ich zwei Kinder hatte, waren sie dankbar, wenn ich ihnen Ratschläge gab, sei es bei Kinderkrankheiten oder Schwangerschaftsbeschwerden. Sie wollten immer wieder gern wissen, wie Mütter in Deutschland verschiedene Dinge taten und was man dort Kindern gegen diverse Krankheiten verabreichte.

Die Mütter in unserer Familie konnten nur eines nie verstehen: wieso ich meine beiden Söhne nur kurz gestillt hatte. Das Stillen, obwohl ich es gern gewollt hätte, war nur mäßig erfolgreich gewesen, so dass wir sehr bald Milchpulver zum Füttern verwendeten. Waren wir bei Familienmitgliedern zu Besuch, brachten wir für die Milchmahlzeiten unserer Kinder immer eine Thermosflasche mit warmem Wasser mit, um das Milchpulver anzurühren. Als ich das erste Mal eine der Flaschen für unseren ersten Sohn auf diese Weise zubereitete, schauten alle zu und lachten herzlich über die silberne Flasche, die das Wasser warmhielt. Ungläubige Gesichter, Fragen an Hamdy, warum die Kinder - sie fragten beim ersten Kind und beim zweiten wieder - keine Muttermilch bekämen. Hamdy erklärte kurz, alle schüttelten ungläubig und teilweise mitleidig in meine Richtung den Kopf, da es ihnen leid tat, dass ich nicht stillen konnte, doch dann war das Thema erledigt. Allerdings war ich ganz sicher, dass sich die ein oder andere Nichte, die zeitgleich mit mir einen Säugling hatte, gern bereit erklärt hätte, auch meinen Sohn zu stillen, so viel Muttermilch, wie den ägyptischen Frauen, die ich kannte, immer zur Verfügung stand.

Für sie war es das normalste der Welt, das Kind einer anderen Frau, die nicht stillen konnte, mit zu ernähren, so war es in ihrer Kultur noch immer üblich. In früheren Zeiten, ohne die große Auswahl an Säuglings-Ersatznahrung, war diese Methode auch durchaus nachvollziehbar und gar lebensrettend für ein Neugeborenes, wenn dessen Mutter es nicht stillen konnte. Hatte eine Frau keine Muttermilch, gab sie ihr Kind zu einer Amme, die ihr Kind ganz selbstverständlich mit versorgte. Was bei uns vor vielen Jahren auch noch üblich gewesen war, gab es in Ägypten, gerade unter der ärmeren Bevölkerung, noch immer. Hätte ich auch nur einmal die Bitte ausgesprochen, eine Frau der Familie möge sich doch der Ernährung meines Babys in dieser Form annehmen, es hätte keine gezögert. Doch wir hätten unseren Sohn niemals von einer anderen Frau stillen lassen, es hing in diesen Zeiten sein Überleben nicht mehr davon ab.

Die Familie ließ uns immer die Freiheit, ohne mit ach so klugen Ratschlägen auf uns einzureden. Die Ağnabeya, die Ausländerin, hatte eben andere Methoden, für ihre Kinder zu sorgen, da wollten sie sich nicht dazwischen drängen. Ihre Fragen und ihr teilweises Unverständnis waren einzig Neugier und Interesse an mir und meiner Art des Mutterseins. Das rechnete ich ihnen immer sehr hoch an.

Trotz meiner etwas anderen Art der Betreuung und Pflege, gehörte ich mit meinem eigenen Kind nun fast noch viel mehr zu ihnen, als ohne. Ich war eine Mutter, wie die Frauen in der Familie es waren und das ließ mich noch näher mit ihnen zusammenrücken, selbst wenn sie mich nicht immer verstanden. Die Zuneigung meiner Schwägerinnen und Nichten tat mir so gut, in diesem Land, so weit weg von meinen eigenen Eltern und meiner eigenen Großmutter. Ich hatte seit der Geburt meines Sohnes noch viel mehr Heimweh, als zuvor. Ich vermisste im Grunde alles, das ich in Deutschland ganz einfach hätte haben können, in Kairo jedoch so nicht bekam. Meinen Eltern fehlte ihr Enkel, ich fühlte, als hätte ich ihnen diesen entzogen. Sie lebten in meiner Heimat, wo auch ich mir wieder und wieder ein angenehmeres Leben für mich als Mutter vorstellen konnte. Dort wäre ich glücklicher gewesen. Dort würde mein Sohn in der Natur aufwachsen, auf Spielplätzen toben. Er könnte regelmäßig seine Großeltern sehen. Ich hätte andere Mütter treffen und mich austauschen können. Ja, ich hätte mich weniger allein gefühlt, wäre glücklicher gewesen. Ich wollte so gern zurück, immer wieder kamen diese Gedanken.

Als der Kleine laufen konnte und wir nach Agouza gezogen waren, wurde es ein wenig besser. Ich konnte an den Wochenenden mit ihm einfach herumspazieren. Niemand sah mich an, als käme ich aus einer anderen Galaxie und er konnte - auf eigenen Füßen oder Mamas Arm - Neues entdecken. So gingen wir, wenn er daheim unruhig war, direkt nach draußen. Es gab in unserem Wohngebiet kleine Grünflächen und wenngleich spärlich bepflanzt, waren sie dennoch etwas, das vom stetigen Grau der Stadt ablenkte. Er sah viele Katzen und war begeistert von all dem Neuen.

Doch auch dies war nicht von Dauer und es begann das Problem fehlender Freizeitaktivitäten für Eltern von Kleinkindern, die sich die Mitgliedschaft in einem der Freizeitclubs der Stadt nicht leisten konnten. War man zahlendes Mitglied in einem der Freizeitclubs der wohlhabenden Bevölkerung, wie dem Gezira Club, konnte man seine Zeit mit Kindern jeden Alters hervorragend gestalten: es gab tolle Spielplätze, Sandkisten, Plätze für die verschiedensten Sportarten und Schwimmbäder. Es gab Restaurants, schattige Sitzecken und gleichmäßig asphaltierte Gehwege.

Doch die Mitgliedschaft in einem der Clubs war unglaublich kostenintensiv und daher nur betuchtem Ägypter möglich. Keiner unserer ägyptischen Verwandten würde jemals einen jener Clubs betreten können. Allein der Eintritt für einen Tag in den Gezira Club kostete für Nichtmitglieder damals 100LE, Essen nicht inklusive. Ein Preis, der unser Budget leider überstieg, ganz zu schweigen von einer Dauermitgliedschaft, die mehrere tausend Pfund Eintrittsgebühr plus monatliche Beiträge gekostet hätte.

Wie also das Wochenende mit einem aktiven Kleinkind gestalten, wenn man wenig Geld hatte und es keinen Spielplatz gab? Zum Fußballspielen mit Freunden war mein Sohn mit eineinhalb Jahren noch zu klein, noch dazu wo öffentlich zugängliche Sportplätze sowieso fehlten oder in schlechtem Zustand waren, wie eine französische Kollegin beklagte, deren Sohn elf Jahre alt und ein richtiger Fußballfan war.

Dank dem Hinweis einer französischen Freundin, die selbst eine kleine Tochter hatte, fand ich für den Hochsommer doch noch einen herrlichen Zeitvertreib am Wochenende zu einem erstaunlich günstigen Preis: ein Hotel, wenige Gehminuten von zu Hause entfernt für den Day-Use des Swimming-Pools.

Day-Use der Hotelpools war in Kairo eine beliebte Freizeitbeschäftigung. Man zahlte einen Tagespreis für die Pools der verschiedenen Hotels und konnte sich den ganzen Tag auf einer Sonnenliege entspannen, oft inklusive eines Essens. Natürlich variierten auch hier die Preise, je nach Kategorie des Hotels.

Im Mittelklassehotel „Atlas Zamalek" an der mehrspurigen Hauptstraße Gamaat id-Dawal fanden wir für 40LE inklusive Essen ein ideales samstägliches Vergnügen. Mein Sohn liebte es zu planschen und auch ich genoss an den brütend heißen Sommertagen das kühle Nass auf dem Dach des Hotels. Wir bekamen gutes, reichhaltiges Essen und fühlten uns ein wenig wie im Urlaub. Es waren angenehme Sommertage, an denen wir am Pool lagen, über der Stadt und den Lärm der Straßen nur noch gedämpft wahrnahmen.

Doch jeder Sommer ging einmal dahin und Ende September wurde es für das wöchentliche Bad langsam zu kühl, so dass ich mir erneut den Kopf zerbrechen musste, was man im Herbst und Winter mit einem Kleinkind würde unternehmen können. In diesem Momenten hegte ich einmal mehr den leisen Wunsch doch daheim in Deutschland zu sein.

≈≈≈≈≈

O ihr, die ihr glaubt!
Das Fasten ist euch vorgeschrieben,
so wie es denen vorgeschrieben war,
die vor euch waren.
Vielleicht werdet ihr (Allah) fürchten.

Koran: Sure 2, Vers 183

≈≈≈≈≈

20

Kairo bereitete sich vor, so wie das ganze Land, die ganze Region, ja wie die gesamte muslimische Welt. Es war die spürbare Vorfreude auf den wichtigsten Monat des Jahres. Der Ramadan stand kurz bevor. Offensichtlich wurde dies erst wenige Wochen zuvor, wenn Geschäfte, Wohnhäuser und vor allem Moscheen dekoriert und geschmückt wurden. Kinder bastelten Girlanden aus Glanzpapier, die zwischen Hauswänden und in Gassen aufgehängt wurden. In Schaufenstern blinkte wild der beglückwünschende Schriftzug *„Ramadan Kareem"* in verschiedenen Farben, an Minaretten hingen bunt leuchtende oder hektisch blinkende Lichterketten.

Händler boten überall Ramadan-Lampen, sogenannte *Fanuuz* an, Laternen mit bunten Glasfenstern, in die früher eine Kerze gestellt und heute elektrische Lampen gehängt wurden. Ich liebte die traditionellen Lampen. Metallene Laternen, deren Kerzen im Inneren flackerten und durch das kolorierte Glas ein angenehm warmes Licht verbreiteten. Heutzutage jedoch wurden die traditionellen Laternen immer mehr durch Plastiklampen aus Fernost verdrängt, die billig verarbeitet und batteriebetrieben nicht nur hässlich vor sich hin blinkten, sondern teilweise scheußlich blechern Gesänge zum Ramadan daher plärrten.

Weniger sichtbar nach außen waren die Preise für Lebensmittel wie Fleisch, die ganz nach Feiertagsmanier oft um mehr als das Doppelte anstiegen. Im Ramadan konnten Händler viel Geld verdienen, denn kaum ein Kunde würde beim Einkauf von Lebensmitteln kleinlich sein. Der Ramadan und seine Vorbereitungen ähnelten sehr der Advents- und Weihnachtszeit. Es wurde dekoriert, vorbereitet, eine aufgeregte Vorfreude lag in der Luft.

Da sich der Ramadan nach dem islamischen Mondkalender richtet, der ein kürzeres Jahr zählt, als der gregorianische Kalender, hat dies zur Folge, dass der Ramadan nie konstant zur gleichen Zeit des Jahres stattfindet, sondern immer um ca. 10 Tage nach vorn wandert. So fastet man über Jahre hinweg während aller Jahreszeiten. Der Vormonat des Ramadan ist der *Sha'aban*. Geht dieser zu Ende und erscheint die Sichel des Halbmonds am Himmel, beginnt offiziell die islamische Fastenzeit. Bestimmt werden der korrekte Stand des Mondes und damit der für Muslime in aller Welt gemeinsame Beginn des Fastens, von Gelehrten, unter anderem der einflussreichen Al-Azhar-Moschee in Kairo. Ist der Beginn des Ramadan festgelegt, wird den Gläubigen in der Moschee, aber auch im Fernsehen der exakte Beginn des Monats mitgeteilt. Im Voraus weiß man immer nur den ungefähren Zeitraum, doch kann sich dieser um einige Stunden, wenn nicht gar Tage verschieben. Die alleinige Entscheidung, wann letzten Endes der Fastenmonat wirklich beginnt, beansprucht Saudi-Arabien, Hüter von Mekka und Medina, der beiden heiligsten Städte des Islams.

Ich hatte mehrere Jahre Ramadan in Ägypten erlebt und teilweise auch mitgefastet. Die ersten zwei, drei Tage waren immer die schwersten, wenn sich der Körper erst auf den veränderten Rhythmus von Essen und Fasten einstellen musste. Danach wurde es leichter und irgendwann war es fast Normalität.

Am Vorabend des ersten Ramadan wurde je nach vorgegebener Zeit, zum Fasten gerufen. Dieses dauerte an bis zum kommenden *Iftar*, dem Fastenbrechen, das am Abend begann. Neben dem Verzicht auf Essen und Trinken während des Tages, waren auch böse Worte und Taten strikt untersagt, das Rauchen war nicht gestattet und es sollte tagsüber auf sexuellen Kontakt verzichtet werden. Wie ernst es die Leute mit letzterem nahmen konnte ich freilich nicht sagen, doch rauchende Männer hatte ich im Ramadan immer wieder gesehen. Auch fluchen konnte man sie hören, die Fastenden, wenn der Hunger sie tagsüber gereizt werden ließ. Da schien die Frömmigkeit nicht ganz so weit zu gehen.

Der Ramadan war jedoch weit mehr, als Fasten und Verzichten. Es war der Monat der Besinnung, Religiosität, der Familie, des Zusammenseins, der Hilfe und Nächstenliebe...

Oft trafen sich Familien und Freunde zum gemeinsamen Fastenbrechen. Man aß gemeinsam und hatte Zeit, zusammen zu sein. Es war der Monat, in dem die Menschen sich einander viel näher kamen, als manchmal das ganze restliche Jahr über. Man nahm sich Zeit füreinander.

Doch auch der Armen und Benachteiligten wurde gedacht, in einer Weise, die mich Jahr um Jahr wieder beeindruckte. Überall wurden in Winkeln oder Innenhöfen, direkt auf den Straßen oder auf Parkplätzen lange Tische aufgebaut. Davor reihten sich Bänke und Stühle. Kurz vor dem Iftar bestückten fleißige Helfer die Tische mit Gedecken. An den so eingedeckten Tischen nahmen dann Arme und Obdachlose Platz, die keine Mahlzeit oder Wärme einer Familie bekamen. Es gab für jeden, der an den Tischen Platz nahm, genug zu essen. Das Essen wurde von reichen Ägyptern oder Firmen gestiftet. Köche bereiteten die Mahlzeiten zu und beglückten damit jeden Tag wohl Tausende, die hungrig und durstig zu Tisch kamen. Für viele der Armen war der Ramadan der wohl schönste Monat des ganzen Jahres, denn ihnen war in dieser Zeit wenigstens eine warme Mahlzeit am Tag gewiss. Diese Menschen wussten die Speisen noch zu schätzen und man sah genügend beglückte Gesichter, wenn nach Iftar die Tische abgeräumt wurden.

In den meisten Haushalten dagegen artete jedoch das Thema Essen völlig aus. Es bogen sich regelmäßig die Tische unter der Auswahl und Menge der Gerichte, die zubereitet wurden. Suppen, Salate, verschiedene Sorten

Fleisch oder Fisch, Aufläufe, bergeweise Reis oder Nudeln, Gemüse... Nach dem Hauptgang wurden zum Tee die typisch arabischen Süßigkeiten serviert, viel zu süße Häppchen, getaucht in Sirup oder Rosenwasser. Meist gab es von allem zu viel, so als wäre jede einzelne Mahlzeit zu Iftar die Einzige, die man zu sich nehmen durfte, auch wenn die ganze Nacht über bis in den frühen Morgen noch Zeit zum Essen blieb. Die meisten Menschen hatten kein Sättigungsgefühl mehr, wenn das Fastenbrechen erst einmal begonnen hatte. Es war die reinste Völlerei - ganz anders, als es Prophet Muhammad seiner Zeit vorgelebt hatte. Er selbst hat zum Fastenbrechen, so ist es überliefert, einfach und wenig gegessen und jede Mahlzeit mit Milch und einigen Datteln begonnen, um sich auf das Essen einzustellen. Ganz anders inzwischen die heutigen Gläubigen, die verständlicherweise nach den Mahlzeiten über Magendrücken und Völlegefühl klagen. So war der eigentliche Gedanke des Ramadan mit den ersten Düften des Essens schnell verfolgen: die Speisen, die man hatte bewusst zu genießen und an die Menschen zu denken, die arm waren und immer hungern mussten. Wer das Glück hatte, ein Heim zu haben, saß nach dem Essen satt und teils schläfrig meist mit einem Tee zur Verdauung vor dem Fernseher, wo jeden Abend des Monats das ganz spezielle Ramadan-Programm ausgestrahlt wurde. Eigens für den Fastenmonat wurden Jahr für Jahr schon Monate zuvor Serien, Komödien, Dramen und Unterhaltungs- oder Talkshows gedreht. Als außenstehender Zuschauer schienen alle Schauspieler, in allen Produktionen gleich auszusehen und die gleichen Dialoge über die gleichen Themen - wahlweise Eifersucht, Betrug, Politik oder Familientragödien - zu führen. Wer kein Interesse an täglichen Serien hatte, konnte sich von Talkshows mit erst- oder zweitklassigen Prominenten oder Programmen nach Art „Versteckter Kamera" unterhalten lassen. Wiederholungen auf verschiedenen Sendern zu unterschiedlichen Zeiten inklusive. Hatte man nach dem Abendprogramm noch

Lust, auf die Straße zu gehen, so konnte man am bunten Leben teilnehmen. Waren die Menschen tagsüber schläfrig und vor Hunger oder aus Nikotinmangel schlecht gelaunt, ging es den meisten nach Iftar viel besser. Restaurants und Cafés, die stundenweise oder gar den ganzen Tag geschlossen hatten, öffneten nun ihre Türen; man saß zusammen, trank Tee und rauchte Wasserpfeife. Die Männer spielten *Tawla*, das arabische Backgammon, oder Domino, und man holte beinahe gierig das nach, was man am Tag verschlafen hatte oder nicht hatte tun können. Wer nach einigen Stunden draußen erneut oder immer noch Hunger verspürte, konnte essen, denn auch Imbissstände und Straßenrestaurants waren für den Ansturm der Gäste gerüstet, die auch wenige Stunden nach Iftar überall Schlange standen, so als würden sie noch immer fasten und kurz davor sein, ihre erste Mahlzeit nach einem Tag ohne Essen und Trinken einzunehmen. Es konnte gegessen werden und, wie manch einer nach einem fromm absolvierten Fasten dachte, ungeniert und pausenlos.

Doch trotz des Übermaßes an Essen gab es sie, die eigentliche Besinnung auf das, was den Monat ausmachte. Es wurde den Muslimen nahe gelegt, während des Ramadan den Koran einmal durchzulesen und viele Gläubige hielten sich daran. Man sah in den Straßen die überall eingesetzten Polizisten, Wachmänner und auch andere Menschen über den Koran gebeugt, halblaut rezitierend oder stumm lesend. Die Nacht zum 27. Tag des Ramadan war die *Lailat al-Qadr*, die Nacht der Bestimmung. In jener Nacht soll dem Propheten Muhammad vom Erzengel Gabriel zum ersten Mal der Koran offenbart worden sein. In jener Nacht, so war es im Islam üblich, durfte man seine Wünsche ganz besonders intensiv an Gott richten.

Neben den Gedanken an die Armen, deren Hunger und Not man sich während des Fastens bewusst werden sollte, galt es auch, sich durch das Fasten spirituell zu erneuern. Die Gläubigen sollten reinen Geistes sein, sich auf den Glauben konzentrieren, was mit leerem Magen, nach einigen Tagen des Fastens, wenn sich der Körper gewöhnte hatte, tatsächlich besser gelang. Die Gedanken waren klarer, man war, sofern man dies wollte und danach strebte, geistig offener für Gott und den Glauben.

Ja, ich glaube, sogar als Nichtmuslim konnte man während des Fastens eine gewisse Spiritualität empfinden, wenn man sich auf Fasten, Besinnung und innere Ruhe einließ.

Ich selbst empfand im Ramadan keine wirkliche Feststimmung, zu sehr war ich mit dem christlichen Weihnachtsfest und den dazu gehörenden Traditionen verhaftet. Doch auch ich konnte den Monat jeden Tag eine kurze Weile als etwas Besonderes ansehen, dann nämlich, wenn Kairo anfing zu schweigen. Kurz nach dem Ruf zum Iftar konnte man zusehen, wie sich die Straßen leerten. Die Menschen bewegten sich schnellen Schrittes in ihre Häuser, um das Fasten zu brechen und mit ihren Lieben zusammen zu sein. Autos waren bestenfalls noch so viele unterwegs wie in der Nebenstraße einer deutschen Kleinstadt. Gespräche verstummten, Motoren schwiegen, Schritte verhallten und die Ruhe war förmlich zu hören. Für eine kurze Weile, vielleicht für eine gute Stunde lang, war Kairo gähnend leer - diese befremdliche Ruhe war die schönste Zeit des Tages.

21

Im Anschluss an den frommen Fastenmonat fand das mehrere Tage dauernde *Aid al-Fitr* statt. Die Feiertage begannen und die Menschen nahmen diese wörtlich. Drei Tage, in denen der Lärm der Straßen noch ein wenig intensiver wurde, als an gewöhnlichen Tagen. Fröhlichkeit und Freude überall. Es war immer wieder, als falle den Kairoern die Last des vergangenen Monats von den Schultern, als könnten sie sich wieder frei und ungezwungen bewegen. Die Qualen des ganztägigen Fastens und Entsagens waren vorüber, die große Erleichterung und die fröhliche Stimmung beinahe greifbar. Diejenigen, die es sich leisten konnten, reisten ans Meer, wo sie in zahlreichen Ferienanlagen im Norden oder Süden Erholung suchten, sei es im eigenen Ferienchalet oder einem der unzähligen Hotels vor Ort. Sie entspannten in der Sonne, gingen schwimmen und genossen das Nachtleben.

Die Menschen, die zurückblieben, versammelten sich in Familie oder statteten Besuche bei Verwandten und Freunden ab. Schon während des Fastenmonats Ramadan rückten Familien näher zueinander. Das Fasten wurde gemeinsam gebrochen, die Wohltat des ersten Schluck Wassers zum *Iftar*, der erste Bissen nach einem oft langen Tag der Entbehrung wurde gemeinsam genossen. Doch auch zum Ende des Monats Ramadan schienen die Menschen noch größeren Bedarf nach Nähe zu den Lieben zu verspüren. Kinder bekamen zum *Aid* Geschenke, meist in Form von Süßigkeiten, Spielsachen, neuer Kleidung oder Geldzuwendungen. Die Straßen füllten sich mit Menschen und obwohl der ausreisende Feiertagsverkehr gen Süden und Norden die Stadt etwas entspannte und Kairos Straßen bescheiden atmen ließ, wurde der Krach oft schlimmer, wenn die Menschen fröhlich beschwingt die Straßen bevölkerten, Kinder mit

Fahrrädern oder Rollern durch die Gassen flitzten oder sie ihre käuflich erworbenen Knallkörper am liebsten nachts überall explodieren ließen. Männer, die Fuhrwerke besaßen, beluden diese an den Feiertagen nicht mit Transportgütern, sondern mit einer Kinderschar, die für ein paar Piaster fröhlich singend auf den Planwagen mitfuhren oder auf Eseln reiten durften.

Doch nicht nur die Atmosphäre war gelassen und wirkt wie entstaubt - auch für die Menschen war es Zeit für Neues. Die Zeit des Verzichts war durchgestanden, man lohnte sich die vier entbehrungsreichen Wochen mit mancher Neuanschaffung, besonders solcher für den Kleiderschrank. Kurz vor den Feiertagen oder währenddessen begaben sich die Menschen auf einen wahren Einkaufsfeldzug. Es war nun an der Zeit und üblich, sich und die Familie neu einzukleiden. In allen Gesellschaftsschichten, besonders aber unter der einfachen Bevölkerung, wurde das zu diesem Zweck Angesparte nun für neue Garderobe und Schulmaterial für die Kinder ausgegeben. Bekleidungsgeschäfte erlebten einen regelrechten Ansturm. Jede Familie brauchte neue Kleidungsstücke, so als beginne nach dem Fasten ein neuer Lebensabschnitt. Frauen kauften neue Tücher, Handtaschen oder Kleider. Männer benötigten Hemden oder Hosen. Für die Mädchen mussten neue Blusen, Röcke oder Kleider, für die Jungen Hosen, T-Shirts und Jacken her. Jeder, der neue Kleidungsstücke bekommen hatte, trug diese sofort an den Feiertagen beim abendlichen Ausgehen, stolz und zeigefreudig ob der neuen Garderobe.

Besonders auffällig neu gekleidet waren die Mädchen der einfachen Bevölkerung oder der Leute, die aus den Dörfern im Süden für ein paar Tage nach Kairo gekommen waren, um hier die Feiertage zu verbringen. Sie wollten ihre Kinder, die Töchter noch mehr, als die Söhne, ganz besonders hübsch anziehen. Oft misslangen diese Versuche jedoch kläglich.

Beim Spaziergang durch den überfüllten *Khan el-Khalili* oder die Straßen von Downtown erkannte man sie schon von Weitem: Während die Mutter in eine schlichte schwarze *Abaya*, den bodenlangen schwarzen Umhang, und Kopftuch gekleidet war und der Vater ein gebügeltes Hemd und Anzughose trug, liefen die Kinder wie lebendige Dekorationsobjekte neben her.

Den Mädchen hatte man glitzernde Kleidchen angezogen. Die Farben variierten zwischen knallrot, schreiendem gelb, pink, anderen grellen Farben oder allen zusammen. Dazu zierte Glitzer, wahlweise in Silber oder Gold die kleinen Püppchen. Besonders beliebt waren Stufenröcke oder -kleider in mehreren Farben, oft inklusive Punkten oder Streifen. Blusen oder T-Shirts passten als Zweiteiler oder separat gekauft meist nicht zu Hose oder Rock. Gern getragen wurden auch Gürtel in nicht minder auffälligen Farben oder Designs. Der Haarschmuck, mit dem die gekämmten Locken streng am Hinterkopf zusammen gehalten wurden, passt farblich meist zur Kleidung oder setzte sich in einer anderen Farbe optisch vom Rest ab. Gold und Silber waren auch hier sehr beliebt. Die kleinen Mädchen trugen stolz ein kleines Handtäschchen bei sich, auffallend, grell, bestückt mit Fransen, Pailletten oder anderen Scheussligkeiten! Billiger Schmuck, mit dem die Ärmchen, Ohren und Hälse der Kleinen behängt waren, macht das klägliche Ensemble komplett. Gegen all das war nichts zu sagen, dieser Stil gehörte zur Kultur der einfachen Leute und diese mochten es, ihre Töchter derart auszustaffieren, dass sie wie kleine Ankleidepüppchen aussahen. Glitzer, Tüll und ein Mehr an Tand galt als Bild einer kleinen Prinzessin und Mädchen liebten Prinzessinnen. Eine Mutter sah ihr Töchterchen gern ach so niedlich gekleidet. Dass Geschmack dabei meist auf der Strecke blieb, fand nicht nur ich. Doch die Menschen hatten ihrerseits viel Freude, so dass ich oft schmunzelnd ob des Bekleidungsgeschmacks der einfachen Leute durch die Straßen wanderte.

Auch wie verbrachten die Feiertage ohne Hektik. Wir hatten beide frei, konnten die Tage in aller Ruhe beginnen, bevor wir Ausflüge in die Umgebung machten oder wie die meisten Leute, die Familie besuchten. Dort wurden wir immer freudig erwartet, meine Schwägerinnen bekochten uns reichlich, herzten und küssten unsere Kinder und uns und ließen besonders mir und den Kindern die eine oder andere Aufmerksamkeit in Form neuer Kleidung zukommen.

Die Besuche bei der Familie waren immer schön. Die Familie meines Mannes hatte mich wie selbstverständlich in ihre Mitte aufgenommen und zeigte mir jedes Mal ehrlich ihre Zuneigung. Auch waren meine Schwägerinnen, die Nichten und Neffen eine freundliche Ersatzfamilie für mich geworden, wo doch meine eigene Familie - Eltern und meine Großmutter - mehrere tausend Kilometer von Kairo entfernt in Deutschland lebte. Ich vermisste sie jeden Tag. Dennoch hatte ich feiertags, wie auch an normalen Tagen, stets das gleiche Gefühl der Zugehörigkeit zu meiner neuen ägyptischen Verwandtschaft. Die Treffen an den Feiertagen waren aus religiöser Sicht nicht anders, als an Werktagen, Feiertagsstimmung wollte bei mir nicht aufkommen. Doch zu einer warmherzigen Familie dazuzugehören, war sowohl alltags, als auch feiertags das Gefühl, dass mich in Ägypten noch am glücklichsten machte.

22

Seit Tagen, gar Wochen schon, standen sie an den Straßen, in Hinterhöfen, auf Plätzen und vor den Häusern. Überall, einzelne oder zu mehreren, unter sporadisch zusammen gezimmerten Verschlägen und Dächern, eingezäunt durch Bretter, Leisten oder teils verborgen hinter Stoffbahnen. Zusammengepfercht, dicht an dicht, Körper an Körper, so als wollten sie sich gegenseitig wärmen und beruhigen, doch war es meist der Mangel an Platz, der sie so dicht beieinander stehen ließ. Graubraune Schafe, dunkelbraune Rinder mit riesigen feuchten Augen. Man sah sie auf den Ladeflächen der Pick-Up-Fahrzeuge, wie sie versuchten, während zügiger Fahrt die Balance zu halten. Sie bekamen viel Futter, gutes und nahrhaftes, denn es sollte ihnen gut gehen, sie sollten fett werden, Fleisch ansetzen, bevor es zum letzten Weg ging, wenige Tage vor ihrem Ende, wenige Tage bis zu ihrer Schächtung.

Es war Herbst geworden in Kairo, vierzig Tage nach dem Ende des Ramadan und dem großen Festtag *Aid el-Fitr*. Der Zeitpunkt des nächsten Festes war nah, *Aid al-Adha* oder *Aid Kebir*, das große Fest. Es sollte mein erstes *Aid* in Ägypten werden.

In Gedenken an Abraham - im Arabischen *Ibrahim* - der, aus absoluter Ergebenheit und Treue seinem Herrn gegenüber, seinen eigenen Sohn geopfert hätte, wie Gott ihm dies aufgetragen hatte. Diese große Bereitschaft hatte Gott wohlwollend erkannt, Abraham jedoch anstelle seines Sohnes einen Hammel schlachten lassen. In Erinnerung an dieses übergroße Opfer, dass Abraham, der Urvater der drei monotheistischen Religionen, hatte bringen wollen, war es die Pflicht jedes Muslim, sofern er es sich leisten konnte, an diesem Tag ein Schaf zu schlachten. Wer noch tiefer in die Tasche greifen konnte, kaufte sogar ein Kamel, so wie es einer unserer Nachbarn getan hatte.

Einige Tage zuvor hatte es plötzlich vor seinem Haus gestanden. Vom fünften Stockwerk unserer Wohnung aus fast unsichtbar, hob es sich nur durch seine langsamen und geschmeidigen Bewegungen von der erst kürzlich um das Erdgeschoss herum errichteten, ebenfalls sandfarbenen Mauer ab. Die Kinder, aus den umliegenden Häusern, waren begeistert und hatten tagelang meist nur zwei Beschäftigungen: das Kamel immer wieder zu streicheln oder es zu ärgern, so hartnäckig, dass es eines Nachts grunzend-brüllende Laute der Entrüstung ausstieß, von denen ich erwachte. Täglich stand ich nun für einige Augenblicke auf dem Balkon, sah zu dem Kamel hinunter, so als grüßte ich es und konnte den Gedanken nicht loswerden, dass es an der Stelle, wo es stand, zwischen all dem Unrat, nur noch wenige Tage verharren würde... Kamele waren intelligente Tiere; ahnte es sein Ende gar schon voraus?

Dann war es tatsächlich soweit. An einem frühen Morgen im Dezember - die Menschen hatten frei und die Kinder waren die ganze Nacht über draußen gewesen - erwachte ich im Halbdunkel, als der Muezzin zum Gebet rief. Von überall her erschallten Koranrezitationen aus Lautsprechern und ich wusste sofort am Klang der Gesänge, dass es dieses Mal kein Gebet war, wie an jedem Morgen - es war der Beginn des Festes, der Anfang des Schlachtens unzähliger Tiere, der Ruf zum unisono Vergießen des Blutes der Tiere. Mein Mann erschien neben mir und fragte mich hektisch, ob ich das Kamel sehen wolle. Mit dem Finger machte er eine Bewegung vor seinem Hals, die mir nur erneut versicherte, dass nun tatsächlich das Ende des Tieres nahte. Ich schlüpfte leise auf den Balkon und konnte die vielen Menschen sehen, die sich um das Kamel versammelt hatten. Hauptsächlich Kinder, die erwartungsvoll in mehreren Reihen im Halbkreis um das mächtige Tier herum standen. Die Mauer des Hauses vor sich und die Menschenmenge im Rücken stand das Kamel völlig ruhig da. Man hatte die Kette an seinem Halsband fester gezogen, so dass es sich nicht weit fortbewegen konnte. Drei Männer in weißen Galabeyas standen dicht neben ihm, hielten es fest und warteten. Mir graute vor dem Augenblick, als das Gebet verstummen und der Schlachter zur Tat schreiten würde. Einer der Männer zog das Tier einige Meter von der Mauer fort auf den Hauseingang zu. Die Kinder machten ebenfalls einige flinke Sätze rückwärts. Kaum war das Gebet verstummt, muss einer der Männer schon das Messer gezückt haben. Das Tier tänzelte noch immer völlig ruhig mehrere Schritte, als wäre nichts geschehen, doch dann konnte ich es sehen: das Blut schoss stoßweise aus seinem Hals, an der Stelle, an der man ihm die Halsschlagader durchtrennt hatte. In diesem Moment machte ich kehrt.

Wahrlich grausam erschien die islamische Schächtung. Die Tiere wurden festgehalten, meist von mehreren Männern. Da sie wohl ihr Ende spüren konnten, wurden Schafe, Ziegen, Rinder und Kamele unruhig und versuchten, die letzten Kräfte freizusetzen. Dann befühlte ein kundiger Mann jeweils den Hals des zu schlachtenden Tieres. War er der pulsierenden Halsschlagader gewahr und die Zeit war gekommen, setzte er einen schnellen, gekonnten Schnitt, um die Ader zu durchtrennen. Es floss viel Blut, die Tiere bäumten sich auf, stießen röchelnde, wimmernde Laute aus, sprangen, zerrten, wehrten sich, bis sie nach scheinbar langem Kampf zuckend in sich zusammenfielen und kurz darauf verstarben. Im besten Falle dauerte die Tötung nur wenige Sekunden, auch wenn das Verscheiden des armen Geschöpfs schier endlos schien, wenn es am Boden lag, noch immer zuckend. Doch das Beben wurde schwächer und schwächer bis zum endgültigen Tode.

Die Schlachtung auf diese Weise war im Koran vorgeschrieben, da die Tiere ausbluten konnten und angeblich nur wenig litten. Doch wer konnte wissen, wie lang der Todeskampf der Kreaturen wirklich dauerte, wer konnte wissen, ob sie nicht doch Schmerzen verspürten? Sicher war jede Form der Tötung eines Schlachtviehs mit Leid und Schmerzen verbunden und es war schwer zu glauben, dass eine Möglichkeit besser oder schlechter, einfacher oder schmerzhafter für die Tiere war, als die andere.

Das Häuten, Ausweiden und Zerteilen des Viehs ging schnell von Statten. Beinahe jedes Stück Fleisch und Organ wurde gegessen oder anderweitig verarbeitet, auch Teile, die ich mir zu essen nicht einmal vorstellen mochte. Dabei erinnerte ich mich an ein Buch des Orientalisten Robert Nagel, der darin über seine Reisen durch die arabische Welt vom Aid in Marokko berichtete. Dabei wurde, so schrieb er recht anschaulich, schlichtweg alles vom geschlachteten Hammel verarbeitet. Nach dem Essen verbrannten nur noch Schädel und Geweih auf einem kleinen Feuer…

Als ich nach über einer Stunde zurück auf den Balkon trat, war von der Schlachtung kaum noch mehr übrig, als das über den Sandboden gelaufene, halb versickerte Blut und einige Teile, die aussahen, wie Hautfetzen, die man über der Mauer aufgehängt hatte. Es war nicht mehr zu erkennen, welches Tier dort kurz zuvor verendet war. Der Eingang des Hauses gegenüber war noch völlig rot gefärbt vom Blut des Schafes, das man dort geschlachtet hatte und zwei junge Männer schleppten eine riesige Schüssel hinaus, in der große Teile des Fleisches lagen, stellten sie in der Mitte des Platzes ab und begannen unter den Augen einiger Frauen die großen Stücke in handlichere Portionen zu zerlegen.

Der Großteil des Fleisches wurde den Armen gespendet, für die dieser Tag wahrlich ein großes Fest darstellte, war doch Fleisch für diese Menschen den Rest des Jahres kaum erschwinglich. Hatte man keine Möglichkeit, selbst zu schlachten oder von einem Fachmann sein eigens erworbenes Tier nach islamischer Art schächten zu lassen, konnte man Teile oder ganze Tiere auch in den Geschäften kaufen, meist zu Preisen, die während der Festtage kräftig in die Höhe getrieben worden waren. Ob Sommer oder Winter hingen vor den Fleischerläden an riesigen Haken, kopf- und hautlos, die geschlachteten Tiere und wurden zum Kauf angeboten. Ganze Schafe, riesige Beine von Kühen, mächtige Schulter- und Nackenpartien, fleischig-rosa und umschwirrt von Fliegen.

Lief man durch die Straßen - ich erinnerte mich an Zamaleks Hauptstraße „Stra0e des 26. Juli" oder an die ein oder andere in Moqattam - passierte es vor dem Fest häufig, dass man direkt an den ausgenommenen Körpern vorüberging, wenn diese vor den Fleischerläden, direkt über den Gehsteigen, aufgereiht waren. Der anfangs eher abschreckende Anblick des selbst an heißen Sommertagen ungekühlten Fleisches ganzer Tiere, wurde schnell relativiert und erschien alsbald gar komisch. So, wie vieles in diesem Land mir anfangs unglaublich oder abschreckend erschien, wurden auch die leblosen Auslagen irgendwann Normalität und ich konnte sie, wie viele Dinge, irgendwann sogar belächeln. So absurd vieles für mich selbst war, so normal war genau das eben in Ägypten...

Vervollständigt wurde das absurde Bild der nackten Tierkadaver an den Feiertagen, wenn an langen Kabeln aufgereihte Glühlampen bei hereinbrechender Dunkelheit das Arrangement noch mit bunt zuckendem Licht umspielten.

23

Ob in Ägypten die Dienstleistung erfunden wurde?

Kairo war das Mekka der Bringdienste und Serviceberufe, der Gefälligkeiten und Hilfskräfte.

Der persönliche Chauffeur, den sich wohlhabende Leute leisteten war so normal, wie ein asiatisches oder afrikanisches Kindermädchen, das sich tagein, tagaus um den Nachwuchs der begüterten Gesellschaft kümmerte. Auch eine Putzfrau - meist eine Frau aus der armen Bevölkerung - gehörte in Ägypten absolut zu einem normalen Haushalt, die sich auch nur halbwegs wohlhabende Personen leisteten.

Ich hatte nie eine Frau, die meine Wohnung sauber hielt. Einerseits, weil wir das Geld nicht ausgeben wollten, andererseits weil ich oft genug auch Negatives über die Zugehfrauen hörte. Jeder, den ich kannte, hat schon mindestens einmal schlechte Erfahrungen gemacht. Da wurde nicht geputzt wie gewünscht, der Hausherr bemächtigte sich der vielleicht jungen Frau als Gespielin, Anweisungen wurden falsch verstanden oder der Arbeitgeber sogar bestohlen. Fehlende Wertgegenstände wurden jedoch, da schlau und unbemerkt entwendet, erst viel zu spät bemerkt, so dass man den Putzfrauen oft nichts mehr nachweisen konnte, wenn sie gekündigt hatten und schon über alle Berge waren.

Auch Bügelstuben, winzige Geschäfte, die oftmals nur einem Einzelnen Platz boten, in denen schwitzende Männer die Wäsche der High Society glätteten, wurden gern frequentiert.

Junge Männer auf Motorollern, die in Restaurants telefonisch entgegengenommene Bestellungen lieferten, waren überall in den Straßen zu sehen. Sie begaben sich auf teilweise klapprigen Rollern, auf denen

Transportkisten für die Auslieferung angebracht waren, in den Straßenverkehr und kurvten oft mit halsbrecherischen Manövern durch Kairo. Doch es gab auch die Botenjungen der Reinigungen und Schneidereien, die den Kunden die frisch gewaschene Wäsche und die geschneiderten Stücke nach Hause brachten und dafür ein kleines Trinkgeld erhielten. Supermärkte lieferten den Einkauf bis vor die Wohnungstür oder es wurden Dutzende Einkaufstüten von eigens für die Lieferung eingestellten Boten nach Hause gebracht. Kinder lieferten für wenige Piaster Snacks oder Getränke aus den kleinen Krämerläden in die Wohnhäuser oder Büros der näheren Umgebung.

An Tankstellen musste man zum Betanken des Autos noch nicht einmal selbst aussteigen. Man ließ die Seitenscheibe herunter und sofort erschien ein Mitarbeiter am Wagenfenster. Diesem teilte man die Menge und Art des benötigten Kraftstoffs mit und der Tank wurde entsprechend gefüllt. Bei Bedarf reinigte der mehr oder minder flinke Helfer die Scheiben oder prüfte den Luftdruck der Reifen. Die Bezahlung erfolgte auch über den Bediensteten, der das erhaltene Geld an seinen Vorgesetzten weitergab. Dieser Cheftankwart, der mit einem dicken Bündel Geldscheinen herumging, wechselte und gab selbst oder wiederum über seinen Angestellten das Wechselgeld an den Kunden zurück. Für Ihre Dienstleistung erhielten die Angestellten meist ein entsprechendes Trinkgeld, mit dem sie sich den äußerst niedrigen Lohn aufbesserten.

Straßenkinder verdienten sich wenige Pfund, in dem sie Zitronen, Minze oder Taschentücher verkauften oder im zäh fließenden Straßenverkehr mit völlig verschmutzten Lumpen flink die Scheiben der sich langsam bewegenden Autos putzten.

In Zamalek, Mohandessin, Maadi und anderen Stadtteilen, in denen die Wohlhabenden lebten, wurde der Hausmüll, den die Anwohner täglich vor der eigenen

Wohnungstür abstellten, von den Zabaleen abgeholt, den Müllmenschen Kairos.

Diesen Menschen war ich schon bei meinem ersten Besuch in Kairo begegnet, als uns Taxifahrer Nabil durch das Müllviertel von Moqattam kutschiert hatte, um eine Abkürzung zu nehmen. Die Menschen dort lebten im und vom Abfall der anderen. Sie transportierten ihn auf klapprigen Esel- oder Pferdekarren von den Wohngebieten in ihr Viertel, sortierten den Müll und verkauften beispielsweise Plastik zur Weiterverarbeitung an Fabriken in China, die daraus Spielzeug oder andere Billigprodukte herstellen, die, um den Kreislauf zu schließen, in rauen Mengen auch wieder nach Ägypten verkauft wurden. Essensreste verfütterten die meist christlichen Müllmenschen an die Schweine, die sie hielten. So wurde auch noch der letzte Rest vom Rest verwertet. Ich hatte Mitleid mit den Menschen. Sie waren immer schmutzige, dünne Gestalten, die meist in den frühen Morgenstunden, flink von Haus zu Haus unterwegs waren, Abfall einsammelten und stets von einem Geruch nach Müll und Schmutz umgeben waren. Doch für die Müllmenschen gab es meist keine Alternative. Oft waren es Zugezogene, die vor mehreren Jahrzehnten aus den Dörfern auf der Suche nach Arbeit in die Hauptstadt gekommen waren. Mit dieser unangenehmen Arbeit konnten sie ihre Kinder ernähren, das war es, was zählte. Oft gaben sie ihren Beruf an ihre Kinder und Kindeskinder weiter, die schon von klein auf beim Sortieren der Abfälle helfen mussten. So wurde der Beruf des Zabaleen, vom ägyptischen Wort *Zibala*, Müll, von Generation zu Generation weitergegeben. Vielleicht übten die Zabaleen nicht den ehrenvollsten Beruf aus, doch was wäre eine staubige, in Massen Abfall produzierende Großstadt ohne die Menschen, die sie reinigten? Und wie sehr würden die Kairoer Müllmenschen staunen, träfen sie einen tarifbeschäftigen deutschen Stadtreiniger…

Ein Beruf des Dienstleistungssektors war auch der des Bawab.

Dieser war eine Art Hausmeister mit großer Verantwortung, ein in den Häusern der besseren Viertel fest angestellter Dienstleister. Er erhielt von den Bewohnern des Hauses oder des Wohnkomplexes für den er zuständig war, ein Gehalt und hatte im Gegenzug täglich zahlreiche Aufgaben zu erfüllen.

Beginnend mit der Tageszeitung, die er für einige Hausbewohner einkaufte, über die Reinigung von Treppenhaus, Eingangsbereich und Innenhof über die wichtige Aufgabe des täglichen Putzens der Autos der Bewohner. Man sah die Bawabeen daher täglich mit Eimer und Tuch ausgestattet, die Wagen wienern. Auch wiesen sie Fahrzeuge in freie Parkplätze ein oder parkten die Autos höchstpersönlich. Sie kannten die Bewohner, wussten, welche Wohnungen frei und zu vermieten waren oder konnten Wohnungssuchende an Makler vermitteln. Hatte man eine Reparatur zu erledigen, so kannte ein Babwab mit großer Sicherheit einen Klempner, Maler oder konnte andere Handwerker organisieren. Hatte man etwas für den einen oder anderen Bewohner abzugeben, konnte man den Bawab damit beauftragen und er „lieferte" an betreffende Wohnung. Oft wurden die Hausmeister schon für noch im Bau befindliche Objekte eingestellt, um die Arbeiter zu überwachen und zu unterweisen und das leerstehende Gebäude zu bewachen. Hilfe bei all seinen Aufgaben bekam ein Bawab meist von seiner Familie. Oft lebten die Familien in den Rohbauten der Häuser für die sie nach Fertigstellung einmal als Hausmeister arbeiten würden. Die Familien richteten sich auch in unfertigen Häusern nach ihren Möglichkeiten häuslich ein, von der Straße abgeschirmt lediglich durch Decken, Planen oder entfaltete Pappkartons. Das Leben in Ägypten fand meist auf der Straße statt, so dass die Familien die Hütten oder Verschläge nur zum Schlafen nutzten. Gekocht werden konnte auf winzigen Gaskochern vor dem Wohnbereich.

Die Wäsche wedelte an lose gespannten Stricken im Wind, nachdem sie in mühsamer Handwäsche gereinigt worden war. Um die Wohnstatt herum, sah man immer mehrere Kinder, Sommer wie Winter barfuß, die Kleineren oft auch ohne Hose, was die für die armen Familien unerschwinglichen Windeln ersparte, konnten die Kleinen so ihre Notdurft überall dort verrichten, wo sie eben mussten. Die Kinder liefen staubig und schmutzig herum, spielten Fangen und Verstecken wie andere Gleichaltrige auch, sprangen ohne Scheu und ohne Schreckensrufe besorgter Eltern, ob der Gefahr, in den Baugruben umher oder kletterten auf Steinen und anderen Baumaterialien herum. An überstehenden Balken unfertiger Häuser konnten feste Seile gebunden werden, an denen der Nachwuchs schaukelte. Die Kinder machten augenscheinlich einen glücklichen und unbeschwerten Eindruck, selbst wenn dieser nicht über die Tatsache hinwegtäuschen konnte, dass sie in Armut leben mussten, wie unzählige andere Menschen in diesem Land auch.

Oft genug begegneten dem Betrachter Szenen der Familien, die so ein Leben führten. Hatte man sich, längere Zeit in Kairo, an die Bilder bettelnder Kinder gewöhnt, so war es nicht allzu schwer, auch die Familien der Bawabeen als Normalität zu betrachten. Sie waren froh, eine Arbeit zu haben, um für die gesamte Familie sorgen zu können, wenn dies auch oft nur mit dem Nötigsten geschah. Ihr Wohnraum waren armselige Baracken oder staubige Ecken in den Treppenhäusern. Elektrizität wurde vermutlich von bestehenden Stromleitungen der Häuser abgezweigt, damit die Familie in den Abendstunden eine nackte Glühlampe erleuchten konnte, um ein wenig Licht zu haben. Mit dem wenigen Wasser, das sie sparsam nutzten, gingen sie gewiss ähnlich vor und bedienten sich an den Leitungen, die an Hausfassaden außen entlang verliefen und von denen sie auch das Wasser zur Reinigung der Fahrzeuge entnahmen. Hatten wohlhabende Familien, für die ein

Bawab arbeitete, einmal abgetragene Kleidung abzugeben, so wurde diese oft an die bedürftigen Familien weiter gegeben, so dass sie und ihre Kinder hin und wieder mit Kleidung aus zweiter Hand versorgt wurden.

Auch im Ramadan war für die Familien beim wohltätigen *Mahidat Rahman*, der täglichen Armenspeisung an langen Tischen auf Straßen oder entlang der Hauswände, gesorgt, denn sie gehörten zu den Bedürftigen, für die zum Fastenbrechen jeden Tag gekocht und aufgetischt wurde.

Natürlich war es im Dienstleistungs-Paradies Kairo ebenso leicht, einen Handwerker zu finden. Es gab überall Werkstätten, ganz egal welches Problem zu lösen war. Es gab den Installateur, der Dusche und Spülkasten reparierte oder den Gasherd anschloss. Der Elektriker brachte Lampen zum Leuchten und auch Männer zum Möbeltransport und –aufbau waren schnell gefunden. Man ging in besagte Werkstätten oder rief an. Schwieriger war es hingegen gute Handwerker zu finden. Die Maler unserer Wohnung waren jedenfalls rechte Stümper.

Wir waren endlich umgezogen, nach Agouza. Die Wohnung sah etwas ergraut und abgewohnt aus, so dass wir beschlossen, alle Räume zu weißen. Ich hätte auch gern selbst gestrichen, doch davon wollte mein Mann nichts wissen. Warum sollten wir uns selbst die Arbeit machen, es gab doch genügend fähige Maler. Einen Anruf später hatten wir den Maler aufgetan, der schon an der Renovierung unserer ersten Wohnung beteiligt gewesen war. Er kam kurz darauf, sah sich alles an und beauftragte meinen Mann entsprechend der Raumgröße Farbe und Spachtelmasse zur Ausbesserung zu kaufen. Als alles in der Wohnung war konnten der Maler und sein Kollege beginnen. Praktisch war, dass die Männer sich gern in den leeren Wohnungen einquartierten, die sie renovierten. Sie benötigten nicht viel, holten sich

Verpflegung von draußen, schliefen in irgendeiner Ecke und konnten so arbeiten wann immer es ihnen genehm war.

Ich selbst hatte den Fortgang der Arbeiten nicht verfolgen können. Nach meiner Arbeit fuhren wir immer direkt in die alte Wohnung, wo das Packen unserer Habseligkeiten vorangehen musste. Erst, als alles fertig war, ging auch ich in die neue Wohnung, um mir das Werk anzusehen. Ich freute mich an der inzwischen hellen und freundlichen Wohnung, die kaum wiederzuerkennen war, nachdem ich sie einmal in altem Zustand schmutzig und grau gesehen hatte. Doch meine Freude währte nicht lange, als ich genauer hinsah.

Die Maler hatten sich nicht die Mühe gemacht den Fußboden mit Plastikplanen auszulegen. So fanden sich in allen Räumen dicke weiße Kleckse der Farbe, die beim Streichen danebengegangen war. Die Arbeiter hatten die Farbe zwar recht ordentlich auf die Wände gebracht, doch genauso verschmutzt sahen die Böden aus, die ich später mit Spachtel und viel Wasser bearbeiten musste, auch wenn ich nie wirklich alles hatte beseitigen können. Kurioser jedoch waren die zahlreichen Steckdosen. Die Männer hatten die Plastikabdeckungen nicht entfernt, sondern schlicht mit Pinsel darüber gemalt. Dass sie mit der Farbe nicht sparsam umgegangen waren, erlebte ich später beim Versuch, den Stecker des Staubsaugers in die Dose zu stecken. Ich schaffte es nicht, die Löcher waren so voller Farbe, dass es nicht möglich war, die Steckdose zu benutzen. Ich selbst hatte noch selten renoviert, doch auf die simple Idee, Böden abzudecken und Steckdosen abzuschrauben, wäre ich gekommen.

Doch blieb es nicht bei diesem einen Erlebnis. Wundern musste ich mich auch nur anfangs über die Wasserlache, die ständig in der vor mehreren Dekaden eingebauten Badewanne stand, so viel ich auch auswischte und abtrocknete. Schließlich stellte ich fest, dass die eherne Wanne, genau an der dem Abfluss gegenüber liegenden

Seite eine leichte Vertiefung hatte, in der das Wasser nach jeder Nutzung stand und aus der es somit natürlich nicht ablaufen konnte.

Auch ein weiterer Zwischenfall in der Küche ließ mich an manchem Handwerker zweifeln. Als es eines Tages in unserer Küche trotz geöffneten Fensters stark nach Gas roch, waren wir beunruhigt und mein Mann ging los, um ganz in der Nähe den Installateur zu bitten, sich den Gasherd doch einmal anzusehen. Dieser war jedoch unterwegs, um einen Auftrag zu erledigen. Wir warteten einige Stunden, in denen mein Mann immer wieder anrief, doch Herr Mechaniker war immer noch unterwegs. Als er auch am folgenden Tag und mehr als 24 Stunden später nicht bei uns angekommen war, wollten wir schließlich selbst den Grund für den Gasgeruch finden. Und wirklich, wir fanden einen nicht ganz geschlossenen Hahn, aus dem das Gas strömte. Wieder verschlossen war der Gasgeruch verschwunden. Der Gasmann indes war nie bei uns aufgetaucht.

Überprofessionell dagegen war eines Tages der Schlüsseldienst. Eines Tages, ich wollte gerade die Wohnungstür absperren, als sich der Schlüssel nicht mehr abziehen ließ und sich auch sonst keinen Millimeter bewegte. Mein Mann war nicht da, ich kam mit Kind nicht mehr in die Wohnung, also klingelte ich bei unserer mir bis dato völlig unbekannten Nachbarin und versuchte ihr meine Situation zu schildern. Sie bat uns herein und rief den Schlüsseldienst, der versprach in wenigen Minuten zu kommen. Nach über einer Stunde und zwei weiteren Anrufen seitens meiner Nachbarin tauchte endlich jemand auf. Vor uns standen drei Männer, zwei alte und ein junger, letzterer mit einer Werkzeugkiste. Drei Männer für ein einziges Türschloss! Der junge begann sogleich, sich an der Tür zu schaffen zu machen, während die anderen beiden fachsimpelten und mir zu verstehen gaben, dass das Schloss nicht mehr zu retten war und ein neues eingebaut werden müsse. Ich nickte und zwei Minuten später hatte der junge, unter den kritischen Blicken der beiden anderen, das Schloss ausgewechselt und ließ mich nun von innen und außen probieren. Alles funktionierte und der Trupp verabschiedete sich. Gearbeitet hatte nur einer und ich bin sicher dieser hätte den Auftrag auch ohne Begleitung erledigen können.

Die kurioseste Situation mit Handwerkern passierte jedoch nicht mir selbst. Das schier Unglaubliche passierte einer französischen Freundin, die mit ihrem Mann in das gemeinsame Eigenheim in Kairo gezogen war. Der Ehemann, vielbeschäftigt und selten daheim, hatte ebenfalls Handwerker beauftragt, die ihm die letzten kleinen Arbeiten im neuen Haus erledigen sollten.

Er hatte den Herren aufgetragen, Bilder aufzuhängen. Um ihnen die Arbeit zu erleichtern und damit sie die Bilder genau da anbrachten, wo er sie haben wollte, hatte er jedes Bild auf den Boden genau an die Stelle gestellt, an der es befestigt werden sollte. Die Situation war völlig klar, Missverständnisse ausgeschlossen.

Als der Hausbesitzer jedoch am Abend nach Hause kam, fand er seine Bilder zwar genau an den gewünschten Wänden, an Nägeln aufgehängt, doch keineswegs, wie erwartet in Augenhöhe. Nein, die schlauen Handwerker hatten die Bilder genau an den Stellen angehängt, wo sie gestanden hatten, in Kniehöhe. Die Handwerker hatten ganz nach Vorschrift gehandelt, doch dabei leider den Verstand ausgeschaltet.

Vermutlich ließe sich die Liste der helfenden Hände für das tägliche Leben der nicht ganz Armen endlos fortführen mit ähnlich unglaublichen Geschichten.

24

Am *Tahrir-Platz*, gegenüber dem Ägyptischen Museum, stand ein riesiger trister Betonklotz, mit staubgrauer Fassade und hohl wirkenden Fensteraugen - die *Mugamma'a*, das Kairoer Einwohnermeldeamt.

Hierher kam jeder mindestens einmal - meist jedoch öfter - der sich nicht als Tourist im Land aufhielt. Außerdem wurden dort Gewerbe angemeldet - wobei der horizontale Dienstbereich in der sechsten Etage bearbeitet wurde, wie mir mein Mann einmal beiläufig grinsend erklärte. Eine Information, die mir, wenngleich nie benötigt, dennoch immer in Erinnerung blieb.

Auch ich musste irgendwann, als ich länger in Kairo blieb, als die üblichen touristischen zwei bis drei Wochen, in die zweite Etage, um eine befristete Aufenthaltserlaubnis zu beantragen.

Der Tahrir-Platz war stets stark befahrener Verkehrsknotenpunkt und spätestens seit dem Arabischen Frühling, dem Aufbegehren der Gesellschaft gegen die Missstände des Regimes, dem Ursprungsort der Demonstrationen und Aufstände in Ägypten, weltweit ein Begriff. Von dort aus gelangte man beinahe überallhin. Tahrir war einer Sonne ähnlich, auf deren Strahlen sich die Blechlawinen in verschiedene Stadtteile wälzten. Tahrir war riesig. Hier befand sich neben dem wunderbaren Ägyptischen Museum auch die Amerikanische Universität. Tahrir war das Zentrum von *Wust el-Balad*, Downtown, dem kolonialen Mittelpunkt Kairos. Links der Universität, an einem marmornen Vorplatz gelegen, schloss die Mugamma'a auf, verfluchtes und hässliches Amt gigantischen Ausmaßes. Wie viele Angestellte dort beschäftigt waren oder wie viel Papier dort Tag für Tag verbraucht wurde, wie viele Menschen dort ein und aus gingen, Stunde um Stunde,

Tag für Tag, es war nicht abzuschätzen. Es war ein unglaubliches Kommen und Gehen, scheinbar ohne Unterbrechung flossen die Menschen förmlich in das Gebäude und wieder hinaus.

An den Eingängen warteten Sicherheitskräfte, Lichtschranken und Taschenkontrollen wie es vor staatlichen Gebäuden wie Ministerien oder auch Botschaften der Fall war. Dort betrat man den Korridor, in dem sich die Augen erst an die Dunkelheit gewöhnen mussten. Rechts gingen Treppen hinauf in die einzelnen Etagen. Dahinter befanden sich ein winziger Copyshop und ein Fotostübchen, wo fehlende Dokumente abgelichtet und Passbilder gemacht werden konnten. An den Eingängen zu jeder Etage saßen erneut Sicherheitsmänner, Taschen wurden erneut kontrolliert. Erst danach erreichte man die meterlangen Flure, die irgendwann zu einer riesigen Menge Schalter führten. Da das Gebäude nicht blockartig, sondern in einer leichten Rundung gebaut worden war, passierte es mir nicht nur einmal, dass ich falsch abbog, am Ausgang erneut zum Eingang gelangte und noch einmal durch die Kontrollen gehen musste. Von den Gängen direkt am Aufgang zu jeder Etage gingen links mehrere Türen ab. Dort saßen hohe Beamte, betraut mit scheinbar äußerst wichtigen Aufgaben. Bog man am Ende des Gangs rechts ab, so erreichte man Toiletten und Waschräume. Folgte man dem Weg geradeaus ging es vorbei an engmaschig vergitterten Fenstern, die den Blick freigaben auf Vordächer der unteren Etage, auf denen kiloweise Abfall und Schmutz lag. Die Fenstergitter waren schrecklich verstaubt und von Papier und Zigarettenresten verstopft. Ein völlig verwahrloster Anblick, bedachte man, dass überall Reinigungskräfte herumliefen. Doch scheinbar hatten diese - wie des Öfteren in dieser Stadt - den Kampf gegen den Schmutz und Unrat aufgegeben und kümmerten sich nicht mehr um solche Geringfügigkeiten.

Einige Meter weiter wurde für das leibliche Wohl von Angestellten und Kunden gesorgt. Es gab eine Teeküche und Stände mit Snacks. Personal lief geschäftig herum und servierte Tee, Kaffee und kalte Erfrischungen. An einigen Ecken saßen Schuhputzer und warteten auf Kundschaft. Offenbar war von vornherein eine lange Wartezeit einzuplanen. Überall saßen Polizisten und Wachleute. Fast am Ende des Gangs, rechts vorbei an einem runden Zwischenraum, gelangte man endlich zu nummerierten Schaltern, aufgereiht an einem weiteren Gang, hier zuständig für Immigration, Aufenthaltsgenehmigungen und Passangelegenheiten.

Diese zweite Etage war sicherlich die internationalste. Vor den Schaltern drängten sich scheinbar wild durcheinander Menschen verschiedener Nationalitäten. Man stellte sich an den entsprechenden Schalter für europäische, asiatische oder amerikanische Angelegenheiten, wie ausgeschildert und wartete, um sein Anliegen vortragen zu können. Es war voll, immer, und wer nicht anstand saß auf den Schaltern gegenüber aufgestellten Plastikbänken und wartete...

Wegen meiner anfangs mangelnden Arabischkenntnisse begleitete mich mein Mann zur Beantragung der befristeten Aufenthaltserlaubnis, der sogenannten *Iqama*. Wir fragten uns von Schalter zu Schalter durch und gelangten an immer kuriosere Beamte. Eine von ihnen - Fayrooz, so wies ihr Namensschild aus - thronte grell geschminkt mit herausforderndem Blick hinter der Scheibe. Ihre toupierte Frisur wog sich gemächlich bei jeder Kopfbewegung.

Alle Angestellten saßen zwischen hohen Papierstapeln, hier und da, so als hätte man Dokumente wahllos irgendwo abgelegt. Hinter Glas, zwischen eng beieinander stehenden Schreibtischen, drängten sich viel zu viele Personen auf zu wenig Raum, als sei dieses Amt ein Spiegelbild der ganzen Stadt. Später einmal, als ich auch allein hierher kam, sah ich eine Mitarbeiterin im Hintergrund, die wie lustvoll in eine ganze Gurke biss und eine andere, die, an einen Papierstapel gelehnt, ein

Schläfchen hielt. Gegenüber den Fensterchen der Schalter, an einem marmornen Tresen, bekam ich ein Papier ausgehändigt. Da wir anfangs kein Foto mitgebracht hatten, mussten wir zurück in den vollgestopften Laden am Eingangsbereich. Nachdem wir den Fragebogen am für mich vorgesehenen Schalter abgegeben hatten, wurden wir für drei Tage später erneut bestellt. Beim erneuten Termin musste ich meinen Pass abgeben und wurde gebeten, ihn zwei Stunden später wieder abzuholen - mit einer auf 6 Monate befristeten Aufenthaltserlaubnis. Alles war recht problemlos verlaufen und auch bei der Verlängerung auf weitere sechs Monate hatten wir nicht viel mehr Aufwand.

Mehr Lauferei kam jedoch auf uns zu, als wir die Iqama für ganze fünf Jahre beantragen wollten. Ich würde länger in Ägypten bleiben und nur hin und wieder das Land verlassen, so dass sich die Aufenthaltserlaubnis für längere Zeit lohnte.

Das Ausfüllen des uns bekannten Formulars reichte inzwischen lang nicht mehr aus. Wichtig war jetzt unsere in Deutschland geschlossene Ehe. Die Heiratsurkunde hatten wir schon übersetzen lassen - ein Schritt voraus. Doch leider war dies nur ein sehr kleiner, denn es fehlten die immer und überall obligatorischen Stempel. Für diese mussten wir zum *Shahr al-Alkari*, dem ägyptischen Standesamt, um die Ehe auch in Ägypten legalisieren zu lassen. Dort wurde aber festgestellt, dass ein Stempel der Deutschen Botschaft fehlte. Auf der Botschaft jedoch wurde uns bestätigt, dass geforderter Stempel eben doch schon auf dem Formular vorhanden sei... Ratlosigkeit unsererseits. Sollten wir es riskieren, den weiten Weg zum Standesamt zurückzulegen, mit der Bestätigung der Deutschen Botschaft, dass geforderter Stempel doch vorhanden war? Was, wenn sie uns erneut zurückschickten, immerhin lagen Deutsche Botschaft und Standesamt in verschiedenen Stadtteilen. Die Fahrtzeit, hin und zurück, würde mehrere Stunden dauern... Wir wollten nicht unverrichteter Dinge zum Standesamt zurück, so dass mein Mann der ägyptischen Sachbearbeiterin an der Botschaft mit Engelszungen erklärte, sie solle doch zur Sicherheit das Dokument noch ein weiteres Mal stempeln, damit wir zuerst beim Standesamt und später in der Mugamma'a Erfolg hätten und nicht zur Botschaft zurückkehren müssten. Nach einem weiteren Hinweis der Botschaftsmitarbeiterin, dass geforderter Stempel schon vorhanden sei, bekamen wir ihn dennoch ein zweites Mal, auch wenn ich bis heute nicht weiß, wie mein Mann dies ausgehandelt hatte.

Mit dem wichtigen zusätzlichen Stempel, bekamen wir auf dem Standesamt den benötigten Beglaubigungsstempel. Nun war unsere Ehe in Ägypten anerkannt und wir konnten zurück zur Mugamma'a fahren, um weiter am eigentlichen Vorhaben, der Aufenthaltsgenehmigung, zu arbeiten... Alle Wege zu den Ämtern mussten wir, verhindert durch unterschiedliche Öffnungszeiten, die mit der Arbeit und der Zeit für unser Kind kollidierten, auf mehrere Tage mit diversen Unterbrechungen verteilen. Es war wie in einem schlechten Film, auch wenn mich die diffuse Bürokratie nicht wirklich verwunderte.

Erneut auf der Mugamma'a wurde bekanntes Formular ausgefüllt. Mein Mann musste sich erneut ins Gewirr der Gänge und begeben, um Marken zu kaufen, die er wieder an einem anderen Schalter erhielt. Weniger Tage später sollten wir wieder kommen.

Aus den wenigen Tagen wurden Wochen, der vielen anderen Erledigungen und für uns falscher Öffnungszeiten geschuldet. Irgendwann machte ich mich auf, um doch endlich einmal nach meiner Iqama zu fragen - diesmal allein.

Eine junge, arrogant wirkende Mitarbeiterin fragte mich wenig später, als ich an Ihrem Schalter stand, ob ich Muslima sei und die Shahada, das islamische Glaubensbekenntnis aufsagen könne. Ich verneinte, war ich doch keine Muslima, obwohl mir die Shahada sehr wohl flüssig über die Lippen gekommen wäre... Ich erklärte ihr stattdessen, dass man doch im Herzen gläubig sein sollte und nicht nach außen, vor den Menschen. Meine Antwort schien sie nicht zufrieden zu stellen, doch sie hielt den Mund. Stattdessen antwortete mir ein älterer Herr in holprigem Englisch, ich könne in drei Tagen wiederkommen.

Wieder vergingen einige Tage bis ich mich noch einmal allein auf den Weg machte, um endlich das begehrte Papier abzuholen. An einem heißen Tag im Juni - es war die Hochsaison der Panik um die Schweinegrippe und man hatte die ersten Verdachtsfälle der Krankheit im Kairoer Wohnheim der Amerikanischen Universität bestätigt - betrat ich die Mugamma'a erneut und wie ich hoffte zum letzten Mal.

Neben Zamalek, dem Stadtteil in dem sich das Wohnheim der erkrankten Studenten befand, trug man nun auch vereinzelt vor und in der Behörde weißen Mundschutz. Mir machte die Grippe keine Angst, erst beim Betreten des grauen Gebäudes überkam mich ein mulmiges Gefühl, schließlich wurde geraten, große Menschenansammlungen zu meiden. Eine Vorkehrung, die zu treffen in einer der bevölkerungsreichsten Städte nahezu unmöglich war. Doch ich ging hinein, stand doch ein Besuch daheim in Deutschland kurz bevor, vor dem ich die Aufenthaltserlaubnis gern in meinem Reisepass haben wollte, um mit den ständigen Gängen zur Behörde endlich abzuschließen zu können.

Ich traf auf dieselbe junge Beamtin, die mir bei meinem letzten Besuch die Shahada hatte entlocken wollen. Nachdem ich mein Anliegen vorgetragen hatte, wühlte sie sichtlich genervt in einem Schrank, um mein Formular herauszusuchen. Sie forderte mich auf, noch gut zweihundert Pfund zu zahlen, da ich bisher nur die acht Pfund Gebühren für die Marken entrichtet hatte. Mich wunderte das Fehlen des Betrages, hatte ich doch meinen Mann bei der Beantragung ständig mit Geld hantieren sehen, doch ich zahlte den fälligen Betrag und wurde nochmals aufgefordert, meinen Pass nach zwei Stunden abzuholen.

Stunden später kam ich zurück und steuerte nun zielstrebig auf den mir inzwischen bekannten Schalter zu. Ohne viele Worte wurde mir mein Pass gereicht und nach einigem Blättern fand ich was ich suchte: die Aufenthaltserlaubnis für fünf Jahre!

Als ich später meinen Mann wiedertraf, fragte ich ihn, ob er sich nicht erinnern konnte, ob wir die hohe Gebühr nicht doch schon entrichtet hatten, doch er sagte ganz ruhig: „Sicher nicht, die Leute arbeiten für die Regierung, die werden uns nicht belügen!" Er wusste gar nicht, wie Recht und gleichzeitig Unrecht er mit diesem Satz hatte.

25

Mitten im Umzugschaos, zwischen neuer und alter Wohnung, erreichte uns ein Anruf von Hamdys Familie: seine ältere Schwester Nagat lag erneut wegen Herzproblemen im Krankenhaus. Wir wussten, um ihren Zustand, mit dem sie mal besser, mal schlechter zurechtkam. Sie lebte fast normal mit ihrer Schwäche, musste täglich Medikamente nehmen und hin und wieder zur Kontrolle zum Arzt. Dieses Mal jedoch ging es ihr schlechter, so dass ein Krankenhausaufenthalt nötig geworden war. Mit weiteren Familienmitgliedern im Schlepptau, Nisma, die älteste Schwester und deren Tochter mit Kindern, fuhren wir zum Besuch.

Ich wusste, dass es in Kairo neben den staatlichen Krankenhäusern, die für alle Gesellschaftsschichten zugänglich und meist sehr preiswert waren, auch private, teilweise ausländisch geführte moderne Kliniken gab, deren Standard durchaus mit dem deutscher Krankenhäuser mithalten konnte. Einen sehr erfreulichen Anblick bot beispielsweise das Nada Hospital im Stadtteil *Manial*. Dort, in einer eher unscheinbaren Seitenstraße, gab es eine hochmoderne Geburtsstation, auf der man je nach eigenem Vermögen zwischen verschiedenen Zimmerkategorien wählen konnte. Ich war im Nada gewesen, als ich meine deutsche Freundin nach der Geburt ihres Sohnes dort besucht hatte. Ihr Zimmer war mittlere Kategorie, doch sehr modern und sauber eingerichtet mit Sofaecke und eigenem Badezimmer. Ärzte und Schwestern sprachen Englisch. Hier konnte man angenehm ein Kind zur Welt bringen. Zwischen den Krankenhäusern der Oberschicht und den Hospitälern der armen Bevölkerung lagen Welten und die meisten Ägypterinnen würden von einer solch luxuriösen Geburtsstation, wie der des Nada oder anderen mit gleichem Standard natürlich nur träumen. Auch meine

Schwiegerfamilie gehörte nicht zur Oberschicht, so dass sich Nagat wohl nie ein privates Krankenhaus hätte leisten können. So blieb eines der staatlichen Häuser, die für die Bevölkerung erschwinglich waren und dennoch mit gut ausgebildetem Personal aufwarten konnten, so die Aussage meines Mannes. Vielleicht war „gut ausgebildet" ein subjektiver Begriff und die besseren Ärzte gab es mit Sicherheit in den privaten Kliniken, doch ich war sicher, dass auch die Ärzte in den staatlichen Häusern mit viel Idealismus ihr Bestes taten, die Kranken nach all ihren Möglichkeiten zu behandeln, wenngleich mit einem deutlich niedrigeren Gehalt, als ihre privaten Kollegen.

Von außen machte das Krankenhaus „Demerdash" für Kairoer Verhältnisse einen recht akzeptablen Eindruck, vielleicht da ich mit schlimmerem gerechnet hatte. Es war ein großer sandfarbener Gebäudekomplex, umgeben von einigen kargen Grünanlagen, in denen sich wartende Menschen aufhielten. Überall saßen sie in Gruppen, viele hatten ein Picknick vor sich und schienen sich auf mehrstündiges Warten eingestellt zu haben. Man saß auf Decken oder Steinvorsprüngen und harrte aus, ob auf die eigene Untersuchung oder den Besuch bei erkrankten Verwandten wartend.

Wir erfragten uns den Weg zur Kardiologie und erreichten einen schmalen Eingang. Im Inneren sah das Gebäude gar nicht mehr wie ein Krankenhaus aus, sondern ähnelte viel mehr einem schäbigen, abgenutzten Wohnhaus. Das Treppenhaus war grau und schmutzig. Durch kleine Fenster zwischen den Etagen schien nur wenig Tageslicht.

Wir stiegen mehrere Etagen zum Zimmer meiner Schwägerin hinauf, im Schlepptau noch immer die Schwägerin, ihre beiden Töchter und mindestens zwei ihrer Kinder. Als wir die richtige Etage erreicht hatten, betraten wir einen meterlangen Gang, ebenso grau und abgenutzt, wie das Treppenhaus, von dem links und rechts die Türen zu den Zimmern abgingen. Noch immer war ich gefasst, mit dem Wissen im Hinterkopf, dass das, was ich hier sah und was nicht im Entferntesten an ein Krankenhaus erinnerte, hier völlig normal war.

Als ich jedoch das Zimmer betrat, in dem Nagat lag, hätte ich am liebsten kehrt gemacht und wäre hinaus gelaufen. Wir standen in einem großen Raum, ebenfalls grau, jedoch lichtdurchflutet dank der riesigen Fenster durch die das Sonnenlicht fiel. Mit meinem Sohn auf dem Arm trat ich langsam hinter Mann und Schwägerin in den Raum und blickte auf zehn Krankenbetten, jeweils fünf zu jeder Seite. Rechts der Tür, nur teilweise durch einen schäbigen Kunststoffvorhang verdeckt, sah ich ein Waschbecken. Eine Gemeinschaftstoilette befand sich vermutlich irgendwo auf dem Gang. Über der Tür waren kleine Schrankfächer angebracht, Kleiderschränke, für die persönlichen Habseligkeiten der Kranken gab es, doch die schmalen Spinde würden niemals für alle im Raum befindlichen Kranken ausreichen. Alle zehn Betten waren belegt. In einem, schräg gegenüber meiner Schwägerin, sah ich eine junge Frau, scheinbar mehr tot als lebendig. Sie war vermutlich schwer lungenkrank und wurde über einen Schlauch in der Nase beatmet. Sie nickte immer wieder ein und war sichtlich schwach und bleich. Ich versuchte, sie nicht ständig anzusehen, doch mein Blick blieb immer wieder an ihr hängen. Wie lange lag sie dort schon? Wie lange würde sie dort noch liegen? Meine Gedanken schweiften ab...

Nagat hatte das große Glück, eines der Betten direkt am Fenster belegt zu haben, so dass sie etwas frische Luft bekam. Ihre Bettdecken schienen die Kranken selbst mitgebracht zu haben, denn man sah die typischen derben Wolldecken der Armen, grobgewebte, in dunklen Farben gehaltene schwere Wolldecken, die auf den meisten Betten lagen. Eine Krankenhausküche gab es vermutlich nicht, denn die Angehörigen brachten für ihre Kranken das Essen mit. So standen auf Bettkanten, Fensterbrettern und einem im Mittelgang befindlichen fahrbaren Tisch zahlreiche Plastikboxen und

Aluminiumteller mit Resten, die nach Foul oder Nudeln in Tomatensoße aussahen. Natürlich hatte unsere Familie auch Nagat nicht vergessen und Azza, die jüngere Schwester, war gerade dabei, die mitgebrachten Essensreste wieder in den Schalen zu verstauen oder ihrem Sohn noch den einen oder anderen Happen in den Mund zu schieben.

Nagats Bett war bei unserem Eintreten nur an den umstehenden Verwandten zu erkennen gewesen. Es hatten sich geschätzte fünfzehn Personen an diesem Tag auf den weiten Weg gemacht, um sie zu besuchen. Mann und Tochter standen am Kopfende, tätschelten ihre Hand oder brachten die Bettdecke über ihrem schwachen Körper in Form. Schwestern, Brüder und deren Kinder standen um sie herum, redeten, gaben gute Ratschläge und wollten Nagat seelischen Beistand leisten. Wir waren als letzte angekommen und hatten uns unter das Fenster am Mittelgang auf eine grobe Holzbank gesetzt. Mein Sohn, der inzwischen gut und sicher laufen konnte, wurde, nachdem ihn alle freudig begrüßt hatten, von seinen Cousins und Cousinen in Beschlag genommen. Die Kinder kletterten unter dem metallenen Tisch hindurch und krochen auf allen Vieren auf dem Boden herum, bevor sie auf dem breiten Gang vor dem Zimmer hin- und herliefen. Es war nicht ersichtlich, wann der abgeschabte Linoleumboden ein letztes Mal geputzt worden war und ich wünschte mir in diesem Moment - ganz in Sorge um mein Kind - ein feuchtes Tuch herbei, mit dem ich ihm die Hände abwischen könnte. Dass unzählige Füße diesen Boden schon betreten hatten, war nicht das Schlimmste, doch wenn ich mich umsah, konnte ich Krankheit und Armut riechen und den Schmutz, der in Kairo so allgegenwärtig war. Doch mein Sohn genoss die Anwesenheit seiner kleinen Cousins und das Spiel mit ihnen, so dass ich versuchte, nicht an all die Keime zu denken, die hier lauerten. Ein wenig ägyptische Gelassenheit hatte ich inzwischen angenommen.

Zwei Betten neben Nagat hatte eine weitere Frau zahlreichen Besuch. Verwandte, einschließlich kleiner Kinder, saßen und standen um die alte Frau herum. Die Kleinen kletterten auf das Bett oder neckten einander mit lauten, hohen Stimmen. Einige Männer neben ihr redeten hektisch und zu laut aufeinander ein und gestikulierten wild. Gegen die Familie dieser Frau erschien mir meine eigene gerade fast still meditierend, obwohl auch diese sich energisch unterhielt. Nagat fühlte sich schwach und lag zeitweise teilnahmslos da, wurde später während unseres Besuchs mit einem Rollstuhl zu einer kurzen Untersuchung abgeholt und ebenso schwach wieder zurück in ihr Bett gebracht. Dass ein Kranker auch einmal Ruhe benötigt und nicht ständig von Verwandtschaft umringt sein muss, schien hier niemand zu wissen. Die Familie war das Wichtigste und man ließ einander in schlechten Zeiten nicht allein. Im Grunde ein guter und angenehmer Gedanke, dass niemand in Freud oder Leid verlassen war, doch bei den Mengen an Besuch, die sich in diesem Zimmer aufhielten, würde ich persönlich nicht genesen können.

Nach einer gefühlten Ewigkeit in diesem deprimierenden Raum, machten sich die meisten Verwandten Nagats auf den Heimweg. Ich war erleichtert, als wir das Haus mit den düsteren Gängen verließen. Mein Mann schien meine Gedanken zu erraten und raunte mir zu: „Das ist noch nicht einmal das schlechteste Krankenhaus und die Ärzte sind sehr gut!"

In diesem Moment konnte ich mir nicht vorstellen, dass es einen noch schlimmeren Ort für Kranke geben konnte, als diesen, doch ich wusste - dafür war ich schon lange genug in Kairo - dass es weit schlimmeres geben musste. Ganz sicher gab es in dieser Stadt andere, noch viel ärmere Gegenden mit schlimmeren Bedingungen in Krankenhäusern, weniger gut ausgebildetem Personal, das Kranke versorgte, Krankenhäuser mit weniger zur Verfügung stehenden Medikamenten, Verbandmaterialien und Nahrungsmitteln.

Nagat im Demerdash-Krankenhaus konnte sich vermutlich glücklich schätzen, dort behandelt zu werden, auch wenn das Hospital in meinen Augen schon ein düsterer, schrecklicher Ort war, erst Recht, wenn man gesund werden wollte.

Je weiter wir uns von Krankheit und Leid entfernten, desto mehr dachte ich an die angenehme Atmosphäre im Klinikum meiner Heimatstadt, einem Ort wie viele in Deutschland, wo man wirklich gesund werden konnte. Ich schwor mir, nie wieder das deutsche Gesundheitssystem zu beanstanden, denn ich wusste, wie privilegiert mein Leben dort immer gewesen war.

Dagegen konnte ich mich über die ärztliche Behandlung meiner beiden Kinder in Kairo nie beschweren. Wir hatten für Vorsorgeuntersuchungen und benötigte Impfungen immer sehr gute Praxen gefunden. Oft sprachen die Ärzte auch Englisch, so dass sie mir sämtliche Behandlungsschritte erklären konnten und mein Mann nicht übersetzen musste. Wir fühlten uns immer sehr gut aufgehoben und versorgt.

Da auf Impfungen in Ägypten sehr viel Wert gelegt wird, bekamen beide Kinder auch die benötigten Immunisierungen, genauso wie auch in Deutschland üblich. Die Praxen, die wir wählten, waren sauber, das Personal freundlich und sehr gut ausgebildet. Dort erhielten beide Kinder die beste Behandlung, die sich von der in Deutschland kaum unterschied. Wir ließen beide Kinder wiegen und messen, es fehlte nichts. Dennoch vermisste ich die uns bekannten Kinderärzte in Deutschland und mich überkam erneut Wehmut... Alles, was ich mit Deutschland vergleichen konnte und in Verbindung brachte, stimmte mich traurig. Während der Augenblicke, in denen mich die Betrübnis beschlich, sah ich nur das Schlechte an Ägypten und dagegen das Gute an Deutschland. Dann erschien mir mein Leben in Kairo so freudlos und schwer, wohingegen es in meiner Heimat froh und glücklich gewesen wäre, besonders zu einer Zeit voller Veränderung, als ich jung Mutter geworden war. Die Freudlosigkeit kam immer wieder, öfters und stetiger, wie ein ungebetener Gast. Ich konnte nichts dagegen tun. Anfangs gelang es mir noch, in Momenten der Traurigkeit, mir die schönen Seiten an meinem Leben in Ägypten vor Augen zu führen, doch auch dies wurde immer schwerer. Ich sah an Kairo immer weniger Schönheit. Die graue Stadt wurde in meinem Kopf und Herzen immer noch trostloser.

Und da war er wieder: der heimliche, still gedachte Wunsch einer Rückkehr nach Deutschland, mein Heimweh nach meinem Geburtsland. Ich hatte in Kairo eine liebevolle Großfamilie, doch immer wieder fühlte ich mich nicht ganz angekommen in diesem Land. Der Besuch im Krankenhaus zeigte mir erneut, wie viel ich doch dort vermisste.

≈≈≈≈≈

Nun, sie war eine schlanke Ägypterin, prächtig geformt, aufrecht, wie der Buchstabe Alpha, mit babylonischen Augen, mit Haar so schwarz wie die Nacht, und die Haut so weiß wie Silber in der Mine oder wie eine geschälte Mandel. Sie war so schön und so strahlend in ihrem dunklen Gewand, dass man sie für den Sommermond in einer Winternacht halten könnte. Nach alledem, wie konnte sie da nicht Brüste wie weißes Elfenbein, einen wohlgeformten Bauch, herrliche Schenkel und einen Hintern wie weiche Kissen haben…

Tausendundeine Nacht, 669. Nacht, Geschichte der jungen Nour

≈≈≈≈≈

26

Wie lebte man als junger Mensch in einem muslimischen Land?

Wie ungezwungen, frei und offen waren die Jugendlichen in Ägypten, einem Land der Armut und Hoffnungslosigkeit, aber auch der reichen Geschichte und Jahrtausende alten Kultur und Zivilisation? Wie erlebten Jugendliche eine Gesellschaft, in der sich Frauen verschleierten und man zwar im privaten Kreis über Sexualität sprach, diese aber gewöhnlich erst in einer Ehe erfuhr? Wie fühlten sie sich in einer Heimat, in der auf dem Land noch immer Ehen arrangiert wurden und sich Heiratswillige nur flüchtig kennen lernten? Was waren die Freuden, Sorgen und Leiden der jungen Menschen? Immer wieder stellte ich mir diese Frage, wenn ich die Heranwachsenden der Familie traf.

Im Laufe der Zeit, mit einem tieferen Einblick in Kultur und Gesellschaft des Landes, stellte ich mir andere, tiefer gehende Fragen über meine Mitmenschen auf Zeit. Mein Blick wandelte sich, ich schaffte es nach und nach, hinter Augen und Köpfe zu schauen und so ein wenig über die junge ägyptische Generation zu lernen. Meine Herkunft und mein persönlicher und kultureller Hintergrund waren wahrlich andere, als die der Menschen hier und daher war es spannend für mich zu erleben, wie die Jugendlichen in Ägypten lebten, fühlten und dachten. Ich hatte Nichten und Neffen heranwachsen sehen und durfte ein Stück ihres Lebens mit ihnen gehen.

Eine von ihnen war meine Nichte Sara. Ich traf sie das erste Mal, als sie ungefähr acht Jahre alt war. Die Familie meines Mannes stammte aus Alt-Kairo, dem alten Stadtkern, der den berühmten Basar Khan el-Khalili umschloss. Mehr ursprüngliches Kairo war nicht möglich. Inzwischen lebte Sara jedoch in Mansheya, einem

Armenviertel zwischen der Zitadelle und dem Neubaugebiet Madinat Nasr. Die Straßen waren ungepflastert, zu viele Menschen drängten sich auf zu engem Raum. Es war immer laut, voll und staubig. Saras Mutter, Hamdys ältere Schwester Nagat, war Besitzerin eines kleinen Frisiersalons im Untergeschoss ihres Wohnhauses. Dort lebte auch Nisma, die älteste Schwester mit einem Teil der Familie. Sara war die zweite Tochter ihrer Eltern. Sie träumte von einem anderen Leben, einer anderen Wohngegend, doch die Familie würde nicht umziehen. In der Schule war sie fleißig und kam gut mit. Sie bemühte sich besonders in Englisch sehr, denn die Fremdsprache ließ sie das Gefühl der weiten Welt ein wenig spüren. Doch seit ich sie kannte unterstützte sie auch immer ihre Mutter, wenn diese Hilfe brauchte. Sie hatte früh gelernt zu kochen und bewirtete Gäste aufopferungsvoll und freundlich. Sie hielt das Haus sauber, kaufte ein oder half ihrer Mutter im Laden, wenn die Kundinnen beispielsweise eine Gesichtsenthaarung mit *Fatla* wünschten, einem zusammengelegten Bindfaden, der mit flinken, gleichmäßigen Handbewegungen schnell über das Gesicht gezwirbelt wurde und so nach und nach die feinen Härchen entfernte. Sara hatte die Behandlung schon mit elf Jahren beinahe so perfekt erledigen können wie ihre Mutter. Eine ihrer Tanten väterlicherseits lebte in Amerika und sie hatte Sara eingeladen, sie zu besuchen, bei ihr zu wohnen und in Amerika sogar zu studieren, wenn sie dies wollte. Sara erzählte mir die Geschichte ihrer Tante im Ausland nicht ohne Stolz und wollte sie so gern besuchen.

Doch Amerika war eine so ganz andere Welt für Sara, von der sie zu wenige Vorstellungen hatte. Sie, die Ägypten noch niemals verlassen hatte, wie würde sie dort glücklich sein?

Als sie mir von ihren Plänen erzählte, erwähnte sie jedoch auch gleich beiläufig, wieviel Heimweh sie haben würde, wenn sie ginge. Ihre Mutter würde ihr fehlen, die ganze

Familie, wie sehr würde Sara sie alle vermissen. Vielleicht wären ihre schulischen Leistungen in ein paar Jahren gut genug, um im Ausland zu studieren, doch Sara liebte ihre Familie und vermutlich würde sie diese nicht verlassen wollen. Sara war Fremden gegenüber fast scheu. Nur innerhalb ihrer großen Familie war sie offen und witzig, diskutierte und stritt, ja wenn sie besonders guter Laune war, tanzte sie auch im Kreise ihrer Lieben zu arabischer Popmusik. Wie die meisten Araber liebte auch Sara Kinder und kümmerte sich liebevoll um Cousinen, Neffen und Nichten. Irgendwann, in naher Zukunft würde auch Sara heiraten. Ihre Mutter hatte schon Bewerber kennen gelernt, die zuerst ihre eigenen Mütter zu ihr schickten, damit diese stellvertretend um Saras Hand anhielten. Einer der Jungen, ein paar Jahre älter als Sara, hatte es dann auch werden sollen. Er war eine gute Partie und die Familien besprachen schon die Formalitäten, unter der von Saras Eltern geforderten Bedingung, man möge noch die Jahre abwarten, bis Sara ihre Schule beendet und einen Abschluss gemacht hatte. Die Familie des potentiellen Bräutigams war einverstanden und er würde auf seine Zukünftige warten. Doch zu einer Ehe sollte es nicht kommen - Saras Eltern machten einen Rückzieher; sie waren sich bei dem jungen Mann und seiner Familie nicht mehr sicher, als Vereinbarungen auf deren Seite nicht eingehalten wurden oder sich seine Eltern aus der Verantwortung stahlen. Als ich von den geplatzten Verlobungsplänen erfuhr war ich um Saras Willen ein wenig erleichtert. Natürlich würde sie heiraten, sicher auch einen Mann, den sie zusammen mit ihren Eltern ausgewählt hatte. In ihrer Kultur war es normal, dass die Eltern bei der Auswahl des Partners ein Mitspracherecht hatten. Doch warum sollte Sara sich mit nicht einmal sechzehn Jahren schon an einen Mann binden? Warum sollte sie nicht zuerst ihre Schule beenden, eine Ausbildung machen und dann ans Heiraten denken? Selbst dann wäre sie mit Anfang zwanzig jung genug, den Schritt in die Ehe zu gehen. Doch dann konnte auch sie arbeiten gehen, vielleicht einem Beruf nachgehen, den sie gern mochte, der ihr Spaß machte und den sie gut mit den Pflichten als Mutter, Haus- und Ehefrau verbinden konnte. Ich wünschte ihr, dass sie arbeiten gehen durfte, hoffte dabei auf ihre Eltern, die beide viel arbeiteten und besonders auf ihre Mutter, die eine so starke Frau war, im Leben, im Beruf und auch als Mutter. Ich wünschte Sara, dass sie sich ihre Mutter als Vorbild nahm, denn dann konnte und würde sie ihre Chancen nutzen, um vielleicht nicht nur Hausfrau und Mutter, sondern auch im Beruf erfolgreich zu sein.

Wenige Jahre später hatte Sara ihre Schule fast beendet und war vom ersten großen Liebeskummer nicht verschont geblieben. Wieder hatte es einen ernsthaften Bewerber gegeben. Ich hörte aus Kairo, wie ernst zwischen den Eltern der beiden jungen Leute verhandelt worden war. Zäh wurde die Zukunft besprochen, die Mitgift vereinbart und die Wohnungseinrichtung geplant. Die Hochzeit war organisiert, vieles war vorbereitet. Ich freute mich für Sara, die mir so sehr am Herzen lag, denn Hassan, ihr zukünftiger Ehemann schien ein anständiger und fleißiger junger Mann zu sein. Doch plötzlich die Nachricht: Sara und Hassan hatten sich getrennt. Es ging angeblich erneut um nicht eingehaltene Abmachungen, um ihr Geld für die von ihm ausgesuchte Wohnung… Eine Hochzeit würde es nicht geben! Welches Unglück, schon zum zweiten Mal!

Kurz nach der Trennung der Beiden hatte ich bei unserem Wiedersehen nach über drei Jahren, Gelegenheit, selbst mit Sara zu sprechen. In ihrer Version der Ereignisse ging es jedoch nicht um Geld oder irgendeine Wohnung, es ging schlicht um Gefühle. Hassan hatte zu sehr unter der Kontrolle von Mutter und Schwestern gestanden. Er ließ die Frauen in seiner Familie über ihn bestimmen und für ihn entscheiden. Ihr Einfluss auf den jungen Mann war so stark, dass er sich leider sogar in seine Gefühle zu Sara hineinreden ließ. Mutter und Schwestern beeinflussten ihn und am Ende stand er auf der Seite seiner Mutter, nicht auf der seiner

Verlobten. Ich konnte Sara so gut verstehen. Was war ein Mann wert - bei allem Respekt vor der großen Hingabe der Araber zu ihren Familien - der nicht zu seiner Frau stand und sich derart in sein eigenes Leben hineinreden ließ? Wären beide verheiratet, so beschwor ich sie, als sie sich mir anvertraute, würde all das vermutlich schlimmer werden, Sara würde ihrer Schwiegermutter nie etwas Recht machen können. Er würde immer in irgendeiner Form unter der Kandare seiner Familie stehen, sagte ich ihr unverblümt. Sie würden immer etwas finden, was ihnen an ihr, Sara, nicht passte, hätten stets Beiträge zu ihrem Leben, zu ihrem Haushalt, der Kindererziehung oder der Art, wie Sara ihren Ehemann und damit den Sohn und Bruder verpflegte. Ja, es war doch sogar besser, dass dieses sein Verhalten noch vor der Heirat offenbar wurde, so hatte Sara noch rechtzeitig die Notbremse ziehen und Hassan verlassen können. Sie nickte schweigend, mit traurigen Augen, stimmte mir aber zu. Es war eine traurige Geschichte, so viele Gefühle waren zwischen den beiden Liebenden gewesen. Doch sie waren nicht groß genug, dass sich Hassan gegen seine Mutter hatte stellen und zu seiner zukünftigen Frau stehen wollte. Der Verlust wog schwer, Sara war tieftraurig, doch ihre große Familie fing sie auf. Da waren sie wieder, die tiefen Bande der Familie, die auch eine Beziehung nicht trennen konnte. Hassans Familienbande waren zu stark, um sich zu lösen, Saras Familienbande waren wiederum stark genug, damit sie aufgefangen werden konnte.

Dabei war die Trennung von Hassan nicht der einzige Verlust, den Sara in diesen Tagen zu tragen hatte. Kurz nach der Trennung verstarb plötzlich ihr eigener geliebter Vater Fawzy. Er war krank gewesen, doch dass er so schnell von Frau und Kindern gehen würde, war unbegreiflich. Der Tod des Vaters, Mannes und Großvaters stürzte die ganze Familie in Trauer und Erstarrung. Nagat trauerte um den schweren Verlust ihrer großen Liebe, die beiden Töchter Sara und Rehab um den Vater. Fawzys Tod riss eine große Lücke in die Familie. Doch dass das Leben weiterging, zeigte sich kurz nach Fawzys Tod, als seine ältere Tochter Rehab ihr viertes Kind zur Welt brachte - eine Schwester für die drei Enkel, die Fawzy so sehr geliebt hatte... Wieder einmal bewahrheitete es sich, dass ein Leben zu Ende ging, wenn ein neues begann.

Und nach all der Trauer um ihren geliebten Vater erhellte sich auch Saras Leben wieder. Aus Familienkreisen hörte ich kurze Zeit später, dass Sara und Hassan es nach einer langen Aussprache noch einmal miteinander versuchen wollten. Ich wünschte Sara nur, dass er es nicht schaffte, ihr ein zweites Mal wehzutun.

Die Probleme der ägyptischen Jugendlichen waren die aller jungen Menschen auf der Welt. Sie hatten mit Freuden, Kummer, Sorgen und Zukunftsängsten zu kämpfen, mussten im Leben Prüfungen bestehen. Sie mussten in ihrer Welt, in ihrer Gesellschaft, erwachsen werden, lachten und weinten und konnten, mit Fleiß und Unterstützung einer starken Familie hinter sich, so viel schaffen. Viel zu erreichen und ein glückliches Leben zu haben war auch, was ich mir von Herzen für Sara wünschte, meine herzensgute Nichte, die so voller Freundlichkeit, Energie und Wissen steckte. Sie war in bescheidenen Verhältnissen aufgewachsen und verdiente für ihre Jugend und ihr weiteres Erwachsenwerden nur das Beste.

Auf der anderen, der betuchteren Seite der Gesellschaft, standen die Geschwister Tarek, Mazen und Noura. Ihre Mutter war eine Bekannte meines Mannes. Sie lebten in Mohandessin in einer großen, teuren Wohnung. Noura ging, als ich die drei vor mehreren Jahren das letzte Mal gesehen hatte, noch zur Schule, Mazen befand sich gerade in der Ausbildung, die sein älterer Bruder Tarek schon beendet hatte. Der Vater der drei lebte nicht in der Familie und ich konnte nie herausfinden, wo sich dieser befand, vermutlich jedoch im reicheren Ausland, vielleicht in Saudi-Arabien oder den Golfstaaten. Die ganze Familie war sehr höflich und, wie es die Ägypter sind, wunderbar gastfreundlich. Wir wurden stets üppig bewirtet und man ließ es Gästen an nichts fehlen. Noura war in der Schule sehr fleißig. Sie sprach fließend Englisch, etwas Französisch und bekam bei Bedarf private Nachhilfestunden. Sie hatte viele Freundinnen und auch ihre Brüder hatten ein großes soziales Umfeld.

Doch ihre Welt spielte sich fast ausschließlich in den eigenen vier Wänden ab. In der Wohnung liefen Tag und Nacht mindestens drei Fernseher, meist gleichzeitig, ohne dass jedoch die Computer ausgeschaltet wurden. Die Klimaanlage lief stetig so sehr auf Hochtouren, dass man selbst im Hochsommer nach einer Weile fröstelnd das Wohnzimmer verlassen musste. Stundenlang wurden Computerspiele gespielt, Musik geladen oder sie trieben sich in diversen Communities herum. Da schien für den Gang zum Sport oder in ein Café keine Zeit. Die ganze Familie schlief, wenn möglich, tagsüber, irgendwann am Abend begannen die Aktivitäten: Computerspiele oder Fernsehen, Freunde dazu einladen und daheim die Nacht zum Tag machen, um dann im Morgengrauen wieder ins Bett zu gehen. Was für ein Leben, so träge, dass es sich nur in der Wohnung abspielte?

Inzwischen hatte sich Tarek verlobt. Er schien schwer verliebt in seine Freundin aus Hurghada und sie planten zu heiraten, um dann in eine gemeinsame Wohnung zu ziehen, eine, die seiner Familie bereits gehörte und ihm und seiner Braut zur Verfügung gestellt wurde. Doch wie wollte ein junger Mann, der bisher immer von seiner Mutter umsorgt worden war und der seine gesamte Freizeit Computer und Fernsehen widmete, ein eigenständiges Leben führen? Wie wollte er allein seinen Lebensunterhalt bestreiten, seine Rechnungen zahlen, für Kinder sorgen?

Menschen konnten sich ändern, wenn nötig und man konnte sich in ihnen täuschen, doch auch mein Mann zweifelte von Anfang an daran, dass das Paar das gemeinsame Leben allein schaffen würde. Seine und sicher auch ihre Familie würden besonders finanziell ganz fest hinter ihnen stehen, ja vermutlich hatte seine Mutter inzwischen die beiden zu sich geholt, um sich um die Beiden zu kümmern. War das die Art, Jugendliche zu Selbständigkeit zu erziehen? Welche Erwartungen hatten die Tareks, Mazens und Nouras an ihr eigenes Leben, wenn sie dies nicht selbständig zu leben wussten?

Sara, die für Erfolg und Ausbildung härter arbeiten und sich stärker beweisen musste, als die drei Geschwister aus der Oberschicht, würde ihren Weg gehen. Sie hatte fleißig gelernt und war verantwortungsbewusst, weil sie sich darüber bewusst war, dass ihr nichts in den Schoß fiel. Sie hat ihre Eltern als Vorbilder, die viel arbeiten mussten, besonders die Mutter nach dem zu frühen Tod des Vaters. Sara wusste dass, bei aller Liebe und Unterstützung, die ihre Familie ihr gab, sie sich auf keinem Polster aus Wohlstand und Geld ausruhen konnte. Sie musste selbst das Beste aus ihrem Leben machen und ich war mir sicher, dass sie es schaffen würde. Selbst, als sie trotz Ausbildung frühzeitig Mutter geworden und ihr Ehemann, wie in ihren Kreise üblich, der Ernährer der Familie war, würde Sara diejenige sein, die die Finanzen zusammenhielt, sparsam lebte und sich aufopferungsvoll um ihre eigene Familie kümmerte, genau wie ihre Eltern es für sie getan hatten. Saras Mutter und Vater, die sich jede Anschaffung mühsam vom Munde absparen mussten - wie die Aussteuer der älteren Tochter, die sehr zeitig das Haus verlassen und geheiratet hatte.

Sara war ehrgeizig und wollte es schaffen, ein schönes Leben zu haben. Dabei war es egal, ob sie dies als Ärztin, Sekretärin oder Hausfrau tat. Ich freute mich sehr darauf, Saras Weg weiterhin begleiten zu können und hoffte sehr, dass sie das Leben würde leben können, dass sie sich gewünscht und erträumt hatte.

27

Januar 2011

Die arabische Welt begann ein Aufbegehren, einen Aufstand, der lange geschwelt hatte und mit einem Drama in Flammen aufging. In Tunesien hatte sich Anfang des Jahres 2011 ein verzweifelter junger Mann, ein Händler, selbst angezündet, aus Protest, da die Polizei willkürlich seine Waren beschlagnahmt hatte. Er war seinen Verletzungen erlegen.

Wie ihm ging es tausenden Menschen. Die Tunesier, voller Schmerz und Wut zogen auf die Straße und demonstrierten gehen ihren Präsidenten, den Diktator Ben Ali. Sie lebten bis dato in einem Polizeistaat und die Jugend wollte nur eine Chance. Zu viele Menschen starben bei den Unruhen, das Staatsoberhaupt und seine Familie tauchten unter, waren von Saudi-Arabien aufgenommen und später per internationalen Haftbefehl gesucht worden. Eine Übergangsregierung war gewählt worden, bis nach zwei Monaten - so verlangte es das tunesische Gesetz - Neuwahlen stattfinden konnten. Das Volk forderte die Entlassung aller regierungstreuen Politiker. Es geschah so viel in diesen wenigen Wochen und das Feuer der wütenden Tunesier war noch lang nicht erloschen.

Als ich nach einem mehrwöchigen Aufenthalt in Deutschland Anfang des Jahres mit den Kindern nach Kairo zurückkehrte, waren auch die Gemüter der Ägypter erhitzt. Die Situation in Tunesien ließ die gesamte arabische Welt erbeben und ihre Despoten zittern. Welches arabische Land würde von den Wellen der Proteste als nächstes überschwemmt? Wohin breitete sich das wütende Protestfeuer aus? Die Bevölkerung welchen Landes würde es der tunesischen gleich tun und aufbegehren? Der ägyptische Ausbruch des Unmuts und damit der große Wandel ließen folglich nicht lange auf sich warten!

Das Land, wie angesteckt von Tunesien, wollte sich wehren gegen dreißig Jahre Unterdrückung, Armut und die ständige Überwachung durch Polizei und Geheimdienst. Die Menschen konnten und wollten die stetig steigenden Lebensmittelpreise nicht mehr hinnehmen. Die Jugend wollte nicht mehr ohne Arbeit sein, die jungen Menschen wollten eine Chance... Die Ägypter taten es den Tunesiern gleich und gingen auf die Straße. Präsident Mubarak und dessen Sohn Gamal, sein designierter Nachfolger, sollten entmachtet werden, das Land verlassen und Platz machen für eine neue Regierung. Die angekündigten, eher harmlos erscheinenden ersten Demonstrationen griffen sehr schnell um sich, schon Tage später sah man mehr und mehr Menschen auf die Straßen ziehen, um ihre Stimmen zu erheben. Am Freitag, nach dem Gebet, spitzte sich die Situation immer weiter zu. Polizisten schlugen wild auf Demonstranten ein und setzten zur Abwehr Tränengas und Wasserwerfer ein. Die Regierung demonstrierte ihre Macht, in dem sie versuchte, die Demonstranten einzuschüchtern. Daraufhin wurde der Sitz der Regierungspartei angezündet. Auch in Ägypten starben Menschen, wenngleich anfangs noch weniger, als in Tunesien. Besonders die Menschen in Kairo und Suez ließen die bis dato recht sicheren Stützen des Regimes erbeben. Die Präsidentengattin und ihr Sohn verließen das Land und wurden kurz darauf in England gesehen. Vom Präsidenten selbst erfuhr man tagelang nur eines: Schweigen. Internationale Nachrichtenagenturen kamen mit dem Ansturm der Ereignisse, über die es zu berichten galt, kaum noch nach. Im Internet sah man alsbald Amateur- und professionelle Filme über die Geschehnisse. Eine der Aufnahmen war besonders beeindruckend: junge Männer waren auf ein Regierungsgebäude geklettert und hatten begonnen, das übermannsgroße, beinahe triumphierend lächelnde

Konterfei des Präsidenten Mubarak herunter zu reißen. Die Zerstörung des Bildnisses des Herrschers - der symbolische Todesstoß für das Regime.

Am Freitag, den die Bevölkerung als Tag des Zorns bezeichnete, weil die Menschen nach dem Gebet noch zahlreicher auf die Straßen strömten, als an anderen Tagen, gab es den ganzen Tag über weder Telefon noch Internet. *Al-Jazeera*, bekanntester Nachrichtensender und Sprachrohr der Golfstaaten, sendete ununterbrochen Nachrichten, Bilder, Augenzeugenberichte und eingefangene Stimmungen... Es war die große Kraft der Bilder, die dank Internet, rasend schnell um die ganze Welt ging.

Eine große Hilfe bei der Zusammenkunft der meist jungen Demonstranten war dann auch Social Media, allen voran Facebook, das weltumspannende Netzwerk, bei dem man während der ersten Tage der Revolution noch unzählige Filme zum Thema sehen konnte. Kurz darauf jedoch wurde Facebook gesperrt, ein Zugang aus Ägypten war nun nicht mehr möglich. Das Regime hatte erneut versucht, einen ganz kleinen Sieg zu erringen.

Mir selbst war einige Tage nach meiner Rückkehr die ernste Lage durchaus bewusst, doch im Stadtteil Agouza, in dem wir wohnten war anfangs von all der Aufregung wenig zu spüren. Meine Familie in Deutschland machte sich viel mehr Sorgen, als wir vor Ort. Deutsche Nachrichtenagenturen, so konnte ich mich dank Satellitenfernsehen selbst überzeugen, zeigten Aufruhr und Verletzte, skandierende Demonstranten und schießende Polizisten. Ich musste tagtäglich immer wieder alle in Deutschland beruhigen, es ginge uns gut, es sei in unserer Gegend völlig ruhig. Erst am Freitag erfuhr auch ich fast hautnah von der Stimmung im Land.

Ganz in der Nähe unseres Hauses wurde demonstriert. Wir hörten die aufgeregte Menge rufen und beschlossen, uns den Zug anzusehen. Jene Tage waren geschichtsträchtig und entscheidend und auch wir brannten darauf, die Ereignisse mitzuerleben. Wir nahmen unsere Kinder und begaben uns hinunter auf die Straße. Die Demonstranten waren mehrere hundert Meter entfernt schon vorbeigezogen, viel würden wir nicht mehr sehen, als uns ein Mann aufgeregt ansprach: „Lauft nicht in die Richtung hinter den Demonstranten her. Kehrt um, sie setzen Tränengas ein." Und dann bemerkten auch wir es: ganz plötzlich brennende Augen und ein starker Hustenreiz in der Kehle. Die Tränengaswolken waren überall, es gab kein Entkommen. Sofort machten wir uns auf den Rückweg, um uns und unsere Kinder nicht noch weiter der beißenden Luft auszusetzen. Es war ein schreckliches und zugleich starkes Gefühl, das mich beschlich, als ich in unsere Wohnung zurückkehrte.

Wir waren mittendrin in der Veränderung, in den Ereignissen, die noch unsere Kindeskinder in den Geschichtsbüchern würden nachlesen können. In diesen Tagen, hier auf den Straßen der Stadt, in die mich das Schicksal verschlagen hatte, passierten Dinge, deren Ende noch niemand würde absehen, deren Ausgang ein jeder nur vermuten konnte.

Doch die Atmosphäre blieb voller Spannung und mein Gefühl der Erwartung ob etwas Großartigem wandelte sich in Angst und Sorge. Weniger um mich selbst und meine Familie vor Ort, denn ich wusste, dass uns nichts passieren würde, vermieden wir es doch in hochexplosiven Vierteln der Stadt spazieren zu gehen. Ich sorgte mich vielmehr um meine Familie in Deutschland, denn Kontakt mit den Lieben dort aufzunehmen war zu dieser Zeit nicht möglich. Auch Tage nach dem ersten Freitag der bis dato größten Demonstration blieben Kairo und der Rest des Landes völlig von Telefon und Internet abgeschnitten. Wie sollten meine Eltern reagieren, die aktuellen Bilder aus Ägypten auf dem Fernsehbildschirm, die weit schlimmer anmuteten, als die Situation es wirklich in unserem Stadtteil war; Enkel, Tochter und Schwiegersohn aber ob fehlender Telefon- und Internetverbindung nicht erreichbar? Ich wusste, wie sehr meine Großmutter in diesen Stunden litt. Besorgt um die Kinder, aber ohne irgendeine Nachricht, ja vielleicht konnte sie gar nicht wissen, dass es schlicht nicht die Möglichkeit gab, uns bei ihnen daheim zu melden... Sie hatten keinerlei Nachricht von uns, sahen aber teilweise schreckliche Bilder im Fernsehen. Ich konnte ihre Angst so gut verstehen, doch schlimmer war, sie ihnen nicht durch einen einfachen kurzen Anruf nehmen zu können. Ich war furchtbar nervös, auch wenn durchgedrungen war, die Telefone sollten sehr bald wieder funktionieren. Ich hatte an diesem Freitag, dem Tag des Zorns und einige Tage danach bis weit nach Mitternacht keinerlei Möglichkeit, meine Lieben zu kontaktieren und diese Tatsache beschäftigte mich zu dieser Zeit viel mehr, als all die Geschehnisse um uns herum...

An die am Freitagnachmittag verhängte nächtliche Ausgangssperre hielten sich nur sehr wenige Menschen. Die meisten zogen es vor, auch nachts auf die Straßen zu gehen. Am Samstagmorgen waren die Telefonleitungen noch immer tot. Einige Stunden später war es dann aber doch soweit: unsere Handys funktionierten wieder und ich nutzte sofort die Gelegenheit, meine Lieben in Deutschland anzurufen. Nicht wirklich erleichtert der Zustände wegen, sondern froh zu hören, dass es uns gut ging, beruhigte ich alle, auch wenn beiläufig das Gespräch auf das Thema Ausreise kam. Ich versicherte, mich nach einem Flug zu erkundigen, im Falle dessen, dass ich einen benötigte, wies jedoch auf das noch immer nicht vorhandene Internet im Land hin. Nach dem Gespräch mit meinen Eltern ging mir der Gedanke, mit meinen Kindern nach Deutschland zu fliegen, nicht mehr aus dem Kopf und ich zog es tatsächlich in Erwägung. Nach dem Gespräch mit einer Freundin aber schien dies wohl schwieriger, als erwartet: sie hatte aus sicherer Quelle erfahren, dass sämtliche Flüge nach Europa gestrichen worden waren.

Wir würden wohl doch den Konflikt hier im Land aussitzen müssen, auch wenn mir bei dieser Vorstellung immer unwohler zumute war... Sicher, es bestand für uns keine wirkliche Gefahr, wenn wir uns an die Ausgangssperre hielten, in der Wohnung blieben und vor allem, wenn wir die Demonstrationen mieden, was jedoch meinem Mann äußerst schwerfiel. Er wollte dabei sein, beim Umsturz seines Landes und gegen die Regierung demonstrieren. Er wollte die Veränderungen genauso, wie viele Millionen seiner Landsleute und er brannte darauf, sich unter die Abertausenden zu mischen, das Gefühl zu erleben, Teil einer großen Veränderung zu sein. Doch nicht auszudenken, wäre ihm dort, im Gedränge, etwas zugestoßen. Wie hätte ich ihn finden sollen, in den Tagen ohne Telefon- und Handyempfang, irgendwo zwischen tausenden Menschen? Er versprach, nicht auf den Tahrir-Platz zu gehen, doch beichtete er mir später, er sei hin und wieder dort gewesen, am Rande des riesigen Pulks, der den Tahrir-Platz füllte und ich konnte ihn so gut verstehen.

Bisher war es in unserer Wohngegend ruhig geblieben, doch dies änderte sich am Samstagnachmittag. Wir hörten plötzlich eine Menschenmenge, so nah wie nie zuvor. Vom Balkon unserer Wohnung aus konnte man sie sehen. Hauptsächlich Männer, nur vereinzelt Frauen, die in einer großen Gruppe mitten auf der Straße standen. Einige Meter entfernt von jener Ansammlung stand inmitten weiterer Leute ein Krankenwagen. „Jemand ist gestorben, sie bringen einen Toten weg", sagte mein Mann und dann sah ich es mit eigenen Augen. Der Tote war wie üblich in ein weißes Tuch gehüllt und lag in einer hölzernen sargähnlichen Kiste. Da im Islam die Verstorbenen nicht in Särgen bestattet werden, dienen die Kästen nur dem Transport der Toten. Die Menschen skandierten hinter dem Fahrzeug wieder und wieder *„La illah ila Allah"*, „es gibt keinen Gott außer Allah". Dann wurde es ganz still. Kein Laut war zu hören, es war beinahe gespenstisch. Aus dem Lautsprecher einer benachbarten Moschee drang die Stimme eines Imam und die Männer, in Reihen aufgestellt hinter dem Krankenwagen, begannen zu beten. Es wurde eine kurze Folge von *„Allahu akbar"*, Gott ist groß gesprochen, bevor sich der Tross wieder in Bewegung setzte und nach und nach auflöste.

Das flaue Gefühl, das mich beschlichen hatte, blieb und verstärkte sich nur noch, als mein Mann, wie schon einen Tag zuvor, hinausging, um Vorräte zu kaufen. Man wisse ja nie, ob nicht demnächst diverse Nahrungsmittel nicht mehr verfügbar seien, meinte er und kam mit schweren Tüten voller Lebensmittel wieder, die wir auf Vorrat lagerten. Wir hatten uns mit dem Notwendigsten eingedeckt - Brot, Konserven, Nudeln, Reis, vor allem aber brachte Hamdy immer wieder mehrere Dosen Babynahrung, die er in verschiedenen Apotheken erstand und die unser knapp acht Monate alter Sohn dringend benötigte.

Am späten Nachmittag klingelte ein Nachbar an unserer Tür und bat meinen Mann zur Bürgerwehr hinunter auf die Straße. In den unsicheren Tagen während der Demonstrationen hatten Plünderungen von Regierungsgebäuden und Geschäften, Lagern und Supermärkten begonnen. Die Menschen trugen fort, was ihnen in die Hände fiel. Auch Gefangene hatten bei den Aufständen aus den Gefängnissen fliehen können. Die Gefängnisse, so hieß es, waren von der Regierung geöffnet worden, so als wollten die Herrschenden ein letztes Mal die schwindende Macht erkennen lassen, ganz nach dem Motto: „Volk, sieh, wir sind mächtig genug, um Schwerstverbrecher auf Dich loszulassen, sieh wozu wir im Stande sind."

Diese Flüchtigen waren durch Kontakte ins kriminelle Milieu - oder waren es gar Kontakte zu staatlichen Kreisen - an ein riesiges Arsenal an Waffen gelangt. Kriminelle auf der Flucht, dazu bewaffnet und viele von ihnen, die nichts zu verlieren hatten - keine allzu beruhigende Vorstellung.

Die Anwohner der einzelnen Stadtteile warteten jedoch nicht auf Polizeischutz, um ihr Hab und Gut zu schützen. Es würde sich weder Militär, noch Polizei für flüchtige Kriminelle interessieren, die von der Regierung ja wissentlich geschickt worden waren. Die Menschen wollten sich im Falle von Einbruch und Raub selbst wehren und schützen. So taten sie sich zusammen, bewaffnet mit Stöcken oder einfachen Holzlatten, um ihr Eigentum verteidigen zu können. Die Straßen wurden teilweise mit Autoreifen oder schnell zusammen gezimmerten Wällen versperrt, um vermeintlich verdächtige Fahrzeuge kontrollieren zu können und am Durchfahren der schmalen Straßen zu hindern. Nachbarn schlossen sich zusammen, um sich im Ernstfall eines Einbruchs wehren zu können und blieben nachts gemeinschaftlich auf den Straßen. Da war sie wieder einmal: die oft gepriesene ägyptische Brüderlichkeit. Man stand zusammen und füreinander ein und dann war es im Ernstfall absolut egal, welcher Gesellschaftsschicht jemand entstammte. Jeder war gleich, jeder unterstand dem gemeinschaftlichen Schutz. Die Nächte verbrachten nun mehrere Männer auf den umliegenden Straßen unserer Häuser. Sie saßen zusammen, tranken Tee und man konnte sie bis in den fünften Stock unserer Wohnung debattieren hören. Seit die Männer der Umgebung sich Nacht für Nacht vor den Häusern versammelten, fühlte ich mich wesentlich sicherer. Ja, ich wusste ganz genau, dass mir und meinen Kindern in unserem Gebiet nichts würde zustoßen können.

Jenen Zusammenhalt der Tage des Umbruchs konnte man auch an einer Situation deutlich spüren, die als Symbol für das friedvolle Zusammensein von koptischen Christen und Muslimen in eindrucksvollen Bildern um die Welt ging. Zum Freitagsgebet der Muslime auf dem Tahrir-Platz bildeten Christen Hand in Hand einen schützenden Ring um die Betenden, damit diese in Ruhe ihre Andacht halten konnten. Im Gegenzug bewachten Muslime gemeinsam ein Gotteshaus, in dem Kopten ihre Messe abhielten. Beide Religionen schützten einander vor den jederzeit zu erwartenden Störungen durch Militär und Polizei. Es war ergreifend. Sollte diese Revolution kein gutes Ende nehmen, so hatten zumindest Muslime und Christen in den Wirren dieser Tage fester zueinander gefunden und einander großen Respekt gezollt.

Der Sonntag war ruhig, ungewöhnlich ruhig in Zeiten jener Aufruhr. Die Stille passte so gar nicht zu dem allgemeinen Zustand, in dem sich das Land befand.

Mein Mann hatte sich am Morgen zur Deutschen Botschaft aufgemacht. Ich wollte zuverlässige Informationen, was ich als Deutsche in Kairo am besten tun sollte: ausreisen oder bleiben und abwarten? Wie einfach würde man noch ausreisen können, in diesen Tagen, in denen sich viele Ausländer und auch Ägypter mit diesen Gedanken trugen? Hamdy brachte mir die Nummer einer Krisenhotline der Botschaft mit.

Irgendwann erreichte ich eine sehr sympathische Dame, die mich beruhigen konnte. Das Auswärtige Amt in Berlin riete zwar ab, derzeit nach Ägypten einzureisen, doch es bestünde keine konkrete Gefahr für die im Land befindlichen Deutschen. Auch rechnete man in der Botschaft damit, dass es - durch das inzwischen beinahe überall eingesetzte Militär - sehr bald ruhiger werden würde. Nach dem Gespräch fühlte ich mich wesentlich besser und war mir sicher, in Kairo zu bleiben und auszuharren. In arabischen und deutschen Nachrichten sah man inzwischen Bilder vom vollkommen überfüllten Kairoer Flughafen, wo Hunderte - geplant oder völlig unorganisiert mit dem Gedanken, nur das Land zu verlassen - auf Flüge warteten. Gäbe es noch die Möglichkeit, einen Flug zu buchen, würde ich vermutlich viel zu lange darauf warten müssen. Die Aussicht, vielleicht stundenlang mit zwei kleinen Kindern an einem Flughafen zu sitzen und untätig zu warten, vielleicht ohne genau zu wissen, wann ein Flug ginge, auf dem man würde mitfliegen können, erschien mir so abwegig, dass ich mich in unserer Wohnung gleich noch viel sicherer fühlte. Hielt man die inzwischen ab nachmittags bis zum kommenden Morgen anberaumte Ausgangssperre ein, so könne man im eigenen Zuhause absolut sicher sein.

Zweifel, ob es wirklich richtig gewesen war, zu bleiben, kamen am Sonntagnachmittag dennoch auf, als über dem Himmel von Kairo im Tiefflug und mit ohrenbetäubendem Lärm Kampfjets dahinrasten. Der Anblick schnürte mir die Kehle zu und ich musste unweigerlich an Krieg denken. Angst machte sich in mir breit. Doch die Jets waren ungefährlich, lediglich ein Machtspiel der Regierung, vielleicht um die Menschen an die kurz darauf beginnende Ausgangssperre zu erinnern. Die ganztags kreisenden Hubschrauber waren dagegen schon nach kurzer Zeit normal und nur mein Sohn sprang noch bei jedem ans Fenster, um genau hinzusehen.

Auch die Nacht zum Sonntag verlief sehr ruhig mit den noch immer überall wachenden Bürgerwehren und Barrikaden an Straßenkreuzungen... Einzig ein Zwischenfall ließ mich nach Mitternacht plötzlich aus dem Schlaf aufschrecken: ich hörte die aufgeregten Stimmen vieler Männer und ein lautes Knistern, ähnlich dem Geräusch eines Elektroschockers. Hastig lief ich zum Balkon, wo schon mein Mann sich das Treiben vor unserem Haus ansah. Man hatte einen Einbrecher gestellt und er wurde nun festgehalten. Wild hatte man auf den Mann eingeschlagen, ihn scheinbar auch mit Stromstößen malträtiert. Da die Ägypter zu Überschwang und Drama neigten, wurde der Mann keineswegs nur von zwei oder drei Personen dem Militär übergeben. Nein, mehrere Dutzend Männer umringten den armen Kerl brüllend und drohend und man überließ ihn gemeinsam der Staatsgewalt, um auch nach getaner Arbeit noch minutenlang weiter lautstark zu kommentieren, was gerade geschehen war. Der angesprochene Zusammenhalt äußerte sich auch hier wieder. Man brachte Unrecht gemeinsam in großem theatralischem Stil zur Strecke.

Nach Tagen der Ungewissheit, begleitet von der nachmittags eintretenden Ausgangssperre engte es mich inzwischen ein, ständig nur in der Wohnung zu sitzen, ich kam an ein Tief und bereute dabei, doch nicht nach Deutschland geflogen zu sein. Wäre eine Ausreise nicht doch besser für alle gewesen? Hätte meine Familie uns dann nicht beruhigt in die Arme schließen können und wir wären raus aus dieser Enge, der Ungewissheit und womöglich der Gefahr?

Doch einige Zeit später fing ich mich und konzentrierte mich auf meine Kinder, das was war und was wir hatten. Es gab in diesen Tagen Dinge, die sich nicht ändern ließen und nun nähmen wir diese eben hin. Bei all den Geschehnissen rührte mich die Anteilnahme meiner Familie und Freunde so sehr. Neben meinen Eltern und meiner Großmutter, die sich mehrmals täglich nach uns erkundigten, waren es Menschen, deren Sorge ich in diesem Maße nicht erwartet hatte. Täglich rief mich Carina an, die ich bis dato nur per Internet kannte. Sie war auch mit einem Ägypter verheiratet, auf dessen Ankunft in Deutschland sie noch wartete und erkundigte sich immer wieder nach uns und sagte mir, alle Bekannten und Freundinnen in unserem gemeinsamen sozialen Netzwerk würden an mich und meine Lieben denken und sich sorgen. Auch die Anteilnahme von Menschen aus meiner Heimatstadt, die ich teilweise nur sehr flüchtig kannte, war unglaublich und ich war zutiefst berührt. Immer wieder wurden meine Eltern und Großmutter daheim von Nachbarn und flüchtigen Bekannten, die wussten, wo ich lebte, nach unserem Befinden gefragt. Die meisten von ihnen wussten nicht, wie viel mir ihre Gedanken und Gebete bedeuteten!

Immer wieder kam im Land die Frage auf, was nach Mubarak kommen würde. Nichts war klar, alles war verschleiert und arabische und europäische Meldungen ließen dazu nur Vermutungen zu, die mit den eigenen Gedanken zusammentraten und ein wildes Gemisch aus „vielleicht" und „eventuell" verursachten. Meine eigenen Gedanken am Montagabend, nach fast einer Woche Aufruhr, waren Vermutungen oder Ahnungen, nichts müsste, alles könnte sein. Ich glaubte zu diesem Zeitpunkt, dass die bis dato verbotene Muslimbruderschaft, oppositionell mit demokratischen Gruppierungen, an Einfluss gewinnen würde. Die Muslimbruderschaft, 1928 in Ägypten gegründet, war die islamistische Vereinigung aus der die palästinensische Hamas entstanden war, von der *al-Qa'ida* ein entfernter Ableger war und die überhaupt die erste islamistische Organisation überhaupt gewesen war. Sie war auch früher schon sozial in Erscheinung getreten und könnte sich mit anderen oppositionellen Strömungen zusammenschließen und so an Stimmen und Stärke gewinnen. Dagegen sprach jedoch der mächtige Einfluss der USA und Israels, beides Staaten, die des Friedensprozesses zwischen Israel und Palästina wegen, Mubarak unterstützten, der immer als Mittler im palästinensisch-israelischen Konflikt gegolten hatte. Sowohl die USA, als auch Israel und Europa würden wohl ein Erstarken der Muslimbruderschaft mit allen Mitteln verhindern, denn diese stand für eine verstärkte Islamisierung des Landes Ägypten - für manch einen wäre dies absolut keine Verbesserung. Unter Mubarak waren die Islamisten noch stark kontrolliert und konnten nur schwer am politischen Geschehen Anteil haben. Bei einer einsetzenden Islamisierung wäre die Vollverschleierung der Frau wohl nur der Anfang...

Der Dienstag verging zuerst ohne besondere Vorkommnisse. Die angekündigte Demonstration der Millionen war absolut friedlich verlaufen. Mehr Menschen als erwartet waren gekommen, standen für eine neue Zeit und verhielten sich völlig ruhig. Erst am Abend meldete sich - endlich und von den Ägyptern sehnlichst erwartet - der Präsident in einer Fernsehansprache zu Wort.

Millionen Ägypter und Menschen in aller Welt saßen aufgeregt hoffend vor den Bildschirmen und erwarteten, der Präsident würde nun sein Amt abgeben und damit den Weg für einen Neuanfang bereiten. Am Ende der Rede ein Stück Erleichterung: er wollte tatsächlich von seinem Amt zurücktreten! Erste Freude überkam die Menschen, doch diese verebbte schnell, als Mubarak seine Bedingung nannte: er wollte bis zu den Neuwahlen im September im Hintergrund der Regierung bleiben. Den Demonstranten auf dem Tahrir-Platz war dies jedoch nicht genug. Sie wollten Mubarak ganz loswerden und hielten seinen teilweisen Rückzug für nicht akzeptabel. Dafür waren sie nicht auf die Straße gegangen.

Anfangs fand ich den Kompromiss in Ordnung, vielleicht würde er nachfolgenden Parteien mit seiner Erfahrung ja zur Seite stehen können? Doch dies war naiv gedacht, wie ich am nächsten Tag feststellen musste.

Um ein wenig frische Luft zu schnappen, gingen mein Mann und ich am darauffolgenden Tag mit unseren Kindern ein wenig spazieren. Es war ein herrlicher Tag. Die Sonne wärmte frühlingshaft die Luft und man konnte spüren, dass der Winter endgültig vorüber war. Unser Weg führte uns zur Gammat id-Dawal, der großen Verkehrsader, wenige Minuten von unserem Zuhause entfernt. Als wir auf der Insel zwischen den beiden Fahrbahnen ankamen, sahen wir die ersten Demonstranten: es waren die Anhänger Mubaraks, die dem Volk zeigen wollten, dass sie hinter ihrem Präsidenten standen. Wir lachten noch über den seltsamen Aufzug, ob unserer verhältnismäßig heiteren Stimmung. Sie kamen aus allen Gesellschaftsschichten, mit Autos, zu Fuß, auf Pferden und sogar Kamelen. Man sah Kinder, Frauen, Männer. Sie schwangen inbrünstig die Landesflagge, hielten Transparente in die Höhe und skandierten Lobesrufe auf das Staatsoberhaupt. Die meisten Teilnehmer der Veranstaltung kamen offensichtlich aus der Unterschicht. Obwohl sich viele von ihnen nach besten Möglichkeiten herausgeputzt hatten, konnte man ihre Herkunft deutlich erkennen. Menschen mit der festgesetzten Meinung, dass man doch froh sein sollte, über das, was man hatte. Man kannte Mubarak, war auf ihn eingestellt, wer konnte wissen, was danach kommen würde? Wir lachten viel, an diesem sonnigen Nachmittag, unser großer Sohn bestand darauf, eine ägyptische Flagge zu schwenken und war glücklich, als wir ihm eine bei einem Händler kauften. Wir aßen Gebäck, als wären wir auf einem Ausflug, dort auf der Verkehrsinsel zwischen den beiden Fahrspuren der Straße Richtung Zamalek. Hamdy sagte noch, halb scherzend, halb ernst „die hat der Präsident doch bezahlt". Wir dachten uns nicht viel dabei und hielten die Anzahl der Teilnehmer für unbedeutend, verglichen mit den Hunderttausenden, die auf dem Platz in der Innenstadt für Veränderung und damit gegen die Regierung aufgestanden waren.

Doch nur kurze Zeit später erlebte Kairo eine der schlimmsten Auseinandersetzungen, jener unruhigen Zeiten... Wenige Stunden, nachdem wir die Demonstration hatten vorbeiziehen sehen, erschienen jene Bilder im Fernsehen, die sich tief in mein Gedächtnis brannten und für mich persönlich einen schlagartigen Wendepunkt meiner eigenen Situation darstellten:

Die Pro-Mubarak-Demonstranten hatten sich zum Tahrir-Platz aufgemacht, um sich den dort Ausharrenden entgegen zu stellen. Die Situation eskalierte binnen Sekunden, es war ein wahrer Alptraum. Auf ihren Reittieren stürmten die Anhänger des Präsidenten auf die friedliche Menge zu, schlugen mit Stöcken und Eisenstangen um sich, warfen schwere Steine und ließen in ihrem Galopp unzählige Verwundete zurück. Das Chaos brach aus, jeder in der Nähe versuchte dem aufgestachelten Mopp zu entkommen, doch die Reiter waren schneller, wutentbrannt, zu allem bereit. Von Dächern wurden Molotow-Cocktails geworfen, die bei über einer Million Menschen auf dem Platz ihr Ziel nicht verfehlten. Das dort, in diesem Moment, war der

Bürgerkrieg. Mutige Demonstranten warfen sich den Berserkern in den Weg, wollten schlimmeres verhindern und konnten einige aufhalten. Das überall anwesende Militär, das die Demonstranten pausenlos umgab tat jedoch nichts, schoss lediglich Warnschüsse in den abendlichen Himmel. Die Meute richtete ein regelrechtes Blutbad an. Den wenigen, die aufgehalten werden konnten, wurden die Papiere abgenommen und es kam die scheußliche Wahrheit ans Licht: unter den Schlägern waren auch Polizisten und man wusste nun mit Gewissheit, dass die Regierung sich die Schlägertrupps erkauft hatte, um zum vielleicht letzten Schlag auszuholen, um noch einmal, im Angesicht des Verlusts, Stärke zu beweisen, in dem sie Angst und Schrecken verbreitete. Dass die armen Bauern und die Menschen der unteren Schicht der Gesellschaft sich für ein paar Grundgüter des täglichen Lebens leicht kaufen ließen, war vollkommen klar. Sie würden für eine Hand voll Linsen, Reis und Bohnen oder jegliche andere Zuwendung vermutlich für oder gegen alles demonstrieren. Eine Hand wusch die andere…

Die Rede des Präsidenten vom Vorabend war eine Farce, eine Lüge gewesen. Die bis dahin friedliche Stimmung kippte, jeder konnte nun ein Verräter sein. Nun wurden die Kontrollen an den Zugangsstraßen zum Tahrir-Platz - meist von Anwohnern, die eine Bürgerwehr gebildet hatten - scharf kontrolliert. Deutsche Journalisten, die vom Platz berichten wollten, wurden bezichtigt, für Israel zu arbeiten und man musste befürchten, dass noch viel mehr Gewalt folgen würde. Die Menschen waren fassungslos, ein Aufschrei des Schocks ließ das Land erbeben.

Auch bei uns herrschte Entsetzen. Mein Mann war am Boden zerstört, sprach kaum und verfolgte gebannt die Nachrichten, die pausenlos über den Bildschirm liefen. Schlafen konnte er nicht, zu tief saß der Schock!

Am nächsten Tag dann die Wende für unsere Familie. Mein Mann bat mich unter Tränen, nach Deutschland zu fliegen. Er fürchtete, wie er sagte, noch immer nicht um unsere Sicherheit, doch er sei nicht mehr er selbst. „Etwas ist in mir zerbrochen", hörte ich ihn erschöpft sagen. Das, was sich vor unseren Augen abspielte, war nicht mehr sein Land. Das Chaos war ausgebrochen, nichts war mehr wie zuvor. Die klaffende Wunde, die die Schläger auf dem Tahrir-Platz hinterlassen hatten, schien sich auch meinem Mann ins Herz gebohrt zu haben. Er war voller Trauer, verzweifelt und wünschte sich, dass seine Kinder und ich seine Niedergeschlagenheit nicht würden sehen müssen.

So buchte ich kurzerhand einen Flug für mich und meine Kinder für den übernächsten Tag, einem Samstag. Normalerweise freute ich mich auf jeden Besuch in der Heimat, war glücklich, Familie und Freunde wieder zu sehen. Doch diesmal empfand ich keine Freude. Ich musste auf unbestimmte Zeit meinen Mann allein lassen, seine Kinder von ihm trennen, ohne zu wissen, wie es in Kairo, meiner zweiten Heimat, weitergehen würde. Es war möglich, dass wir bald zurückkämen. Aber vielleicht würden wir länger in Deutschland bleiben, als wir zu diesem Zeitpunkt glaubten. Wir sprachen wenig über unsere Gefühle in diesen Stunden. Ich hatte Beschäftigung darin, alle wichtigen Dinge einzupacken, während mein Mann die Revolution und die Reformen, die für sein Land so hoffnungsvoll begonnen hatten, davonschwimmen sah.

Als meine Eltern von unserer Entscheidung erfuhren, waren sie zunächst erleichtert, dann nervös, dann traurig. Alles ging so furchtbar schnell, wir konnten uns kaum darauf einstellen, dass wir uns schon so bald wiederzusehen würden, nur drei Wochen nach unserem letzten Abschied. Zuviel traf derzeit auf uns ein. Meine Mutter und ich weinten gemeinsam am Telefon, sie und mein Vater versprachen uns jede Hilfe, die wir brauchten und zögerten natürlich nicht, uns wie immer bei sich aufzunehmen. Auch Freunde meiner Eltern, die von unserer Ankunft erfuhren, boten ihre Hilfe an.

Dann, am Samstagmorgen, saß ich auf zwei gepackten Koffern und hoffte, dass wir - trotz der zahlreichen Kontrollen auf den Zugangsstraßen - ohne Probleme zum Flughafen durchkommen würden und ohne weiteres unser Flugzeug besteigen könnten. Nicht wie hunderte Menschen, die tagelang in Erwartung irgendeiner Maschine am Flughafen gesessen hatten, nur um irgendwie das Land zu verlassen. Doch diese Menschen waren ohne Ticket direkt zum Flughafen aufgebrochen, auf gutes Glück, in der Hoffnung, irgendwohin mitgenommen zu werden. Wir dagegen hatten regulär gebucht. Ich würde erst erleichtert sein können, wenn ich mit meinen Söhnen im Flugzeug nach München saß, auch wenn ich Kairo mit einem weinenden Auge verließ. Wie würde sich alles entwickeln? Konnte die Situation noch schlimmer werden? Würden die Opfer, die die Revolution gebracht hatte, sich wirklich gelohnt haben? Würde es besser werden und was würde sich ändern?

In diesem Moment zwischen den Zeiten wusste ich nicht, wann ich Kairo wieder betreten würde...

28

Juni 2013 – Familie vs. Gesellschaft

Zurück in Deutschland, sesshaft und nach einigen Hürden gemeinsam glücklich, hatten wir per Internet und Telefon regen Kontakt zur Familie in Kairo. Sie hielten und auf dem Laufenden über die Situation in Ägypten, von der wir in deutschen Medien nur wenig erfuhren. So bemerkten wir auch die Spaltung der Familie in die beiden unterschiedlichen Lager.

Unsere ägyptische Familie war wie ein Spiegel der damaligen Gesellschaft. Man konnte an ihren Mitgliedern sehr gut die Stimmung und Einstellung der Gesellschaft im Land am Nil feststellen, wie sie gut zwei Jahre nach der Revolution war. Die Familie war groß. Hamdys noch lebende sieben Geschwister hatten selbst alle schon Kinder und teilweise Enkel.

Von all den Familienmitgliedern stand ein Teil auf der Seite der Opposition, die sich erneut formierte und auf dem Tahrir-Platz versammelt hatte, um gegen den damals demokratisch gewählten islamistischen Präsidenten *Mursi* zu demonstrieren. Der größte Teil der Familie war eher moderat religiös und konnte den Muslimbrüdern in ihrer fundamentalistischen Sichtweise nicht viel abgewinnen. Der Großteil der Schwägerinnen und Schwäger versuchte, die fünf Gebete des Tages einzuhalten und fastete streng im Ramadan. Doch von Islamismus wollten sie nichts hören, anderen Religionen standen sie offen und interessiert gegenüber, so wie sie mich als Christin niemals ablehnten oder mich vom einzig wahren Islam hatten überzeugen wollen.

Vier Schwestern Hamdys jedoch und mit ihnen mehrere Nichten, spiegelten den anderen Teil der ägyptischen Gesellschaft wider. Nisma, Fahima, Azza und Bila sympathisierten mit den Muslimbrüdern und daher für sie folglich auch mit Präsident Mursi, dem untersetzten Mann mit großer Brille und Bart. Nisma war auf Seiten der *Ihwan*, der Muslimbrüder, weil auch ihr ältester Sohn Amr selbst zur Bruderschaft gehörte. Amr selbst jedoch war für mich ein denkbar schlechtes Beispiel eines wohl praktizierenden Muslims. Er - Ehemann und Vater dreier Kinder - hatte sich eine zweite Frau genommen! Der Prophet Muhammad selbst hatte mehrere Frauen gehabt, es war auch heutzutage in vielen muslimisch geprägten Ländern - rein theoretisch - erlaubt, vier Frauen zu ehelichen, natürlich unter der Prämisse, sie alle gleich behandeln zu können. Amr nahm damit das Gebot der Vielehe aus dem achten Jahrhundert wörtlich und hatte seiner sanftmütigen und intelligenten Frau eine Nebenfrau präsentiert. Gattin und Tochter weinten bitterlich, doch anfangs wusste von der neuen Frau niemand in der Familie außer Amrs Mutter Nisma. Doch Amr und Doaa, die neue Frau an seiner Seite, wurden schneller entdeckt, als ihnen vermutlich lieb gewesen war.

Nisma hatte eines Tages ihrem Sohn die eigene Wohnung für das Treffen mit Doaa zur Verfügung gestellt. Schaden jedoch, dass die eigene Tante Amrs mit ihrer Familie nur eine Etage darüber wohnte. Als die beiden Neuvermählten in Mutters Wohnung begannen, zärtlich zu werden, betrat Sara, Amrs Cousine, die Wohnung und fand die beiden in inniger Umarmung. Sie war so sehr schockiert, dass sie kehrt machte und zu ihrer Mutter in den Frisiersalon rannte, der sich im Erdgeschoss desselben Hauses befand. Dort berichtete sie, was sie gesehen hatte und die Geschichte von Amr und Doaa war kurze Zeit später kein Geheimnis mehr, als Nagat ihre Schwester Nisma anrief, um sie völlig schockiert zu fragen, was denn ihr Sohn in ihrer Wohnung mit einer fremden Frau täte…

Magda, Amrs erste Frau und Mutter seiner Kinder hatte die neue Frau akzeptiert, obwohl sie nicht glücklich über diese Verbindung war. Die Kinder gingen der Zweitfrau so gut sie konnten aus dem Weg, weil sie die Entscheidung ihres Vaters nicht verstanden und auf der Seite ihrer Mutter standen. Zu guter Letzt litt auch Doaa, die zweite Frau. Mit ihr wollte Amr keine Kinder, er hatte mit Magda bereits drei. Sie war jedoch noch jung genug, um selbst Kinder zu bekommen. Auch wurde sie von den meisten Verwandten ihres Mannes ignoriert und missachtet, wie eine Schuldige...

Hamdy und ich sprachen mit den Schwägerinnen, um ihnen zu erklären, dass es nie gut war, Politik und Religion zu vermengen oder sich einander bedingen zu lassen. Dass ein allzu religiöser Präsident womöglich zu eifrig in eine falsche Richtung, der Richtung der zu gestrengen Religionsausübung sein könnte. An diesem Punkt des Gesprächs blockten sie alle ab oder gingen nur nebenbei darauf ein, um dann schnell das Thema zu wechseln.

Die andere Schwester, Fahima, war auch auf Seiten Mursis und der Muslimbrüder. Sie hatte vor einigen Jahren ihren Mann verloren und musste nun allein drei Kinder großziehen. Vielleicht, so vermutete ihr engeres Umfeld, kooperierte sie mit den Islamisten und bekam dafür Geldleistungen, die sie als Alleinerziehende dringend benötigte. An arme und perspektivlose Menschen der Unterschicht Prämien zu zahlen, damit diese sich auf Seiten der Muslimbrüder schlugen und für diese auf den Straßen demonstrierten, war nicht neu. Schon während des Sturzes Mubaraks hatte ich mit eigenen Augen gesehen, wie bärtige Männer in Galabeya sich zu Demonstrationen gegen den Präsidenten auf die Straßen begaben, mit wild entschlossenen Gesichtern und bereit, auch Gewalt anzuwenden. Wie viel Sympathie diese Menschen wirklich für die Islamisten und Präsident Mursi empfanden, war schwer zu sagen, doch das Geld, dass sie für ihren Einsatz bekamen, brauchten sie dringend, um ihre Familien zu ernähren.

Ich erinnerte mich noch gut daran, wie ich zu Beginn der Revolution mit meinem Mann, einem Kleinkind und einem Baby spazieren gegangen war. Wir hatten noch gelacht, über den lächerlichen kleinen Zug der Demonstranten für den Präsidenten, hatten verglichen mit dem riesigen Tahrir-Platz, der für die enorme Menge an Mubarak-Gegnern schon bald zu eng wurde... Was dann jedoch nur wenige Stunden nach dem Zug der amüsanten Truppe im ägyptischen Fernsehen zu sehen war, ließ meinem Mann und mir das Blut in den Adern gefrieren. Doch ebendiese Menschen, die wir noch kurz zuvor auf den Straßen gesehen und belächelt hatten, waren es nun, die auf Pferden und Kamelen, ihre Eisenstangen schwingend auf die friedlichen Demonstranten auf dem Tahrir-Platz zurasten. Es war eine traurige Szene, so erschreckend, dass ich mich noch heute an diese Fernsehbilder erinnern kann, als hätte ich sie erst gestern gesehen.

Fahima, die leise, besonnene Schwester Hamdys hatte kein leichtes Leben mehr, seit ihr Mann auf so tragische Weise ums Leben gekommen ist. Doch es stand die Vermutung im Raum, dass sie Profit daraus schlug, auf Seiten der Muslimbrüder zu stehen. Auch sie wich Fragen dazu aus oder begründete sie, wie auch ihre ältere Schwester, recht fadenscheinig mit der ach so großen Religiosität des Präsidenten und seinen Anhängern.

29

Die Opposition. Mutige Menschen, die sich Anfang des Jahres 2011 zu Tausenden gegen ihr Regime gewandt hatten, dass sie so verachteten. Mutige Frauen und Männer, die nicht müde geworden waren, ihr Ziel - die Absetzung des Präsidenten, demokratische Wahlen, Umwälzung, Neuanfang - durchzusetzen. Sie zeigten der Welt, dass sie sich nicht mehr fürchteten vor Repression und Unterdrückung, dass sie gemeinsam, vor aller Welt Augen eintraten für ihre Freiheit und die Freiheit ihres Landes. Die ägyptische Opposition - jene ungeheure Kraft, die den vormals fest auf dem Thron sitzenden, fast dreißig Jahre diktatorisch regierenden Präsidenten Mubarak aus dem Amt vertrieben hatte. Jene Jugendlichen ohne Perspektive auf Ausbildung und Beruf, Liberale, Kulturschaffende... Die Opposition hatte gewonnen, trotz vieler Opfer. Mubarak war Geschichte - auch wenn sein Prozess vor dem Hohen Gericht in weite, gar unerreichbare Ferne gerückt zu sein schien - der alte Despot war offensichtlich todkrank. Angeblich im Gefängnis, doch wohl eher an einem Ort jenseits des Trubels. Sommerresidenz Sharm el-Sheikh, anderswo... Er würde wohl zur Ruhe kommen, der alte Greis und wohl ohne gerechtes Urteil eines natürlichen Todes sterben...

Viel hatte sich verändert und die Ägypter schöpften neue Hoffnung auf Demokratie, bessere Lebensbedingungen, Bildung. Muhammad Mursi - es war inzwischen zwei Jahre her - hatte im Juni 2012 die Wahl zum Präsidenten der Arabischen Republik Ägypten gewonnen. Es war bei einer sehr geringen Wahlbeteiligung ein knapper Sieg, vor seinem Gegner Ahmed Shafiq, dem ehemaligen Offizier der Luftstreitkräfte und getreuem Weggefährten Mubaraks. Vermutlich hatten die Menschen Angst, mit Shafiq im Amt des Präsidenten, würde sich nichts ändern, er würde Mubaraks Weg weitergehen. Doch die Menschen wollten Veränderungen und viele von ihnen erhofften sich diese von Muhammad Mursi, einem Angehörigen der Muslimbrüder, jener Bruderschaft, die von Präsident Gamal Abdel Nasser Jahre zuvor verboten worden war und sich ihr Recht auf Beteiligung an der Regierung hart hatte erkämpfen müssen. Mursi sollte es richten, er würde das Land in eine neue, bessere Richtung führen, so glaubten viele. Andere wiederum waren gar nicht zu den Wahlurnen gegangen, zu schlecht erschienen ihnen beide Kandidaten, es war schlicht eine Wahl zwischen Pest und Cholera. Einer zu sehr regierungstreu, der andere gar islamistisch… Doch was war geblieben von der hoffnungsvollen Atmosphäre der Revolution?

Ein Jahr nach Mursis Wahl zum Präsidenten waren die Menschen wieder auf dem Tahrir-Platz und sie waren entschlossener, denn je. Sie nannten sich „Tamarod", die Rebellion und sie brachten erneut ein ganzes Land dazu, sich dem Herrschenden zu widersetzen. Unter dem neuen Präsidenten ging es den Ägyptern schlechter, denn je. Die Wirtschaft existierte quasi nicht mehr, die Menschen hatten noch weniger Aussicht auf Arbeit, die Jugendlichen noch immer keine Perspektive. Nahrungsmittel wurden teurer, die Armut nahm gar noch zu. Die Islamisierung dagegen schlich voran. Die Kopten fühlten sich unsicher, es wurden Morddrohungen gegen Schiiten ausgesprochen, jene Angehörigen der zweigrößten Konfession im Islam, und ein radikaler Islamist, der Jahre zuvor für den Mord an mehreren Touristen in einer Tempelanlage in Luxor verantwortlich war, sollte Gouverneur ebendieser Stadt in Oberägypten werden. Reisende kamen kaum noch an den Nil, Hotels waren leer, der Anblick war traurig und hoffnungslos.

Wieder waren es die Tapferen vom Tahrir, die sich erneut erhoben hatten. Menschen, die nicht mehr hinnehmen wollten, wie sie selbst hungern mussten, ihre Familien nicht mehr ernähren konnten und die zusehen mussten, wie ihr Land immer weiter abwärts glitt.

Am 3. Juli des Jahres 2013 endlich konnte die Welt sehen und hören, wie unerbittlich die Mursi-Gegner gewesen waren und vor allem, wie erfolgreich sie gekämpft hatten. Mithilfe des Militärs, das dem Präsidenten ein Ultimatum gestellt hatte, hatten sie es geschafft: er war weg, in Gewahrsam der Armee, hunderte seiner Anhänger verhaftet. Binnen eines Tages wurde ein Interimspräsident gewählt, der ehemalige Vorsitzende des Verfassungsgerichts, Adli Mansour, der nun die schwere Aufgabe hatte, Neuwahlen einzuberufen. Kandidaten gab es wohl noch keine, doch alles würde sich finden. Die Verfassung musste geändert werden, die Islamisten drohten mit Kämpfen, sie waren wütend und aufgestachelt, doch die Ägypter hatten einmal mehr durch Beharrlichkeit etwas Großes vollbracht. Sie waren mutig, tapfer und hatten außerdem kaum eine Wahl, denn die Armut wurde größer, die Wirtschaft lag brach, der Tourismus stagnierte beinahe. Was hatten viele Menschen in dieser Situation noch zu verlieren?

Doch es war auch der Erfolg, den sie schon einmal, fast zwei Jahre zuvor erlebt hatten, als sie den Diktator Mubarak vom Thron gestoßen hatten. Die Menschen wussten, bei aller Verzweiflung, dass sie etwas erreichen konnten, dass ihre Stimmen gehört wurden.

Die Demokratien des Westens hätten mit Respekt auf das blicken können, was geschehen war, doch stattdessen ergingen sich USA und europäische Staaten in Schelte für das Land am Nil, seine Bewohner und die Armee. Man sprach in den Medien von einem Militärputsch. Das von der ägyptischen Armee angekündigte Ultimatum, hatte Präsident Mursi verstreichen lassen. Alle von der Armee ausgeführten Aktionen waren angekündigt und sowohl dem Präsidenten und seinen Getreuen, als auch der Opposition bekannt. Nun ließ der US-Präsident prüfen, ob geputscht worden war, um im Falle dessen, die amerikanischen Investitionszahlungen an Ägypten für dessen Streitkräfte einzustellen, so besagte es ein Gesetz in den Vereinigten Staaten. Mir klangen die Worte des deutschen Außenministers in den Ohren und ich wollte ihn anschreien: Er bezeichnete den Sturz des immerhin ersten demokratisch gewählten ägyptischen Präsidenten als Rückschritt auf dem Weg zur Demokratie. Doch von welcher demokratischen, freien Wahl sprach er? Es hatte Wahlfälschungen gegeben, Stimmzettel waren teils mehrfach ausgezählt worden. Konnte ein Land, das Jahrzehnte von einem diktatorischen Herrscher unterjocht gewesen war, innerhalb so kurzer Zeit ein demokratisches Land werden? Wie viele Jahre hatte Deutschland gebraucht, um die heutige, so hochgelobte, Demokratie zu erreichen? Und sprach man von Demokratie, sollte es nicht den Menschen andererseits ebenso gestattet sein, ihre Meinung und ihren Unmut frei zu äußern? Genau das hatten die Menschen getan: sie hatten sich - mit der Unterstützung des Militärs, doch nicht allein durch dieses - eines Präsidenten entledigt, der die angebliche, von Europa so hoch gelobte Demokratie selbst mit Füßen getreten hatte. Sie hatten sich gegen eine schleichende Islamisierung gestellt, die durch die Regierung der Muslimbruderschaft begonnen hatte, das Land zu unterhöhlen.

Was sagten Politiker dazu? Was sagten sie dazu, die Regierung Mursis - eine islamistische Regierung - unterstützt und bei deren Abgang diese auch noch verteidigt zu haben? Demokratie und Demokratieverständnis des Westens konnte wohl kaum geradewegs auf ein Jahrzehnte lang diktatorisch regiertes arabisches Land übertragen werden. Der Weg hin zur Demokratie war lang, steinig und beschwerlich, er war ein Prozess der Jahre dauern würde und bei dem die Beteiligten auch Rückschläge würden hinnehmen müssen. Doch vielleicht war der Sturz des Präsidenten ein Schritt in die richtige Richtung. Wenn die Armee dabei helfen musste - für einen gewissen Zeitraum - um dem

Land und dessen Bevölkerung dadurch Rückhalt, Stabilität, ja im Grunde Sicherheit zu geben, dann sollte dies so sein. Doch vermutlich sahen westliche Politiker ihre eigenen Interessen schwinden, im neuen Wind des Aufbruchs.

30

Die Luft lag schwer über der Stadt, die Lichter schimmerten verschwommen im dunklen Nachthimmel. Das Brummen des Flugzeugs. Das gedämpfte Licht in der Kabine. Die Passagiere, die schon beim Landeanflug unruhig auf ihren Sitzen hin und her rückten… Es war wie immer. Diese allgemeine Stimmung von Ankommen, Aufbruch, in der Nacht verschwinden…

Es waren drei Jahre, drei Monate und vermutlich drei Tage vergangen, seit ich Ägypten Hals über Kopf verlassen hatte. Zwei Kinder und zwei Koffer, die einen Teil meines Lebens enthielten, hatte ich nach Deutschland mitgenommen. Mein Mann war zurückgeblieben, im Ägypten des Aufbruchs, im Land des Neuanfangs und der Revolution, der Hoffnung und der Unruhe. Nach ungewissen Monaten, vielen Papieren, Bürokratie und den Sturz des Präsidenten Mubarak später, war mein Mann uns in unser neues Leben nach Deutschland gefolgt. Die Gefühle nach der Rückkehr wechselten von Erleichterung, Freude über Altbekanntes, über Rat- und Planlosigkeit bis hin zu Tatendrang und Vorwärtskommen. Es begann das neue gemeinsame Leben, die Wohnungssuche in einer neuen Stadt, die Arbeitsuche.

Im ersten Jahr in Deutschland reichte das Geld nicht, um für die ganze Familie Flüge zu zahlen, im zweiten kamen neue Unruhen dazwischen, im Grunde nicht gefährlich, nicht mehr Besonders am Nil, doch durch Zureden von Familie und Freunden hatte ich die geplante Reise nicht angetreten.

Doch da aller guten Dinge drei sind, war es endlich soweit: wir flogen alle gemeinsam zurück nach Kairo. Meine seit Wochen andauernde Aufregung war kurz vor der Landung fast gänzlich verflogen, als ich aus dem Fenster hinabblickte auf die Stadt, die einst mein Zuhause gewesen war. Nun wieder hierher zu kommen, war noch irreal, wenngleich ich mich ob meiner inneren Ruhe wunderte. Wie würde sie sein, meine Begegnung mit dieser Stadt? Was hatte sich verändert, was würde mir vertraut sein? Waren drei Jahre eine lange Zeit, in der Stadt, die seit über einem Jahrtausend existierte, deren berühmte Pyramiden Dynastien, Herrscher und Geschichte überdauert hatten? Mit dem Blick auf den Nil unter mir, war die Zeit, die ich abwesend war, nicht mehr wichtig, es zählte jetzt unser Wiedersehen. Ich schaute zu meinen Kindern hinüber, die inzwischen sechs und drei Jahre alt waren und Kairo das erste Mal bewusst erleben würden. Wie würden sie reagieren? Wie würde es ihnen dort gefallen? Der Ältere konnte sich noch bruchstückhaft an die Zeit in Ägypten erinnern, an bestimmte Situationen, doch nicht mehr gut genug, als das er nicht viel Neues erleben würde.

Beim Landeanflug war ich ganz ruhig, nur in gespannter Erwartung der kommenden zwei Wochen.

Kaum hatten wir das Flugzeug verlassen, war die Hitze schier unerträglich. Es war stickig-heiß, obwohl schon nach zehn Uhr am Abend und ich fragte mich, wie wir diese Hitze die kommenden Wochen aushalten sollten. Gern wäre ich zurück ins Flugzeug gegangen, weggeflogen, nur fort aus dieser unerträglichen Hitze. Der Lärm des Flughafens, die vielen Menschen, all das war so überflutend, dass die erste Begegnung mit dieser Stadt nach Jahren zu einem wenig erfreulichen Moment wurde. Ich konnte den Moment der Rückkehr nicht so genießen, wie ich es mir erhofft hatte.

Als Ehefrau eines ägyptischen Staatsbürgers konnten wir uns die Warterei am Visaschalter ersparen und direkt zum Gepäckband durchgehen.

Vor dem Flughafengebäude warteten wir auf Walid, den Mann unserer Nichte Busy, der uns abholen und die kommenden Wochen bei sich aufnehmen wollte. Als er auf uns zukam, erkannte ich ihn gleich. Er umarmte Hamdy und die Jungs herzlich und schüttelte mir lächelnd die Hand.

Nach Hause fuhren wir auf Walids eigenem Pick-Up, den er für seinen Beruf als Lieferant nutzte. Was für ein Erlebnis für meine Kinder. Da waren sie gerade in der ägyptischen Nacht in einer noch fremden Welt angekommen und durften schon erleben, was in Deutschland unmöglich war: sie krochen mit ihrem Vater auf die Ladefläche des Pick-Up, hockten sich zwischen Seile und Planen, ohne Sicherheitsgurte oder andere Vorschriften. Während ich vorn neben Walid im Fahrerhaus Platz nahm und ersten arabischen Smalltalk hielt, zerzauste der Fahrtwind die Haare meiner aufgeregten Kinder. Ich fragte Walid nach Busy, seiner Frau und den beiden Töchtern. Nour, die Ältere, die ich schon als Neugeborenes auf dem Arm gehalten hatte, war inzwischen fast zehn Jahre alt. Ihre kleine Schwester Nada, die von einigen Familienmitgliedern, einschließlich ihrer eigenen Eltern aus Affinität zu alten Namen Halima genannt wurde, war zweieinhalb und ich hatte sie noch nie gesehen. Auch war Busy erneut schwanger, nachdem ihr drittes Kind, ein kleiner Junge, kurz nach der Geburt verstorben war. Walid und Busy hofften nun auf einen Sohn, doch Walid sprach diesen Wunsch beinahe vorsichtig aus, so als wolle er Allah, in dessen Hand die Entscheidung für das Geschlecht des Ungeborenen lag, nicht enttäuschen und fügte schnell hinzu, dass aber auch ein Mädchen ein großes Geschenk wäre, schließlich hätte er ja mit seinen beiden Töchtern schon so viel Freude.

Nachdem wir das Flughafengelände verlassen und einen Teil des Stadtteils Heliopolis hinter uns gelassen hatten, begann beinahe nahtlos Nasr City und es war, als hätte sich nichts verändert. Die mehrspurige Hauptstraße, die Nasr-Straße, durchquerte den Stadtteil und ich hatte das Gefühl, als wäre ich nur eben kurz aus Kairo weggewesen, als hätte alles unverändert auf mich gewartet. Ich konnte noch Restaurants erkennen, in denen wir früher hin und wieder gewesen waren. Da war das Gebäude, in dem das Fitnessstudio *„Pro Gym"* untergebracht war, auf dessen Dach ich oft gesessen hatte, nebenan die „*Tiba Mall*", die immer noch verlassen und dunkel wirkte, wie schon damals. Weiter auf der rechten Seite eine Grünfläche mit dem Hinweis zu City Stars, einem riesigen modernen Einkaufszentrum und dem angeschlossenen „*Intercontinental Hotel*". Es war alles so vertraut. Ich wusste nun ganz sicher, ich würde noch immer allein Plätze und Straßen finden, die ich von früher kannte, würde die Orte, an denen ich gewesen war, wiedererkennen, wenngleich es nicht immer ganz leicht war, sich im gleichen Grau der Hochhausfassaden von Nasr City zurechtzufinden.

Aus Nasr City hinaus auf der Salah Salim Straße wieder allzu Bekanntes. Rechts ein Teil des Friedhofs, auf dem sich Menschen der Überbevölkerung Kairos und ihrer Armut wegen, ihr Heim gesucht hatten. Links der Straße lag Mansheyat Nasr, das Distrikt, in dem meine Schwägerinnen Nisma und Nagat lebten.

Von Nasr City kommend, direkt hinter der ersten Fußgängerbrücke, die die Salah Salem Straße überspannte, lag die holprige Einfahrt zu der staubigen Straße, die zum Haus der beiden führte. Ja, ich konnte sogar den Durchgang zur Gasse ausmachen, noch immer gekachelt mit gelben und blauen Fliesen. Was taten die Beiden in diesem Moment in der Abendstunde, als wir mit Walid nur wenige Gehminuten entfernt vorüberfuhren? Wir fuhren hinter dem Friedhof rechts ab - auch hier nicht das erste Mal, dass ich diesen Weg entlangfuhr.

Kurz darauf, ich war noch zu sehr beschäftigt mit dem Blick aus dem Wagenfenster, erreichen wir das beeindruckende *Bab el-Futuh*, das fatimidische Stadttor, das im Norden den berühmten Basar Khan el-Khalili begrenzt. Dort begann die *Al-Muizz-Straße*, die Hauptstraße des Zentrums der Fatimiden-Dynastie, die im Mittelalter Kairo beherrschte. Diese Straße war eine der ältesten der Stadt und verlief von Norden nach Süden durch den Khan el-Khalili.

Ende der Neunzigerjahre hatte die ägyptische Regierung mit der Restaurierung der Straße begonnen, um ein Freilichtmuseum islamischer Baukunst entstehen zu lassen. Die Arbeiten waren abgeschlossen und so sehr gelungen. Walid fuhr langsam durch das Bab el-Futuh - als Lieferant hatte er eine Genehmigung, nicht jedes Fahrzeug durfte durch das Tor in den Basar hineinfahren. Plötzlich waren wir mittendrin in den winzigen Gassen des riesigen Marktes. Walid fuhr nur noch Schritttempo, die Straßen wurden enger und enger, bis sein Wagen zum Stehen kam. Ganz in der Nähe seines Hauses endete die Fahrt, dort musste er sein Auto zurücklassen, denn die Straße war zu schmal, um sie weiter zu passieren. Die Kinder waren hellauf begeistert von der Fahrt und Jacob, unser Dreijähriger bat mich, doch jetzt immer mit Walids Auto fahren zu dürfen. Die Männer luden all unser Gepäck vom Wagen und ich lief mit einem Teil davon voraus, um endlich Busy zu sehen, die uns schon sehnlichst erwartete. Sie und Walid wohnten mit ihren beiden Töchtern in der kleinen Gasse Darb el-Asfar im Stadtteil Gamaleya inmitten des Khan el-Khalili. Die Wohnung lag im obersten Stockwerk eines alten Hauses, doch die Vorfreude auf meine Nichte, ließ mich zügig die ausgetretene Steintreppe erklimmen. Ich konnte mich noch sehr gut an das Haus erinnern, welches ich das letzte Mal vor Jahren betreten hatte. Draußen war es bereits dunkel, doch das Treppenhaus war hell erleuchtet. Endlich war ich an der obersten Wohnung angekommen und klingelte. Nur einen kurzen Moment später öffnete sich die Tür und eine strahlende Busy stand vor mir. Sie zog zuerst mein Gepäck und dann mich in die Wohnung und drückte mich dann fest an sich. Es war eine Umarmung aus der die Freude und Herzlichkeit, die sie mir entgegenbrachte förmlich zu spüren waren. Ich war angekommen. Sofort fragte sie nach Hamdy und unseren Söhnen, deren Ankunft sie auch kaum erwarten konnte. Dann stand plötzlich Nour neben ihrer Mutter und ich war sprachlos. Das zarte, kleine Mädchen, so schlank und grazil, dass ich über drei Jahre nicht gesehen hatte, war noch viel hübscher geworden. Auch sie fiel mir um den Hals und wir hielten uns einfach fest. Sie übernahm das Strahlen ihrer Mutter bis Busy auf das kleine Mädchen wies, dass die Begrüßung seelenruhig beobachtet hatte: es war Nada, Busys jüngere Tochter, die ich nun zum ersten Mal sah. Schüchtern wich sie mir anfangs aus, ein Verhalten, dass sich schon bald ändern würde, denn sie wurde nach nicht allzu langer Zeit mir ganz und gar zugänglich. Nada war zierlich und klein für ihr Alter, so wie auch ihre große Schwester gewesen war. Sie hatte krause Haare und die typischen schwarzen Augen der Ägypter. Ein ganz süßes Kind, das mich und die Situation noch nicht recht einzuschätzen wusste. Busy fragte mich, wie die Reise gewesen war, ob es mir gut gehe in Kairo... Sie hörte kaum auf zu reden, fasste immer wieder glücklich meine Hand und schüttelte ungläubig wieder und wieder den Kopf. Sie konnte es noch nicht fassen, dass ich endlich zurück war und die kommenden zwei Wochen in ihrem Haus verbringen würde.

Wenige Minuten später stießen die Männer zu uns. Hamdy und Walid trugen das restliche Gepäck nach oben, die Kinder betraten ein wenig schüchtern die Wohnung. Busy strahlte erneut, als sie meine Kinder sah: Gabriel war knapp drei, Jacob acht Monate alt gewesen, als wir Ägypten verlassen hatten und nun standen ihr große Kindergartenkinder gegenüber, die zwar noch schüchtern waren, aber dennoch aufgeregt und freundlich lächelten. Busy drückte beide an sich und überhäufte sie mit Küssen, was sie sich etwas widerwillig und steif gefallen ließen. Küsse sollten die Jungs noch viele bekommen, während der nächsten Wochen, denn jeder in der Familie war so glücklich darüber, uns alle wiederzusehen, dass besonders Tanten und Cousinen, ganz ihrem Überschwang der Gefühle nachgebend, mir und den Kindern unzählige Liebesbekundungen in Form von Wangenküssen zukommen ließen. Nach über einer Woche war Jacob diese Form der Zärtlichkeiten leid und er sagte mit entrüstetem Gesichtsausdruck zu Busy, sie möge doch aufhören, ihn ständig zu knutschen. Wir lachten herzlich über seine Bemerkung und Busy nahm seine kleine Rüge wiederum zum Anlass, ihm erst recht mit gespitzten Lippen nach zu laufen und ihm - sein

Gesicht in ihren Händen - besonders heftige Schmatzer auf die Wange zu drücken. Ein Spiel, das auch Jacob ihr nicht wirklich übelnehmen konnte.

Nachdem die erste Welle der Wiedersehensfreude sich gelegt hatte und wir ein wenig zusammen gesessen hatten, schlug Hamdy vor, doch gleich Nisma und Mohammed, Busys Eltern, einen kurzen Besuch abzustatten, die nur wenige Gehminuten entfernt wohnten. Unsere Söhne ließen wir in Busys und Walids Obhut. Auf dem Weg zu Nisma ging es ein kurzes Stück durch die Al-Muizz-Straße, die sich wie die Hauptschlagader durch das Viertel Gamaleya zog und die ich so sehr liebte. Die Händler hatten ihre Läden noch geöffnet, es herrschte reges Treiben und ich schaute mich neugierig und fasziniert um. Alles war so vertraut und so wunderschön. Die Fassaden der alten Bauwerke waren liebevoll restauriert worden. Scheinwerfer strahlten die Häuser mit warmem Licht an, die Atmosphäre war die aus alter Zeit, wir waren angekommen in Kairo, Jahrhunderte in der Vergangenheit.

Als wir bei Nisma ankamen, war auch hier die Freude groß und wieder konnte ich an den herangewachsenen Kindern sehen, wie lange ich weggewesen war. Nismas Enkel umringten uns, ihre Tochter Rasha lächelte unentwegt und mir war, trotz der Jahre, die vergangen waren, in diesem Moment, als wären wir nur kurze Zeit weg gewesen. Wir unterhielten uns kurz mit Nisma und ihrem Mann Mohammad - wie es uns gefiele, wie es meiner Familie daheim gehe - schauten vom Balkon in die kleine Gasse und machten uns bald wieder auf den Weg nach Hause. Es war ein langer Tag gewesen, voller erster Eindrücke und ich war gespannt, auf die kommenden Tage.

31

Die Nacht war unerträglich gewesen, weil es keine Erholung von der Hitze des Tages gab.

Die Wärme hatte sich in der Wohnung gestaut und es war heiß und stickig in den Räumen. Auch ein geöffnetes Fenster brachte keine Abkühlung und da unser Fenster auf ein völlig mit Müll und Unrat verstelltes Vordach schaute, hatte ich ob des offenen Fensters und des direkt darunter stehenden Bettes auch Bedenken, es könne Ungeziefer hereinkommen, wobei Kakerlaken dabei noch das harmloseste Getier gewesen wären. Einzig der Ventilator an der Decke des Schlafzimmers brachte ein wenig Kühlung und lief die ganze Nacht hindurch. Da die Anbringung des Lüfters jedoch bei jeder Umdrehung mit schwankte, hatte ich auch hier Angst, ihn auf zu hoher Stufe laufen zu lassen. Ich hatte sehr oft Deckenventilatoren gesehen, deren Aufhängung so locker angebracht war, dass sie sich bei eingeschaltetem Gerät ständig mit drehte. Eine nicht ganz ungefährliche Art, sich Kühlung zu verschaffen.

Die Hitze lag auch nachts noch so schwer über der Stadt, dass ich mich nicht recht auf zwei Wochen Aufenthalt in Kairo freuen konnte. Wie sollten wir dieses Wetter aushalten? Auch der ungewohnte Lärm und die Tatsache, wieder in Kairo zu sein, ließen mich unruhig schlafen.

Doch glücklicherweise begann der folgende Tag spät, dem ägyptischen Lebensrhythmus angepasst, aber es war mir Recht, hatten wir doch Urlaub. War ich es im normalen Alltag, die Tag für Tag weit vor sechs Uhr morgens aufstehen musste, fühlte ich mich hier schon dadurch in Urlaubsstimmung versetzt, dass ich keinen Zeitdruck hatte. Alles lief langsamer und es war herrlich, ganz in Ruhe zu frühstücken, ohne die Zeit im Nacken und mit dem Blick aus dem Wohnzimmerfenster auf die umstehenden Häuser und Minarette.

Endlich, am Morgen, wehte doch ein erfrischender Wind, der die Hitze des Vortages beinahe ganz vertrieben hatte.

Die Kinder schliefen lange und ich genoss Kaffee und Ausblick.

Als Busy und die Kinder lange nach uns erwachten - Walid war schon zur Arbeit aufgebrochen - plauderten wir noch eine Ewigkeit mit ihr und verabschiedeten uns erst, als sie für sich und die Kinder das Frühstück herrichtete - zu einer Tageszeit, zu der ich fast schon wieder zu Mittag aß.

Wir machten uns auf, Kairo wieder zu entdecken, zu erinnern. Wir hatten keine konkreten Verabredungen, keinen Termindruck und konnten schon den Weg zur Bushaltestelle genießen.

Durch die Al-Muizz-Straße führte unser Weg Richtung Azhar-Moschee. Die Schönheit der Straße, der Plätze und Häuser beeindruckten mich erneut. Auch bei Tageslicht war dieser Ort wohl einer der schönsten in Kairo. Die restaurierten Fassaden, die leuchtenden alten Pflastersteine, die Moscheen, Galerien und Geschäfte… Würden sich nicht Autos und Kleintransporter immer wieder wild hupend ihren Weg durch die schmale Gasse bahnen, könnte man sich in längst vergangene Zeiten zurückversetzt fühlen. Es war schön und mir war bewusst, in welch berühmter Gegend wir wohnten und in welcher bedeutungsträchtigen Straße mein Mann geboren und aufgewachsen war. Dies war eine der ältesten Straßen Kairos, die Hauptstraße des fatimidisch regierten Kairos im zehnten Jahrhundert gewesen, viele Millionen waren auf ihr gegangen und mein Mann kannte diese Gegend, wie seine Westentasche.

Man konnte ihm seinen Stolz immer anmerken, wenn er Menschen begegnete, die Kairo gut kannten oder auch dort aufgewachsen waren und er ihnen erzählte, woher er kam. Gamaleya, das war ein Begriff, das war Historie, das war reales, unverfälschtes Kairo.

Doch nicht nur die Familie meines Mannes kam aus dieser Gegend. Auch ein äußerst berühmter Sohn der Stadt stammte von dort: General *Abdel Fatah Al-Sisi*. Der bisherige Verteidigungsminister und Feldmarschall über die ägyptischen Streitkräfte, der zur Zeit unseres

Aufenthalts als Favorit der Präsidentenanwärter kandidierte. Dieser Mann überstrahlte auf Plakaten, Bannern und übermannsgroßen Fotomontagen mit den Pyramiden als starken, unbezwingbar anmutenden Hintergrund schier alles. Der Stolz, der Bewohner, der zukünftige Präsident Ägyptens sei einer von ihnen, war schier grenzenlos. Auf Spruchbändern konnte man auch dergleichen lesen: der zukünftige Präsident des Landes am Nil entstammt unseren Reihen. Natürlich hatte bis dato die Wahl nicht einmal begonnen, doch der größte Teil der Bevölkerung glaubte an den Sieg des Generals und auch für mich gab es keinen Zweifel. Die Menschen wollten eine Veränderung, nach einem qualvollen Jahr unter dem islamistischen Präsidenten Muhammad Mursi. Al-Sisi, der scheinbar sanfte, aber erfahrene Staatsmann würde es richten können, so dachten jedenfalls viele, nicht nur die Bewohner Gamaleyas. In ganz Kairo gab es im Gegensatz zum Wahlkampf für Mursi überdurchschnittlich mehr Propaganda für Al-Sisi, doch davon schien schon der größte Anteil allein im verhältnismäßig kleinen Stadtteil Gamaleya verbraucht, wo er von jeder noch so schmalen Wand herunterlächelte. Ich konnte mich mit dem früheren Präsidenten Mursi noch weniger anfreunden, doch in Kairo an fast jeder Ecke Al-Sisi überheblich auf mich hinabschauend sehen zu müssen, war auch nicht viel schöner. Auf jedem Bild bleckte er die per Bildbearbeitung geweißten Zähne zu einem künstlichen Lächeln.

Ich bestaunte auf dem Weg zur Busstation Geschäfte mit herrlichen handgefertigten Lampen aus Metall, Altwarenhändler mit hübschen Einzelstücken oder Läden mit Handtaschen, Tüchern und Haushaltswaren, die am Ende der Al-Muizz-Straße direkt in den Bereich für Wohn- und Küchenaccessoires des Khan el-Khalili führten. Für unsere Söhne war alles neu, sie sahen sich um, beobachteten spielende Kinder und begannen streunende Katzen zu zählen.

Als wir die beiden noch mit Proviant in Form von Keksen und Schokolade versorgt hatten, erreichten wir mit Blick auf die gegenüberliegende Al-Azhar-Moschee die gleichnamige Al-Azhar-Brücke, die direkt nach Downtown führte. Wir sprangen in einen Mikrobus und ließen uns bis zum Opernplatz in der Stadtmitte fahren.

Da war wieder Downtown, die vielen Menschen, der Lärm der Autos... Nach Jahren waren wir plötzlich wieder mittendrin und auch hier schien die Zeit stehengeblieben zu sein. Es hatte sich nichts verändert, ich kannte Gebäude, Straßen, Plätze wieder, fand mich zurecht und fühlte mich wohl, als wäre ich nie weg gewesen. Downtown, später auch Zamalek, alles war mir noch so bekannt und ich fühlte mich, als wären die drei Jahre meiner Abwesenheit nur Tage oder Wochen gewesen. Unsere Kinder gingen fröhlich mit, überall sahen sie Dinge, die sie faszinierten und die ihnen gefielen. Und immer und immer wieder fügten Sie ihren schon gezählten Katzen neue Streuner hinzu. Sie würden noch auf eine beachtliche Anzahl kommen.

Besonders erfreulich, weil so offensichtlich, war die unglaubliche Begeisterung der Ägypter für Kinder. Unsere Söhne wurden - da augenscheinlich sehr exotisch - prinzipiell von allen gemocht, Händler, Kellner, Bekannte, Fremde, alle waren völlig fasziniert von diesen beiden Kindern. Oft wurden die beiden lange angesehen, ohne, dass sie es bewusst mitbekamen. Fremde Menschen strichen ihnen im Vorbeigehen über die dunkel behaarten Köpfe, griffen nach ihren Händen und sprachen sie oft auf Englisch an. Die beiden, fasziniert von allem um sie herum, bekamen die Freundlichkeiten oft gar nicht mit, ich jedoch registrierte jeden Versuch der Kontaktaufnahme. Die Menschen waren begeistert von den dunkeläugigen Jungen, die aber wesentlich hellere Haut hatten, als die meisten ägyptischen Kinder. In Ägypten sind Kinder generell gern gesehen, aber derart exotische riefen bei den Menschen oftmals noch weit größere Verzückung hervor.

Auf unserem Weg durch das altbekannte Zamalek trafen wir im Fitnessstudio, in dem Hamdy früher als Trainer gearbeitet hatte, auf viele seiner Bekannten, die glücklich waren, ihn so überraschend zu sehen. Einige von ihnen kannte auch ich, wieder andere kannten mich und alle waren aufgeschlossen und sehr freundlich. Alle dort vermissten meinen Mann, der mit seiner fröhlichen, aber stets professionellen Art ein sehr guter Trainer und Kollege gewesen war. Auch er selbst genoss es ein wenig, sich in der Freude und den lobenden Worten seiner früheren Kollegen und der Studiomitglieder zu sonnen. Alle scherzten und lachten, während die Kinder und ich uns bei Aussicht auf Zamalek wunderbar entspannten.

Ganz in der Nähe und beim Aufenthalt in Zamalek unerlässlich war der Besuch des Marriott Hotels. Das noble Haus war ursprünglich ein Palast gewesen, den man zu Ehren der französischen Kaiserin Eugenie hatte bauen lassen. Inzwischen beherbergte das Haus, das mit modernen Seitenflügeln erweitert worden war, ein Hotel mit großzügigem Garten. Betrat man diesen Garten schien man so fern vom stetigen Lärm der Stadt, man fand im dortigen Restaurant Ruhe und Entspannung. Ich zeigte den Kindern einen Teil des Palastes der großen Kaiserin und sie waren gleichsam fasziniert. Auch der prächtige Garten mit den Wasserspielen gefiel ihnen sehr. Dort waren wir schon früher oft gewesen, als Gabriel, unser älterer Sohn, ein Baby gewesen war. Hierher waren wir gern gekommen. Als Hamdy sich zu einem Termin von uns verabschiedete, blieb ich mit den Kindern noch eine Weile, bevor wir zum nächsten, mir noch immer sehr bekannten Café aufbrachen, um Hamdy wieder zu treffen. Es lag nur wenige Gehminuten vom Marriott entfernt und wir entspannten dort bei Kaffee und Saft. Meine Kinder verarbeiteten ihre Eindrücke, in dem sie pausenlos redeten und ich genoss es, keine Eile zu haben, nur zu sitzen, die Kinder zu betrachten, ohne Termin- oder Zeitdruck des Alltags. Es war nicht so wie ein Urlaub, an einem Ort, den man neu entdecken musste, den man wie unbekanntes Terrain betrat und sich erst erobern musste. Es war viel eher das Gefühl, zu Besuch zu sein, an einem bekannten Ort, an dem man sich seinen Erinnerungen hingeben und die Gedanken auffrischen konnte, vielleicht so, wie man einen alten, längst vergangenen Lebensabschnitt betrachtet.

Auch als das Licht im Café plötzlich erlosch und die Musik verstummte, blieben wir guter Stimmung. Der Strom, so hatte ich schon am Vorabend erfahren, wurde fast täglich, teilweise über mehrere Stunden, ohne Vorankündigung abgestellt. Doch die Kairoer nahmen diesen Zustand hin, hatten sich arrangiert, da sie an diesem Umstand sowieso nichts würden ändern können. Ich schmunzelte über mich selbst wie ich dort im Halbdunkel ganz entspannt saß, ohne Aufregung, obgleich ich nicht wusste, wann der Strom wieder verfügbar sein würde. Es machte mir nichts aus, brachte mir in diesem Moment keine Nachteile. Doch wie wäre es gewesen, wenn wir noch immer in dieser Stadt würden leben müssen? Man konnte sich an den Umstand freilich gewöhnen, doch ich hätte, so glaubte ich, schwer an diesem Umstand tragen müssen. In Kairo, wo ich fast ständig mit Heimweh nach Deutschland und der Sehnsucht nach meinem alten Leben verbracht hatte, hätten mich auch die täglichen Stunden ohne Strom nur noch unglücklicher gemacht. Die negativen Dinge des Alltags, wenngleich nur Kleinigkeiten, hätten sich gehäuft und vor meinen Augen die schönen Seiten des Lebens in Kairo mehr und mehr in den Hintergrund gedrängt. Ich hätte wieder verglichen und das Leben in meiner Heimat als besser empfunden und wäre vermutlich, ob der teilweise schwierigen Umstände in Kairo, die mich ja tagtäglich begleiten und ereilt hätten, immer wieder in ein tiefes Loch gefallen. Irgendwann hätte ich vermutlich gar nichts Schönes mehr gesehen oder empfunden. Wie würde es mir heute ergehen, wenn wir noch immer in Kairo lebten?

Ich machte mir in diesem Moment im dämmrigen Café erneut klar, wie viel persönliches Glück mir, blickte ich nun zurück, die Revolution in Ägypten gebracht hatte. Wir hatten das Land viel eher verlassen, als wir es geplant hatten und lebten nun ein zufriedenes, wenn auch einfaches Leben in einer herrlichen Stadt in Deutschland. Ich war so dankbar, wie sich das Schicksal gefügt hatte. Die Jahre in Kairo waren eine spannende Erfahrung gewesen, mit Höhen und Tiefen, doch ich war froh, dass dieses Kapitel hinter mir lag. Ich wollte immer gern zurückkommen, ein paar Wochen des Jahres, wollte Familie und Freunde wiedersehen, Orte von früher besuchen, mich erinnern, doch dort wieder zu leben, hielt ich für völlig ausgeschlossen.

Wir trafen Hamdy nach seinem Termin wieder und fuhren zurück nach Gamaleya, wo wir bei Nisma einkehrten, die uns zum Essen eingeladen hatte. An diesem Abend sahen sie, ihre Tochter Rasha und deren Kinder unsere Söhne nach über drei Jahren das erste Mal wieder. Es gab viele Küsse und Umarmungen beim Wiedersehen und so wie die Familie meine herangewachsenen Kinder bewunderte, so staunte ich, was aus ihren ehemaligen Kleinkindern geworden war. Wir bekamen köstliches Abendessen und die Mädchen - Nismas Enkeltöchter - umringten mich. Ich merkte, wie in diesem Kreis, innerhalb der Familie, mein Arabisch förmlich erblühte. Ich verstand nahezu jede Unterhaltung, wenngleich ich nicht jedes einzelne Wort mitbekam und konnte mich auch in ihrer Sprache verständigen. Das Gefühl, schon früher und von Anfang an zu dieser Familie gehört zu haben, bestätigte sich auch jetzt wieder. Die lange Zeit, die wir uns nicht gesehen hatten, existierte im Grunde gar nicht. Die Jahre, die vergangen waren, taten unserer engen Bindung keinen Abbruch und auch die vielen Kilometer, die uns seit unserem Wegzug trennten, waren nur eine räumliche Distanz. Unsere Herzen waren sich stets nahe gewesen.

32

Die zweite Nacht in Kairo war angenehmer, es war ein wenig kühler geworden und die Fülle der Eindrücke des Tages tat ihr Übriges - wir schliefen tief und fest. Da Hamdy schon früh am Morgen einen Termin hatte, blieb ich mit den Jungs zu Hause. Busy verpflegte uns beinahe pausenlos und die Jungs spielten mit Nour, Busys Ältester oder das Mädchen erklärte mir ihre Englischaufgaben, während die anderen arabische Cartoons im Fernsehen ansahen. Es war ein ruhiger und entspannter Vormittag. Busy bestand nach Hamdys Rückkehr darauf, dass wir zum Mittagessen blieben, bevor wir nach Mohandessin aufbrachen, wo Hamdy in seinem früheren Fitnessstudio einen Kurs geben sollte. Auch in Mohandessin das gleiche Gefühl, wie zuvor: kaum etwas, das sich verändert hatte, Straßen und Plätze waren mir bekannt, ich konnte mich erinnern und auch ohne Begleitung meines Mannes fortbewegen. Die Kinder und ich hatten freie Zeit, also machten wir uns zu dritt auf den Weg. Ich wollte eine Freundin besuchen. Joelle war Französin und damals die Leiterin der Administration einer Sprachschule gewesen, für die ich gearbeitet hatte. Sie war eine schöne und selbstbewusste Frau, herzlich und freundlich, die mit wunderbar französischem Akzent Arabisch sprach. Wir hatten viel zusammen gelacht, als „Auslandseuropäerinnen" und damit in gewisser Weise als Leidensgenossinnen und hatten mit den Kindern das ein oder andere Wochenende gemeinsam verbracht.

Das Büro der Administration lag im zweiten Stock eines Wohnhauses in einer kleinen Straße, wenige Meter entfernt von dem Kindergarten, in den mein großer Sohn einige Monate gegangen war. Seine Vorfreude, diesen Ort wiederzusehen, auch wenn er sich nicht mehr erinnern konnte, ließen ihn und auch den jüngeren Bruder, der ebenso neugierig war, ohne Murren den recht weiten Weg mit mir zurücklegen. Als es schon dämmerte, erreichten wir die Gasse, in der der Kindergarten lag. Beide Kinder waren sehr enttäuscht, dass schon geschlossen war und sie beschlossen einstimmig, dass wir noch einmal wiederkommen müssten, wenn die Einrichtung geöffnet wäre. Dann stand ich vor dem Gebäude, in dem ich fast zwei Jahre gearbeitet hatte. In den Büroräumen brannte kein Licht. Ein aufgeregtes Kribbeln breitete sich in meinem Magen aus. Der Kiosk gegenüber, bei dem sich unser Team immer mit Snacks versorgt hatte, die Apotheke, wenige Schritte entfernt, alles war unverändert.

Und dann stand plötzlich der *Bawab* vor mir, den ich noch aus meiner Zeit kannte. Vielleicht erkannte er auch mich, denn er kam auf mich zu und sprach mich fast vertraut an. Ich fragte ihn nach Joelle, doch er antwortete, sie sei nicht mehr hier, hätte aber ihren neuen Schönheitssalon ganz in der Nähe. Von ihrem neuen Projekt hatte ich erfahren, doch die Adresse kannte ich nicht. Der Bawab schickte uns zur übernächsten großen Kreuzung zurück, in die Nähe des Fastfood-Ladens, den ich kannte. Wir liefen zurück und ich musste wieder über meine Kinder staunen: sie liefen geduldig den ganzen Weg zurück, schauten links und rechts, entdeckten hier wieder eine Katze, die sie ihrer eigenen Sammlung hinzufügen konnten, dort einen Laden, etwas weiter ein nicht mehr fahrtüchtiges Auto am Straßenrand. Es bereitete ihnen sichtlich Vergnügen, in dieser anderen Welt alles um sie herum bestaunen und entdecken zu können.

Joelles Salon fanden wir jedoch nicht. Ich fragte mehrere Passanten und in anderen Frisiersalons bis endlich an einem Wohnhaus pinkfarbene Lettern hell erleuchtet anzeigten, dass wir gefunden hatten, was wir suchten. Inzwischen war es dunkel geworden.

Leider war Joelle nicht da und ihre Angestellten hüllten sich in Schweigen, wo ich sie finden könnte. So hinterließ ich nur enttäuscht meine Handynummer, die sie ihr geben wollten und wir gingen unverrichteter Dinge. Ich hätte Joelle so gern wiedergesehen, hätte so gern gewusst, wie es ihr und ihrer Tochter ging.

Das Sportstudio, in dem wir uns mit Hamdy nach seinem Kurs treffen wollten, fanden wir nicht auf Anhieb. Wahrscheinlich waren wir eine Straße zu früh oder zu spät abgebogen. Doch ich war nicht ängstlich, schließlich gab es genügend Menschen auf den Straßen, die wir nach dem Weg fragen konnten und ich kannte die Gegend, so dass wir uns irgendwann zurechtfinden würden.

Nach einem gemeinsamen Abendessen mit Hamdy fuhren wir im Taxi zurück zum *Hussein-Platz*, von wo aus der Heimweg wieder das reinste Vergnügen war. Wir durchstreiften einen Teil des *Khan el-Khalili*, liefen Richtung *Al-Muizz-Straße*, die in der Dunkelheit wunderschön beleuchtet war. Die Fassaden der Gebäude waren in warmes Licht getaucht, der Eingangsbereich der *Al-Aqmar-Moschee*, der mit Marmor ausgelegt war, erstrahlte golden. Die Straße und die umliegenden Gassen waren voller Menschen, die ausgingen, zusammen saßen oder Einkäufe erledigten. Ich kannte *Gamaleya* inzwischen, doch bei diesem Wiedersehen empfand ich die Gegend, als die schönste ganz Kairos. Zamalek, Downtown, alles hat seine schönen Seiten. Doch *Gamaleya* besaß eine ganz eigene Faszination, einen besonderen Reiz, denn es erinnerte - neu erblüht - an das ursprüngliche und wahre Kairo.

33

Es war Freitag, der Tag, der das muslimische Wochenende einläutete.

Um die Mittagszeit begann in den Moscheen das Freitagsgebet. Der Mu'azzin, jener Vorsänger, der die Gläubigen zum Gebet ruft, stimmte seinen Ruf an, die anderen der umliegenden Moscheen stimmten ein. Über den staubigen Straßen der Stadt lag ein Gesang aus unzähligen Stimmen. Eine Stimme folgte der anderen und so mischten sich die Gesänge der Mu'azzanin der Moscheen in der Nähe zum gleichen Zweck ineinander: die Menschen sollten eingeladen werden, das Gebet in der Moschee zu verrichten. Auch Walid lief zur nahen Moschee, um zu beten, während Busy und ich alles für unseren Ausflug vorbereiteten.

Heute wollten wir einen großen Teil der Familie wiedersehen und ich fieberte dem Treffen entgegen. Über drei Jahre lang hatte ich sie alle nicht mehr gesehen, die Schwägerinnen, Schwäger, Nichten, Neffen, deren Kinder und Enkel... Ich wusste, sie würden mich gleich wieder in ihrer Mitte aufnehmen, mich herzlich begrüßen und sich auch über meine Kinder überschwänglich, wie es ihre Art war, freuen. Doch ich war so aufgeregt, als wäre es das erste Treffen. Nachdem Hamdy und Walid zurückgekehrt waren, ging es mit Walids Pick-Up endlich los, ich im Fahrerhaus neben Walid, Hamdy, Busy und die Kinder auf der Ladefläche. Zuerst ging es durch die schmalen Gassen des Khan el-Khalili Richtung Mansheya, um dort noch Nisma, Mohammad, Rasha und drei Kinder einzuladen. Den Pick-Up voll beladen fuhren wir die Moqattamberge hinauf. Es war dieselbe Richtung, die zu unserer ersten gemeinsamen Wohnung führte, ich kannte Straßen, Kreuzungen, sogar einzelne Geschäfte wieder. Es war auch hier, als wäre ich nicht all die Jahre fort gewesen. Wir hatten das Haus von meinem Schwager

Hassan noch nicht ganz erreicht, waren noch einige Meter entfernt, als ich Gesichter erblickte, der mir bekannt vorkamen. Einige der Kinder, Nichten und Neffen, waren vor dem Haus erschienen, als sie den Wagen erblickt hatten und wollten uns willkommen heißen. Da war es, das Wiedersehen und ich konnte es nicht fassen: aus den Kindern, die ich vor über drei Jahren zum letzten Mal gesehen hatte, waren Jugendliche und junge Erwachsene geworden.

Wir wurden sofort in Hassans Wohnung begleitet, wo inzwischen die anderen Familienmitglieder versammelt waren. Ich sah zuerst Mohammad und Hagar, die Kinder von Azza, Hamdys zweitjüngster Schwester. Hagar hatte Modelmaße, sie war groß und schlank und sah ihrem Vater Nasir sehr ähnlich. Auch ihr jüngerer Bruder Mohammad war schlank und groß, seine Gesichtszüge glichen jedoch eher denen seiner Mutter. Die jüngste Schwester Fahima, die nach dem tragischen Verlust ihres Ehemannes allein geblieben war, war mit ihren Kindern Nour und Shams, Namen, die Licht und Sonne bedeuteten und deren Bruder Abdelrahman gekommen, der von allen in der Familie nur *Budy* gerufen wurde. *Israa* und *Nouran*, die Töchter des Hausherren waren wunderschöne Mädchen und ihr kleiner Bruder Yousef, der nur wenige Monate älter war, als mein großer Sohn, lief brav um uns herum und versuchte direkt Kontakt zu seinen Cousins aufzunehmen, die ob der vielen teils unbekannten Gesichter noch schüchtern hinter mir warteten. Als alle Kinder begrüßt waren, kamen meine Schwägerinnen an die Reihe, von denen mich Azza am herzlichsten an ihre Brust drückte, mich mehrfach auf die Wangen küsste und mich ungern loslassen wollte. Nagat herzte mich gleich darauf, Hamdy wurde begrüßt und alle wandten sich unseren Kindern zu, die mit ebensolchem Staunen betrachtet wurden, wie ich die Kinder der Familie angesehen hatte: sie waren zu großen Jungs herangewachsen. Jeder herzte und küsste sie, pries ihre Schönheit und beide wanden sich ein wenig aus den liebevollen Umarmungen der Tanten und Onkels. Sie waren anfangs schlichtweg überfordert von all den Menschen, Stimmen und Streicheleinheiten.

Kurz nach der herzlichen Begrüßung aller, klingelte es erneut. Als ich mich umwandte, war meine Überraschung noch größer. Hamdys Schwester Bila war mit Omar, ihrem jüngsten Sohn, angekommen.

Ich hatte Omar zum ersten Mal gesehen, als er fünf, vielleicht sechs Jahre alt gewesen war. Wir waren damals zu Bila gefahren, damit ich sie und ihre Familie kennen lernen konnte, vor Jahren, es mag wohl mein dritter Besuch bei Hamdy in Kairo gewesen sein. Omar war ein aufgeweckter kleiner Junge gewesen, der ständig grinste, in meiner Gegenwart aber schüchtern und zurückhaltend war. Jetzt, Jahre nach unserer ersten Begegnung und nach drei Jahren, war aus dem Jungen ein richtiger Mann geworden. Er war inzwischen sechzehn Jahre alt, überragte seine Mutter und damit auch mich um mehr als einen Kopf, war kräftig gebaut und trug seine schulterlangen Haare zu Dreadlocks gedreht, lässig mit einem Gummi zusammen gebunden. Ich staunte, denn Omar hatte sich von allen Kindern am meisten verändert. Er war recht still, doch Hamdy meinte, er sei äußerst klug, in der Schule sehr fleißig und interessierte sich ernsthaft für Politik. Mein Mann war wohl schon immer ein Vorbild für Omar gewesen und als er nun vor mir stand, sah ich, dass der lässig aussehende junge Mann einen äußerst klugen und bescheidenen Blick hatte. Ich mochte ihn noch immer, vielleicht sogar noch mehr, als Jahre zuvor, traute mich jedoch nicht, ihn in meiner Wiedersehensfreude zu umarmen, schließlich wollte ich ihn nicht beschämen. Später beeindruckte Omar auch meine Kinder, als er sein fußballerisches Können bewies und sehr lieb und rücksichtsvoll mit ihnen umging. Sie mochten ihn so sehr, dass Omar Tage später von Gabriel und Jacob offiziell zum Lieblingscousin ernannt wurde.

Wir waren nach über drei Jahren wieder in der Mitte der Familie angekommen und ich empfand Dankbarkeit und Freude, denn alle im großen Salon ließen mich ihre Freude und ihr Glück über unsere Anwesenheit spüren. Ich durfte direkt in der Mitte des Sofas Platz nehmen, alle rückten zusammen und während ich erzählte und Fragen beantwortete, wurden meine Kinder zugänglicher und ließen sich von Yousef und den anderen Cousins und Cousinen liebevoll in der Wohnung herumführen, ohne den ständigen Blick zu mir, ob ich auch wirklich noch auf meinem Platz saß. Hassans Frau Farida und die Kinder begannen, den Tisch einzudecken. Es war schon früher Nachmittag und wir alle hatten Hunger. Welche Köstlichkeiten wieder einmal gereicht wurden! Es gab gegrillten Fisch, Berge an Reis, Salat, Tahina, eine Paste aus Sesamkörnern, von der Hassan behauptete, sie allein zubereitet zu haben.

Einige der älteren Cousinen setzten sich mit den kleineren zum Essen auf den Balkon, der an den Salon angrenzte. Die Erwachsenen versammelten sich um den Esstisch. Meine Jungs saßen nun draußen, inmitten ihrer Cousins und Cousinen und ließen sich von Hagar und Rahma beim Zerkleinern des Essens helfen. Ich sah beide beschäftigt und äußerst zufrieden, so dass auch ich mich nun zu den anderen Familienmitgliedern gesellen konnte.

Es schmeckte köstlich und wieder und wieder legte mir irgendeine Hand ein gutes Stück Fisch auf den Teller oder lud mir wieder und wieder Reis auf. Das über Stunden zubereitete Mahl Faridas war in kurzer Zeit verzehrt. Die Familie verzog sich mit vollen Bäuchen in den hinteren Teil des Salons auf die Sofas, wo wir bei Tee und Obst zusammensaßen, während die älteren Cousins nun mit den kleineren vor der Tür Fußball spielten.

Erst jetzt, als wir im Rund im Salon saßen, hatte ich die Gelegenheit mich umzusehen. Hassan war handwerklich begabt, was er auch jedem Besucher gegenüber gern betonte. Er hatte sämtliche Arbeiten an seiner Wohnung selbst erledigt, den Balkon angebaut und war nun sogar dabei, der Wohnung ein weiteres Zimmer anzuschließen. Er hatte wirklich gute Arbeit geleistet, kannte ich doch genügend Handwerker, die weniger genau und akkurat arbeiteten, wie man in vielen Wohnungen sehen konnte. Hassan hatte die Wände in Pastellfarben gestrichen und im hinteren Teil Möbel im Stil Ludwigs XIV. aufgestellt. Die plüschigen Sofas hatten goldene Füße und in goldenes Holz gefasste Lehnen. Er hatte, von Beruf Maler, einige seiner eigenen Kreationen an den Wänden angebracht und die Wohnung war für ägyptische Verhältnisse schick und edel eingerichtet. Was mich jedoch schmunzeln ließ, war der Kamin, den Hassan an der Wand neben der Balkontür gebaut hatte. Natürlich fehlten die Feuerstelle und der Abzug, da der Kamin nicht zum Zwecke des Heizens, sondern rein als Zierde gebaut worden war. In der nachmittäglichen Hitze des Tages erschien mir der Kamin seltsam fehl am Platze, es war beinahe abstrus.

Ich lauschte den Gesprächen der anderen, beteiligte mich hier und da. Es war wie früher, es war wie immer und es war so schön.

Schon nach kurzer Zeit entbrannte eine hitzige Diskussion über ägyptische Politik. Die Familie war nahezu zur Hälfte dem ehemaligen Präsidenten Muhammad Mursi zugetan und liebt ihn innig, so auch Busy, die nichts über den islamistischen Präsidenten kommen ließ. Der Mursi unterstützende Teil war damit zwar nicht zwangsläufig den Muslimbrüdern zugetan, doch das ein oder andere Mitglied der Familie zeigte seine Sympathie der Gruppierung gegenüber auch im Kreis der Familie offen. Der andere Teil der Familie war auf Seiten des Generals Abdel Fatah Al-Sisi, der während unseres Aufenthalts kräftig Wahlkampf betrieb und allgegenwärtig von Bannern, Postern und Handzetteln lächelte, besonders in Gamaleya, Busys Wohngebiet, das sich betont stolz darauf berufen konnte, der Ort zu sein, an dem der künftige Präsident geboren und aufgewachsen war.

So gingen die Meinungen innerhalb der Familie deutlich auseinander und da jeder seine Ansicht gern kundtat, wurde es in Gesprächen immer wieder laut und aufgeregt. Nachdem man sich beim Thema Politik nicht einigen konnte, verlief das Thema im Sande und die Familienmitglieder gingen zum anderen und wohl wichtigeren Thema über: Islam. Gläubig waren in der Familie alle. Sie lebten streng nach den Regeln des Islam, beteten fünfmal täglich, hielten den Ramadan ein. Doch trotz aller Gottesfürchtigkeit waren sie so verschieden. Einige nahmen den Islam einfach hin. Was im Koran stand, war unerschütterlich und unabänderlich, musste natürlich nicht hinterfragt, sondern schlicht hingenommen werden, auch wenn das heilige Buch über eintausend Jahre alt war und vieles darin nicht mehr unverändert auf die heutige Zeit übertragen werden konnte.

Andere in der Familie wiederum hinterfragten sich und den Koran, sie dachten darüber nach, auch wenn sich für sie an der Richtigkeit des Buches niemals etwas ändern würde. Der Koran war von Gott durch den Propheten gesandt worden, wie könnten also Menschen daran etwas ändern?

Hassan beispielsweise sah seine Religion als eine Art Errettung. Er behauptete, man könne dankbar sein, dass muslimische Heere nach Ägypten gekommen waren, um den Islam als Staatsreligion an den Nil zu tragen. Hamdy, der den Islam als Ganzes sehr stark hinterfragte, erinnerte seinen älteren Bruder jedoch daran, dass die muslimischen Heere unter ihrem Anführer *Omar Ibn al-Ās*, der mit tausenden Männern in Ägypten eingefallen war, eben nicht die großartigen Retter gewesen waren, für die Hassan diese hielt. Jene Heere hatten Ägypten seiner Schätze beraubt und das Kulturgut des Landes einfach nach Mekka und Medina, den heiligsten Stätten des Islams im heutigen Saudi-Arabien, abtransportiert - natürlich ohne die ägyptische Bevölkerung dafür zu entlohnen. Der einzige „Gewinn", der den Ägyptern damals zuteil geworden war, war der Zwang, zur Konversion zur einzig wahren Religion, die die Heerscharen mit sich gebracht hatten. Weiterhin, so bemerkte Hamdy, hatten die Ägypter im eigenen Land an die eingefallenen Muslime, die *ǧizzya* zu zahlen, eine Art Schutzgebühr, sollten sie sich nicht zum Islam bekennen wollen. Dasselbe Verfahren, das zu Zeiten des Propheten Muhammads und seiner Nachfolger weithin üblich war, existiert auch heute wieder in den Gebieten, in denen der „Islamische Staat" Angst und Schrecken verbreitet. Werde Muslim, bekenne Dich also zur wahren Religion oder zahle für Deinen Unwillen zur Konversion. Die Ägypter waren also von den in ihrem Land eingefallenen muslimischen Heeren unterjocht worden. Hassan jedoch ignorierte Hamdys Einwand und stahl sich kurz darauf aus der hitzig gewordenen Unterhaltung. Die Gemüter waren aufgebracht, die Geschwister hatten laut und etwas ungehalten gesprochen, wobei besonders Hassan versucht hatte, auf sein Recht zu pochen, den Islam als die wahre, errettende Religion darzustellen. Mir als Außenstehende war das Gespräch wie eine Theaterkomödie vorgekommen. Die Ägypter, zu Drama und Übertreibung neigend, unterhielten sich lautstark und gestenreich. Als beide geendet hatten, ohne ein Ergebnis, mit dem sich beide würden zufrieden geben können, fiel der Vorhang und man ging wieder zu anderen, weniger brisanten Themen über.

Irgendwann am späten Nachmittag brachen wir auf. Wir bestiegen wieder gemeinsam mit Busys und Nismas Familie sowie zusätzlich noch mit Bila, Omar, Hamdys jüngerem Bruder Alaa, dessen Frau und Sohn den Pick Up und er steuerte mit Umweg über Mansheya den Heimweg an. Bila und Omar wollten uns bis nach Gamaleya begleiten, um dort Bilas älteren Sohn Ahmad zu besuchen, der in einem Laden im Khan el-Khalili arbeitete.

In Gamaleya angekommen, ließen wir uns von Alaa überreden, in seinem Geschäft vorbeizugehen, um Salabyya zu essen, kleine, aus Brandteig hergestellte Kugeln, die in Fett frittiert mit Puderzucker oder flüssigem Honig übergossen, heiß gegessen werden. Auch meine Kinder durften die Bällchen im heißen Fett hin und her wenden und da Jacob noch zu klein war, um in den heißen Kessel zu schauen, hob ihn Omar kurzerhand auf seinen starken Arm, damit mein Jüngster die Salabyya wenden konnte. Wir saßen noch mit Alaa zusammen, während Omar sich mit Gabriel und Jacob auf den Weg machte, um ihnen ihre Lieblingskekse zu kaufen. Er kümmerte sich rührend um die Beiden, ja man konnte dem stillen jungen Mann anmerken, wie sehr er seine beiden Cousins aus dem fernen Deutschland mochte, auch wenn er wenig Worte machte, sondern sie seine Zuneigung durch Gesten und Aufmerksamkeit spüren ließ.

Einige Tage später sahen wir einen Teil der Familie wieder, als wir Nisma einen Besuch abstatteten. Wir trafen in Mansheya natürlich auf deren Tochter Rasha mit ihren Kindern, aber auch Azza war mit Hagar gekommen und auch Rehab, Nagats hochschwangere ältere Tochter war da.

Jacob, unser kleiner Sohn, aß zur Freude aller zwei Sandwiches mit Ta'ameya, wie in Ägypten die Falafelbällchen genannt werden. Im Wohnzimmer nebenan war gelöste, fröhliche Stimmung, einfach ohne Grund, aus reiner Freude am Leben und der Dankbarkeit für unseren Besuch. Es lief laute Musik und die Kinder im Raum begannen, zu tanzen. Anfangs schüchtern, mischten sich auch meine Kinder bald unter die tanzenden Cousins und Cousinen. Als Gabriel ein arabisches Lied anstimmte, das er kurz zuvor gelernt hatte, waren alle fasziniert von seiner schönen Stimme und äußerten ihr Lob und ihre Freude. Doch an diesem Tag waren auch Familienmitglieder anwesend, die ich bisher nur sehr flüchtig kannte. Walaa, die Frau von Nismas zweitältestem Sohn Hany war mit ihren drei Söhnen und der neugeborenen Tochter Khadiga gekommen. Meinen Kindern wurde das winzige Baby in die Arme gelegt und sie waren vollkommen fasziniert von diesem zarten, kleinen Geschöpf. Fast ehrfürchtig und äußerst vorsichtig streichelten sie Wangen und Köpfchen des Babys und wollten es immer und immer wieder halten.

Die beiden Brüder des Babys mochten dagegen mich vom ersten Augenblick an. Sie folgten mir beinahe auf Schritt und Tritt, fragten mich aus oder erzählten mir mit ihren Kinderstimmen Dinge, die ich nur halb verstand, so schnell redeten beide.

Zum Abschied schlang mir der zweitälteste der Jungen seine Arme um den Hals, ließ sich hochheben und wollte mich gar nicht mehr loslassen. Er hielt mich umklammert und umarmte mich mehrmals, wieder und wieder, so als wolle er mich nicht mehr gehen lassen.

34

Die kommenden Tage brachten uns mehr Zeit miteinander.

Wir verbrachten immer wieder gemeinsame Stunden nur in Familie in Downtown, Zamalek oder Mohandessin. Fuhren mit unseren begeisterten Kindern Boot auf dem Nil oder in einer Kutsche, zur Oper. Zu diesem Gebäude hatte ich seit der ersten Reise nach Kairo eine ganz eigene Beziehung, denn hier hatte alles begonnen.

Die engsten Freunde Hamdys jedoch aus seiner Zeit als Tänzer bei der Formation „Cairo Opera Dance Theatre" waren nicht mehr da.

Sie hatten sich umorientiert und auch *Walid Aouni*, der libanesische Choreograph, hatte das Ensemble verlassen. Sie waren andere Wege gegangen: Karima, die lebensfrohe chaotische Tänzerin aus Algerien mit den dunklen Locken, mit der wir so eng befreundet waren, ging ihrer Karriere als Sängerin nach, war viel unterwegs und wohnte mittlerweile in Schweden. Muhammad, ihr Exmann und ebenfalls guter Freund von Hamdy aus Tanztheatertagen, war inzwischen Komponist für verschiedene ägyptische Künstler. Suzy gab Tanzkurse im Fitnessstudio, in dem auch Hamdy bis zu seiner Umsiedlung nach Deutschland gearbeitet hatte. Heba lebte seit Jahren in den USA und gab dort erfolgreich Ballettkurse. Und Ayman, im Grunde mein erster Zugang in diese Welt, lebte wie wir mit Frau und Kindern in Berlin.

Während wir als Familie unseren Urlaub genossen, hier und dort verschiedene Orte besuchten, an die ich mich sehr gut erinnern konnte und die wir den Kindern zeigen wollten, verschwand Hamdy immer mal wieder zu diversen Terminen oder Treffen mit Bekannten und Freunden, um uns dann später an anderem Ort wieder zu treffen.

So lief ich mit den Jungs oft einfach ziellos umher, ohne in Zamalek oder Mohandessin vom Weg abzukommen.

Einmal trafen wir uns mit Hossam einem alten Freund Hamdys, der mit uns, seiner Ehefrau und den Kindern, die ungefähr im gleichen Alter waren, wie unsere, zu einem Ausflug fuhr. Er holte uns mit dem Auto ab und wir machten uns auf den Weg über die Dessert Road, vorbei an den Pyramiden Richtung Alexandria ins *„Dream Land"*, einem Freizeitpark im Stile von Disneyland. Hossams reizende Frau Samah hatte üppig gekocht und bevor wir sämtliche Fahrgeschäfte unsicher machten, aßen wir auf einer schattigen Wiese auf dem Parkgelände zu Mittag: *Mahshy*, die verschiedenen mit Reis gefüllten Gemüse, Hähnchen, *Molocheya*.

Wir blieben bis zur Dämmerung im Park und ließen uns nach diesem wunderschönen Nachmittag von Hossam in Downtown absetzen, wo wir den Tag bei einem Spaziergang ausklingen ließen.

Und auch daheim bei Busy war der Abend noch nicht zu Ende: sie hatte für uns gekocht und bei einem anschließenden Tee wollte sie Abend für Abend wissen, wie wir unseren Tag verbracht hatten.

Bei all den Ausflügen und Unternehmungen der beiden Wochen fühlte ich mich heimischer, als jemals zuvor, als ich noch in Kairo gelebt hatte. Wir waren auch damals hin und wieder nach Zamalek oder Mohandessin gefahren, waren spazieren gegangen oder hatten in Cafés gesessen. Doch damals lag fast jeden Tag dieser leise Anflug von Betrübnis auf mir. Ich lebte in Kairo, hatte Familie hier, einen Beruf, doch für mich fühlte es sich nie ganz und gar nach Heimat an. Es war wie ein Aufenthalt auf Zeit, von dem ich wusste und insgeheim hoffte, er würde irgendwann enden. Es war wie eine Art Gastspiel in diesem Land, das ich an manchen Tagen, wenn Hitze, Lärm und Staub mich zu stark peinigten, gern sofort verlassen hätte. Das Leben dort hatte für mich nur noch wenig Leichtigkeit. Ich fühlte mich nie ganz angekommen, obgleich mir Kairo auch seine schönen Seiten zeigte. Die Menschen waren warmherzig, liebenswürdig und gastfreundlich. Das alte Kairo bot so viel zu sehen und zu bestaunen, das neue Kairo bot so manchen Luxus. Doch ich hatte ständig Heimweh nach Deutschland. Nach Familie und Freunden, sauberen Straßen, Ruhe und weniger Hektik.

Die Tage in Kairo waren nun kein Alltag mehr. Es war Urlaubsstimmung und das aufregende Gefühl, liebe Menschen nach Jahren wiederzusehen. Mit der Gewissheit, in das Leben, das ich mochte und genießen konnte, zurückzukehren und Kairo nur als Gast aufzusuchen, ließ mich das Chaos dieses Molochs lieben. Ich musste nicht mehr hier sein, ich durfte es nun und dieses Gefühl verlieh mir eine Freude, die ich niemals hatte, als ich noch in der Stadt lebte. Ich war für eine gewisse Zeit dort, die ich für mich und uns schön gestalten und somit genießen konnte, wenngleich ich mich dennoch ein Stück zu Hause fühlte. Ich kannte viele Plätze, Straßen und Orte noch, als wäre ich nicht über drei Jahre fort gewesen. Dies gab mir ein Gefühl von Heimat. Ich war lange kein Tourist, doch auch keine Einheimische. Mich band eine große Familie an diese Stadt, viele Erinnerungen und ein Teil meines Lebens. Meine Kinder hatten einen Teil ihrer Wurzeln hier, es war das Land, die Stadt ihres Vaters, ihrer Tanten, Onkel und Cousins. Sie gehörten zu einem Teil hierher. Diese Verbindung würde immer bestehen. Und wir würden immer zurückkehren mit dem Gefühl, in einer Heimat angekommen zu sein.

35

Jeder einzelne Tag brachte Freude, Staunen und ganz besondere Begegnungen, die wir mehr und mehr genossen, je näher das Ende unseres Aufenthalts rückte.

Doaa Ibrahim war Doktor der Psychologie und eine von Hamdys begeisterten Kundinnen im Fitnessstudio, in dem er Kurse gegeben hatte. Da sich die beiden auch privat gut verstanden und sie auch mich unbedingt kennen lernen wollte, verabredeten wir ein Treffen im Shooting Club in Doqqi.

Doaa begrüßte mich fröhlich und sehr schnell stellten wir fest, dass wir einen ähnlichen Humor hatten und uns gut verstanden. Die Kinder - ihre jüngste Tochter war etwas älter, als unser Großer - spielten nach anfänglicher Schüchternheit zusammen auf dem Spielplatz, bevor wir alle gemeinsam zum Restaurant spazierten, wo Doaa ein großzügiges ägyptisches Essen bestellte. Wir aßen Kofta, die gegrillten Fleischbällchen, Salate, Tahina, gefüllte Weinblätter und vieles mehr. Wir lachten viel an diesem Nachmittag und auch Doaas Tochter Randa, eine Studentin der Medienwissenschaft mochte ich sehr. Wir konnten uns wunderbar auf Englisch verständigen, und beide lachten herzlich über mein Umgangsarabisch. Ich kannte einige Redewendungen, die man aus dem Mund einer Ausländerin niemals vermuten würde und Randa und Doaa amüsierten sich köstlich.

Doaa war verheiratet und Mutter von drei Kindern. Sie war eine selbstbewusste Muslima, starke Raucherin und sehr humorvoll. Sie war eine kultivierte Intellektuelle. Um ihre Ehe schien es nicht mehr zum Besten gestellt, wie ich aus einigen eher indirekten Aussagen im Gespräch heraushören konnte. Ich traute mich jedoch nicht, zu fragen, da wir uns an diesem Tag zum ersten Mal begegnet waren und wir noch nicht über so sehr Vertrautes sprachen. Was sie mir jedoch erzählte, verblüffte mich sehr: Doaa, die offene, moderate Muslima hatte sich vor Jahren für den Schleier entschieden. Sie trug eine Zeit lang den Niqab, jenen Schleier der das ganze Gesicht verdeckte und nur die Augen frei ließ. Damals hätte sie sogar beinahe einen Scheich geheiratet. Als ich die Gründe wissen wollte, sagte sie jenen Satz, den ich schon von so vielen Muslimen, besonders von Konvertiten, gehört hatte: Ich war auf der Suche. Doch Doaa schien nicht gefunden was sie gesucht hatte, denn inzwischen lebte sie weiter entfernt vom Gesichtsschleier, denn je, ja selbst Kopftuch oder lange Ärmel trug sie nicht. Sie stand fest und unzweifelhaft im Glauben, ohne mir jedoch das Gefühl zu geben, mich „überzeugen" zu wollen, wie ich es bei vielen Muslimen, meist in indirekter Form erlebt hatte. Wenn Doaa über den Islam sprach, konnte man aus ihren Worten ihre ganze Überzeugung heraushören. Doch vermutlich hat sie einen guten Weg gefunden zwischen ihrer wissenschaftlichen Arbeit, ihrem modernen Leben in der Gesellschaft und ihrem Glauben. Sie konnte die Lebensfreude, ihre Arbeit als selbständige Frau und den Islam in Einklang bringen, wie es sich für mich persönlich richtig anfühlte. Die eigene Religiosität, ganz gleich an welchen Gott man auch glauben mochte, sollte im Leben eines Menschen nicht so viel Raum einnehmen, dass man das „andere" Leben vergisst. Eine Frau sollte sich von religiösen Zwängen nicht einengen lassen und sich nicht ihres Rechts auf eine gewisse Selbständigkeit berauben lassen. Beten und Gottesfurcht sollten niemals alles im Leben eines Menschen sein oder es bestimmen, zu viele andere wichtige und schöne Dinge gibt es, die es zu erleben gilt, unabhängig jeder Religion. Das Leben, das einzige, was wir haben, bietet genügend Raum für Erfahrungen, Begegnungen und Situationen ohne, dass irgendein Gott seine Hände dabei im Spiel haben muss. Das eine Leben, das wir haben muss ausgefüllt werden mit wichtigen und schönen Dingen, die unser eigenes Leben und das unserer Mitmenschen bereichern können. Das Leben geschieht hier und jetzt, warum sollte man auf ein besseres Dasein im Jenseits hoffen?

Doaas Satz: „Ich war auf der Suche" konnte auch ich für mich beanspruchen.

Wir alle begeben uns im Leben immer wieder auf die Suche nach etwas Neuem, Unentdeckten, einer neuen Richtung, die wir unserem Leben geben möchten... Jemand, der den Islam annimmt, kann durchaus finden, was er gesucht hat, was auch immer es für jeden persönlich ist, doch das Leben, das man vor der Konversion geführt hat, darf man nicht ausblenden. Es gehört zu jedem Einzelnen, egal, wie streng oder moderat man den neu entdeckten Glauben lebt. Viele verändern sich sehr auf dem Weg zur neuen Religion, denn es gibt Regeln zu erlernen und zu befolgen: das fünfmalige Gebet, der Ramadan, Verzicht auf Alkohol und Schweinefleisch. Wer festen Willens ist, wird Gebote und Verbote, die die Religion den Gläubigen vorgibt, einhalten können, doch niemals sollte man als Konvertit sein „altes Leben" ganz vergessen, ebenso wenig, wie man, neben dem allgegenwärtigen Glauben, der viel Raum im Leben einnimmt, vergessen sollte, dass es außer Gott, Gebet und Verzicht noch das Leben gibt, das ohne Gott stattfindet und das wunderschön ist. Es ist legitim, gut und wertvoll, dass es religiöse Menschen gibt, doch ganz und gar sollte man sein Schicksal nicht in Gottes Hände legen. Jeder ist für sein eigenes Glück verantwortlich oder - für Gläubige gemindert ausgesprochen - hat selbst eine große Verantwortung für das eigene Wohlergehen. Gott kann Trost, Hilfe und Beistand geben, doch der Mensch selbst muss sich sein Wohl und die eigene Zufriedenheit erarbeiten und erhalten.

Auch die Begegnung mit Muhammad stimmte mich nachdenklich. Der junge Mann war Mitte Zwanzig und einst in Agouza, unserer zweiten gemeinsamen Wohnung in Kairo, unser Nachbar gewesen. Er und seine Zwillingsschwester Soha lebten nach dem frühen Tod des

Vaters mit Mutter und Großmutter in einer Wohnung. Nachdem wir einige Monate in dem Haus gewohnt hatten, kamen Hamdy und Muhammad immer wieder ins Gespräch und der junge Mann begann Hamdy mehr und mehr zu bewundern. Da Muhammad der Neffe des Hausbesitzers war, blieb es nicht aus, dass wir einige Dinge, die der Wohnung wegen zu regeln waren, mit ihm besprachen. Er war unser Vermittler. Seine Mutter arbeitete an einer Kairoer Universität, doch da sie Niqab trug, hatte ich ihr Gesicht nie gesehen. Muhammad kam uns hin und wieder in unserer Wohnung zum Tee besuchen, spielte mit unserem Großen und auch ich wurde in die Wohnung, eine Etage über unserer, eingeladen, schließlich fanden sie mich, die Ağnabeya, die Ausländerin, in ihrem Haus sehr reizend.

Muhammads Schwester Soha heiratete alsbald und verließ die Wohnung. Sie zog kurze Zeit später mit Ehemann und den Kindern nach Saudi-Arabien.

Von nun an lebte Muhammad allein mit Mutter und Großmutter. Er hatte ein Ingenieurs-Studium hinter sich und eine Arbeit gefunden, doch die beiden Damen seiner Familie wollten ihn alsbald verheiraten. Doch so viele heiratsfähige Mädchen ihm auch vorgestellt wurden, er wollte keine. Sein Wunsch war es eher noch, wie auch Hamdy, eine Ausländerin zu heiraten. Er fühlte sich eingeengt von traditionellen Zwängen und dem Wunsch seiner Familie und geriet in eine Sinnkrise. Auch sein Glaube war ihm wenig behilflich. Anfangs, als ich ihn kennenlernte, war er sehr gläubiger Muslim. Doch es kam eine Zeit, in der er begann, den Islam zu hinterfragen und sich Gedanken zu machen, bis er meinem Mann irgendwann mitteilte, er wäre nun Atheist und vom Islam abgekommen. Unser Erstaunen war groß, doch sein Vorsatz, sich von der Religion abzuwenden und seit dieser Entscheidung ein freies Leben zu führen, hielt nicht lange an. Es war wieder der Einfluss seiner Familie, der er von seinen Bedenken hinsichtlich der Religion erzählt hatte. Sie brachten ihn buchstäblich wieder auf den

Boden der religiösen Tatsachen zurück. Er musste unzählige Gespräche mit der Familie durchgemacht haben welche dazu führten, dass der mit seiner eigenen Religion hadernde junge Mann auf seine tiefreligiöse Mutter und Großmutter traf und durch deren Einfluss keine andere Chance sah, als sich wieder dem Islam zuzuwenden.

Nun, nach über drei Jahren trafen wir ihn wieder - natürlich in einem Freizeitclub, dieses Mal dem des Vereins *Al-Ahly*, in welchem nun seinerseits Muhammad Mitglied war. Von dem lebensfrohen jungen Mann, den ich damals kennen gelernt hatte, war nicht viel übrig. Er hatte, so hatte mir Hamdy schon vor dem Treffen mit Muhammad erzählt, mehrere Psychotherapien hinter sich und nahm auch Medikamente ein. Apathisch saß er uns gegenüber, sprach nur leise und lächelte oft einfach vor sich hin. Wenn er über Hamdys Späße lachte, dann klang es, wie das Lachen eines kleinen Kindes. Ich fühlte mich unwohl und verbrachte die meiste Zeit des heißen Tages mit den Kindern auf dem vereinseigenen Spielplatz. Muhammad schien mir so weit weg und ich konnte nicht einordnen, was ihn so sehr bedrückte und warum er derart abwesend und still war. Wie viel hatten seine Familie und damit die Religion dazu beigetragen, dass er sich so verändert hatte? Wie viel Gehirnwäsche hatte er ertragen müssen, damit er wieder zum Muslim, wieder gefügig wurde? Er hatte sich so sehr verändert, war in sich gekehrt und beinahe apathisch. Was war es in seinem Leben und was in seiner Religion gewesen, dass ihn zu diesem Schatten seiner selbst hatte werden lassen? Er hatte sich von den religiösen Zwängen seiner Familie befreit, was ihn ohne Zweifel, große Mühe gekostet hatte. Doch die Religion hatte ihn in Form des unheimlich hohen Drucks seitens seiner Familie wieder eingeholt und um Ärger, Zwist, Feindschaft, ja vielleicht gar Verstoßung zu verhindern, hatte er klein bei gegeben und war in den Schoß der Frömmigkeit und des Glaubens zurückgekehrt. Wie zerrissen muss dieser junge Mann gewesen sein, als wir uns trafen?

Ganz besonders aber freute ich mich auf das Wiedersehen mit Astrid.

Sie war auch Deutsche und wir hatten uns durch unsere Männer kennen gelernt, hatten erst Kontakt über Internet, bevor wir uns das erste Mal in Kairo getroffen und sofort gut verstanden hatten. Ihr Sohn Zain war fünf, ihre kleine Tochter Noura gerade ein halbes Jahr alt. Astrid war auch der Liebe wegen nach Kairo gezogen und bewohnte mit ihrem ägyptischen Mann im Haus seiner Eltern eine wunderschöne Wohnung, deren Ausstattung so modern und stilsicher war, dass sie absolut mit moderner Einrichtung in Deutschland mithalten konnte. Betrat man Astrids und Omars Wohnung, schien man in eine völlig andere Welt einzutauchen. Keine dem Kolonialstil nachgeahmten Möbel, keine goldumrahmten Sitzgruppen. Ich hätte ewig bei ihr sitzen können. Doch auch in dieser wunderbaren Oase des guten Geschmacks wollte die Familie nicht ewig wohnen, wie Astrid mir berichtete. Sie waren dabei, ein eigenes Haus mit Garten zu bauen, außerhalb der Stadt, im Gebiet *„6th October"*, einem besonders bei wohlhabenden Ägyptern und Ausländern beliebtem Stadtteil. Astrid wünschte sich so sehr einen Garten, einen Flecken Grün im ständigen Graubraun Kairos, ohne ständig mit den Kindern in den Freizeitclub fahren zu müssen, in dem die Familie Mitglied war. Obwohl sie so wunderschön wohnten, konnte ich ihren Wunsch verstehen und freute mich für Astrid, die oft genug auch mit dem Leben in Kairo haderte, auf den Verkehr schimpfte, durch den sie sich Tag für Tag mit dem eigenen Auto quälen musste oder Hitze, Staub und Lärm verfluchte.

Wir hatten uns so viel zu erzählen. Astrid beklagte, dass Lebensmittel in Kairo viel teurer geworden waren, was ich wiederum, als Besucher der Stadt aus deutscher Sicht, nicht bestätigen konnte, denn ich empfand, im Gegenteil, alles viel günstiger. Das Ägyptische Pfund hatte gegenüber dem Euro immer mehr an Wert verloren. Der Verfall der Währung war mir besonders aufgefallen, im Vergleich zu der Zeit, drei Jahre zuvor, als ich selbst noch in Kairo gelebt hatte.

Ich hatte auf dem Khan el-Khalili Souvenirs und hübsche Einzelstücke für Preise erstanden, die jenseits von dem waren, womit die Händler noch ein gutes Geschäft machen konnten.

Astrid dagegen spürte den Anstieg der Preise, so wie ich ihren Niedergang. Wir kamen inzwischen aus genau entgegen gesetzten Welten. Dennoch kaufte sie den Großteil ihrer Lebensmittel in großen Supermärkten, vieles importiert, vieles daher um ein Vielfaches teurer, als die regionalen Produkte. Auch, wenn sie über weit mehr monatliches Budget verfügte, als wir je gehabt hatten und sie sich den Luxus gönnte, auf Importe zurückzugreifen, wusste ich, was sie meinte, denn auch die ärmere Bevölkerung beklagte die gestiegenen Preise für Grundnahrungsmittel. Astrid klagte ebenso, wie die Einheimischen, wenngleich auf viel höherem Niveau.

Zain, ihr Sohn besuchte einen deutschen Kindergarten und auch Noura, ihr Baby würde eines Tages dort betreut werden, wenn Astrid wieder arbeiten gehen würde. Die Familie flog einmal im Jahr nach Südafrika, wo Astrids Eltern und ihre Schwester lebten. Ihnen stand recht gutes Geld zur Verfügung, da ihr Mann Omar eine gutbezahlte Stelle in einer Immobilienfirma hatte und sowohl seine, als auch ihre Eltern gut situiert waren.

Früher, als auch ich noch in Kairo lebte, hatte ich Astrid oftmals um ihr Leben beneidet. Sie hatte eine wunderschöne Wohnung, genügend Geld im Monat, um auch beim Ausgehen nicht jeden Cent umdrehen zu müssen oder um an den Feiertagen zum Kurzurlaub ans Rote Meer zu fahren. Ich hätte immer gern ein wenig mehr gelebt, wie sie.

Doch heute empfand ich ganz anders. Trotz der Aussicht, dass sie bald ihr eigenes Haus haben würden und dem Vermögen, das wesentlich höher war, als unseres jemals gewesen war, beneidete ich sie nicht um ihr Leben und war einmal mehr froh, über unser bescheidenes Glück in Deutschland. Wir hatten auch jetzt nicht viel Geld zur Verfügung, im Grunde vergleichsweise ebenso viel, wie damals in Kairo, doch mein jetziger Lebensstandard, der noch immer um ein vielfaches einfacher und bescheidener war, als beispielsweise der von Astrid und ihrer Familie, brachte mir so viel mehr Zufriedenheit, da mein Lebensmittelpunkt nun wieder in meiner Heimat lag. Meine Grundstimmung und das gesamte Leben waren inzwischen wieder durchweg positiv und die dunklen Seiten kaum spürbar. Unser Lebensstandard hatte sich aus finanzieller Sicht vielleicht nicht verbessert, wir hatten nun viel mehr Abgaben und monatliche Fixkosten, als in Kairo, doch wir konnten uns in Deutschland mit weniger mehr schaffen, wir hatten ein zufriedeneres Leben.

So verschieden war der Blick auf die grundlegenden Dinge des Lebens, wenn man nicht mehr in der gleichen Welt lebte.

36

Die Zeit in Kairo neigte sich dem Ende entgegen. Ich empfand Freude, nach einer erlebnisreichen Zeit wieder in meinen Alltag zurückkehren zu dürfen. Es war ein wenig so, als wollte ich nach den vergangenen zwei Wochen nicht an das frühere Leben erinnert werden, dass ich in Kairo geführt hatte und ohne die politische Situation der letzten Jahre vielleicht noch immer führen würde. Ich war mir im Klaren, dass Revolution und Arabischer Frühling mir eher, als geplant ein sehr viel zufriedeneres Leben ermöglicht hatten. Wir wären irgendwann nach Deutschland gegangen, doch so früh, wie es die Umwälzungen im Land nach sich gezogen hatten, hatte ich nicht damit gerechnet. Wir waren ein wenig holprig in das neue Leben in Deutschland gestartet, doch inzwischen war es gut, schön und wir sehr zufrieden.

Doch zur Freude über die anstehende Rückreise mischte sich Wehmut. Die vergangenen Wochen waren herrlich gewesen. Es hatten große Familientreffen gegeben, voller ehrlicher, gegenseitiger Wiedersehensfreude und Staunen über die herangewachsenen Kinder, die teils schon keine Kinder mehr waren. Ich hatte Kairo erlebt, so als wäre ich nicht lange weg gewesen. Hatte Straßen wieder erkannt und war alte Wege gegangen. Orte und Plätze schienen unverändert. Die Zeit war so schnell vergangen, so wie auch die Jahre, seit ich nicht mehr in Ägypten gewesen war. Es war gut, zurückzukehren, hoffentlich jedes Jahr wieder. Wir hatten Familie und es war die Kultur meines Mannes und zur Hälfte die unserer Kinder. Sie sollten so oft wie möglich die Gelegenheit haben, auch diesem Teil ihrer Herkunft zu erleben.

Am letzten Tag, während Hamdy im Fitnessstudio trainierte, spazierten wir wieder einmal und das vorerst letzte Mal für eine längere Zeit, durch Zamalek. Wir schauten auf den Nil, zählten weiterhin streunende Katzen und kehrten mittags im Fast-Food-Restaurant ein. Als wir dieses wieder verließen, erlebte mein jüngerer Sohn eine Situation, die er nicht vergessen würde und die mir dann doch eine wenig schöne Veränderung dieser Stadt vor Augen führte.

Jacob hatte noch seinen Trinkbecher in der Hand, als wir das Lokal verließen. Wir waren alle drei fröhlich, die Jungs redeten viel und verarbeiteten die Eindrücke der vergangenen Tage.

Da sah ich sie aus den Augenwinkeln. Eine schmächtige Bettlerin, die mit ihren drei verschmutzten Kindern unter einer schmalen Palme am Straßenrand saß. Wir schenkten ihr keine Beachtung, sie war eine von vielen. Doch plötzlich stand eines ihrer Kinder vor uns, ein Junge, vielleicht acht oder neun Jahre alt. Er sah uns eine winzige Sekunde lang an, sagte nichts, griff sich den Becher meines Sohnes und trank. Jacob blieb wie angewurzelt stehen, schluckte und wollte weinen, ob des Diebstahls der ihm in diesem Moment widerfahren war. Den Reflex, dem Kind den Becher wieder zu entreißen, unterdrückte ich, als er schon angesetzt und seinen Durst gestillt hatte. Ich hätte meinem Sohn aus dem Becher, aus dem der stark verschmutzte Junge schon getrunken hatte, nichts mehr geben wollen. Der Mutter des Jungen rief ich stattdessen böse Schimpfworte zu, die sie scheinbar unberührt an sich abprallen ließ. Wir waren sicher nicht die ersten, die sie und ihre Kinder beschimpften.

Mir taten die Bettler auf Kairos Straßen mehrheitlich leid. Sie waren schmutzig, ausgezehrt und hatten oftmals verkrüppelte Gliedmaßen. Auch hätte ich dem bettelnden Kind das Getränk meines Sohnes sofort in die Hand gedrückt, hätte er uns zumindest mit einem Blick darum gebeten. Das hätte auch mein Kind verstanden und sicherlich hätte er dann gern geteilt. Doch die Rohheit des Jungen, seine Unflätigkeit zeigte im ganz Kleinen, wie sich die Situation in der Stadt und im Land verändert hatte. Die Menschen waren seit den Umbrüchen des Arabischen Frühlings rauer im Umgang miteinander, man stand sich argwöhnischer und weniger offen gegenüber. Die frühere Offenheit Nachbarn und Mitmenschen gegenüber schien nachgelassen. Es war, als betrachteten sich die Kairoer nun eher mit Skepsis und Misstrauen. Die Situation mit dem bettelnden Jungen schien mir wie ein winziges Abbild der gesamten Gesellschaft jener Zeit.

Am selben Abend trafen wir uns am Hussein-Platz, gegenüber der Al-Azhar-Moschee eingangs des Khan el-Khalili mit Freunden meines Mannes. Ich traf Salma und Ahmad zum ersten Mal, doch es war ein fröhliches Beisammensein. Die beiden, die mit ihrer Tochter aus Heliopolis gekommen waren, staunten über die Gegend des wahren Kairo und waren verblüfft, dass ich mich dort viel besser auskannte, als sie, die sie fast nie dorthin kamen.

Zwischendurch verschwand Salma und kam wenig später mit einer wunderschönen silbernen Kette samt Anhänger zurück, die sie mir überreichte. Sie hatte mich, so sagte sie strahlend, sofort in ihr Herz geschlossen und wollte mir daher etwas schenken. Ich war sehr gerührt. Auch das waren - ganz im Gegensatz zu dem Erlebnis, wenige Stunden zuvor - die Menschen Kairos. Liebeswürdig, gastfreundlich, emotional und menschlich. Das Erlebnis des spontanen Geschenks von Salma bestätigte wiederum meine Erfahrungen mit den Kairoern vor dem Arabischen Frühling. Ich erlebte an einem einzigen Tag die so verschiedenen Facetten der Menschen dieser Stadt, ja dieses Landes.

Während die Kinder sich wieder einmal einer streunenden Katze widmeten und Hamdy sich angeregt mit seinen Freunden unterhielt, ließ ich den Blick schweifen. Die Händler saßen vor ihren Geschäften, wo kaum Kundschaft zu ihnen trat, dennoch in guter Stimmung, ja scheinbar doch voll Zuversicht. Sie tranken Tee und plauderten miteinander, jeder schien ein gutes Wort für den Nachbarn übrig zu haben. Auch diese Bilder erinnerten mich an die Zeit vor den großen Veränderungen, die das Land erlebt hatte. Vereinzelt sah ich Touristen, zu erkennen an ihren Kameras, der westlichen Kleidung und all dem Gepäck, dass sie bei sich trugen. Sie schauten fasziniert und fröhlich um sich, gespannt und voller Erwartung. Ja, sie gingen zu einzelnen Läden und sahen sich all die ihnen fremden, wenngleich faszinierenden Auslagen an. Die wenigen Touristen, die ich sah, viel viel weniger, als noch vor Jahren, schienen jedoch am Kauf von Souvenirs interessiert, die sie dann voller Freude nach Hause tragen würden. An diesem Abend schienen deutlich mehr ausländische Urlauber unterwegs zu sein und auf jeden einzelnen wies ich meinen Mann, Selma und Ahmad hin. Ich freute mich über jeden von ihnen, würden sie doch den Händlern ein wenig Umsatz bringen. Hamdy schmunzelte über meine Reaktion und berichtete den Freunden, wie leid es mir immer wieder tat, zu sehen dass so wenige Touristen sich zu dieser Zeit nach Kairo wagten. Zu Unrecht, wie ich wusste, doch woher sollten sie es wissen? Noch vor Jahren, zur Zeit, als wir in Kairo lebten, waren die Gassen des Khan el-Khalili gefüllt von Menschen, Einheimischen, wie Reisenden, doch seit dem Beginn der Demonstrationen auf dem Tahrir-Platz waren sie nicht mehr in Scharen, höchstens vereinzelt gekommen. Die großen Veränderungen im Land, die teilweise mit Gewalt einhergingen, mit Ausgangssperren und Unsicherheit, hatte den Tourismus gelähmt. Doch hatte sich nach all der Anstrengung wirklich etwas Grundlegendes verändert, als die Ägypter für mehr Freiheit und bessere Lebensbedingungen auf die Straße gegangen waren? Was würde sich bessern, in einigen Wochen, nachdem die Wahlen vorbeisein, nachdem sehr wahrscheinlich Präsident al-Sisi die Macht übernommen hatte? Hatte sich all das gelohnt?

Als es dämmerte verabschiedete ich mich. Unser Gepäck wartete, verstaut zu werden; am nächsten Morgen stand der Heimflug an.

37

Dann war er da, der Tag des Abschieds.

Busy war gefühlt immer ein wenig in meiner Nähe, fragte mich immer wieder, ob sie noch etwas für mich tun könnte, ob ich noch etwas brauchte, doch sie wich meinem Blick eher aus. Sie war merklich schweigsam, sagte nur immer wieder, wie traurig sie sei und wie sehr sie mich und die Kinder vermissen würde. Ich nickte ihr zu, wenngleich ich vermutlich weniger mit dem Abschiedsschmerz kämpfen musste, als unsere Nichte. Es war schön gewesen, die vergangenen zwei Wochen und wir hatten eine wunderbare Zeit verbracht. Doch ich freute mich auch wieder auf mein eigenes Zuhause, das ich nun, nachdem wir wieder nach Kairo gereist waren, noch viel mehr schätzen konnte. Das Leben nach der Zeit in Ägypten, nach dem plötzlichen Abschied, war gut geworden und ich hätte es für nichts wieder eintauschen wollen.

Walid und Hamdy begannen, unser Gepäck hinunter zum Pick-Up zu tragen und nun war es wirklich soweit. Als wir in Busys Flur standen, sah sie mich an und begann zu weinen. Dabei war ich immer die sentimentale gewesen, die Abschiede so schwer verkraften konnte. Heute weinte ich nicht, sondern zog Busy nur fest in meine Arme, dankte ihr herzlich und versprach, so schnell es möglich war, wieder zu kommen. Busy ließ mich los, um mich doch ein, zwei Mal wieder an ihr Herz zu drücken. Wir wussten, dass es eine Weile dauern würde, bis wir uns wiedersahen, Busy würde dann längst ihr drittes Kind haben. Doch ich wusste nun, dass Zeit relativ war. Es waren über drei Jahre vergangen, seitdem ich das Land am Nil verlassen hatte, doch jetzt war alles so gewesen, als wäre ich nur einige Monate weg gewesen. Es würde wieder so sein, wann auch immer wir zurückkehren würden.

Wir winkten Busy noch lange nach, als wir aus der schmalen Gasse hinaustraten, wo Walid schon wartete, um uns zum Flughafen zu fahren. Irgendwann konnte ich sie nicht mehr sehen, doch mein Herz war weniger schwer, als erwartet. Es war völlig klar, dass wir zurückkehren würden, wenngleich ich noch nicht sagen konnte, wann die Zeit dafür war. Es verband uns viel mit dem Land am Nil und der Familie, die dort immer auf uns warten würde.

Nachwort

Seit unserer Rückkehr nach der Wiederbegegnung mit Kairo und den Menschen ist die Welt wahrlich nicht besser geworden.

Auf dem Sinai wütet ein Ableger des „Islamischen Staates", Flugzeuge werden vom Himmel geschossen, vergnügte Menschen in westlichen Metropolen, die im Namen einer angeblich friedlichen Religion ermordet, verletzt und ihr Freiheit beraubt werden.

Islamistischer Terror, der auch in Europa angekommen ist und dessen Horror nur noch durch die Bilder über die Flüchtlingskrise aus den Medien verdrängt wird. Tausende Menschen verlassen in Strömen ihre Heimat, die meisten mit dem Ziel Deutschland. Wohin dieser ungebremste Zustrom der Flüchtlinge führt, wird die Zeit zeigen.

Auch in Kairo hatte es Bombendrohungen vor westlichen Botschaften gegeben, auf dem Sinai werden Polizisten erschossen, es gibt Angriffe auf Hotels und westliche Touristen. Diese Ereignisse sind den Medien jedoch aufgrund der täglichen Meldungen über die Flüchtlingskrise nur eine kleine Nebensächlichkeit.

Ägypten hat sich nach dem zu erwartenden Wahlsieg al-Sisis zu einem Polizeistaat entwickelt. Das Militär kontrolliert scheinbar jeden Bereich des Lebens. Die Menschen haben noch immer keine besseren Berufsaussichten, sie haben nicht mehr Geld, es gibt noch immer keine wirkliche Perspektive für die Jugend, außer vielleicht der schlimmsten, sich den Islamisten anzuschließen, die auch in Ägypten ihr Unwesen treiben und von denen mindestens eine Gruppe dem IS die Treue geschworen hat.

Wohin eine solch unruhige Welt noch strebt, möchte man im Hier und Jetzt vielleicht gar nicht genau wissen.

Doch das Leben ist viel zu kurz, um stets in Angst zu leben. Ich möchte genießen, was ich habe, denn vieles weiß ich erst zu schätzen, weil ich in Kairo gelebt habe.

Die Zeit war oft schwierig, doch voller Erfahrungen, die zu meinem Leben gehören und mich geprägt haben. Ich bin stärker geworden und habe mich entwickelt.

Meine Kinder wachsen mit zwei Kulturen und Sprachen auf, einem Geschenk von unschätzbarem Wert, das es zu erhalten und zu pflegen gilt. Sie sind damit reicher beschenkt, als viele andere Menschen und das möchte ich ihnen ihr Leben lang ermöglichen.

Danksagung

Ich danke…

…meinem Ehemann Hamdy für die Inspiration und seine Ideen bei der Entstehung dieses Buches und seinem offenen Geist.

…meinen Kindern, die ihre beiden Kulturen und Sprachen in erfrischender Weise leben. Ich bin ganz besonders stolz auf Euch.

…meiner Familie, die durch die Trennung von mir, ihrer einzigen Tochter, viel gelitten hat, ganz Besonders während der Anfangsphase der Revolution. Für sie hat der Arabische Frühling mit unserer verfrühten Heimkehr ein gutes Ende genommen.

…meiner ägyptischen Familie, die mich vom ersten Augenblick an in ihrer Mitte aufgenommen hat, mich beschützt, liebt und immer unterstützt hat. Sie ist der Teil meines Lebens in Kairo, der mir am Meisten fehlt.

…den engsten Freunden in Deutschland, die mir in der Ferne immer fehlten, doch zu denen die enge Beziehung nie endete.

…den Freunden und Bekannten in Ägypten, ohne die die Jahre in Kairo weit weniger erfreulich gewesen wären.

…den Bekannten und Verwandten in Deutschland und Europa, die sich während der revolutionären Tage immer wieder nach uns in Kairo erkundigt und sich gesorgt haben.

…dem faszinierenden Land am Nil und der ägyptischen Bevölkerung, ohne die dieses Buch niemals entstanden wäre.